Natalie David-Weill a un Ph. D. de littérature française. Elle est scénariste.

DU MÊME AUTEUR

Rêve de Pierre
La quête de la femme chez Théophile Gautier
Droz, 1990

Natalie David-Weill

LES MÈRES JUIVES NE MEURENT JAMAIS

Robert Laffont

TEXTE INTÉGRAL

ISBN 978-2-7578-3277-6
(ISBN 978-2-221-12588-5, 1ʳᵉ publication)

© Éditions Robert Laffont, 2011

Le Code de la propriété intellectuelle interdit les copies ou reproductions destinées à une utilisation collective. Toute représentation ou reproduction intégrale ou partielle faite par quelque procédé que ce soit, sans le consentement de l'auteur ou de ses ayants cause, est illicite et constitue une contrefaçon sanctionnée par les articles L. 335-2 et suivants du Code de la propriété intellectuelle.

À Charles, Paul et Marie

« Trois mères de famille se réunissent pour jouer au mah-jong et se vantent de la façon dont leurs fils les gâtent.

— Moi, dit la première : mon fils m'adore tellement qu'à mon dernier anniversaire, il m'a donné un magnifique manteau pour l'hiver.

— Moi, renchérit la deuxième, le mien a fait mieux. Il a économisé pendant un an pour m'offrir une croisière dans les Antilles.

— Mon fils, assène la troisième, il est encore plus extraordinaire : trois fois par semaine, il va chez le psychanalyste, et il le paye uniquement pour lui parler de moi. »

LES MÈRES
(par ordre chronologique)

- Amalia Freud, née Nathanshon (1835-1930) – femme de Jacob
  mère de Sigmund, Julius, Anna, Rosa, Mitzi, Dolfi, Paula et Alexander

- Jeanne Proust, née Weil (1849-1905) – femme d'Adrien
  mère de Marcel et Robert

- Pauline Einstein, née Koch (1858-1920) – femme d'Hermann
  mère d'Albert et Maja

- Minnie Marx, née Schönberg (1865-1929) – femme de Samuel
  mère des Marx Brothers : Leonard (Chico), Adolph (Harpo), Julius (Groucho), Milton (Gummo), Herbert (Zeppo)

- Louise Cohen, née Ferro (1870-1943) – femme de Marco
  mère d'Albert

- Mina Kacew, née Iosselevna Borisovskaia (1883-1941), femme d'Arieh
  mère de Roman (dit Romain Gary)

- Nettie Königsberg, née Cherry (1906-2002) – femme de Martin
  mère d'Allan (dit Woody Allen) et Letty.

1
Un paradis réservé aux mères

> « Dieu a inventé les mères juives, car il n'avait pas le temps de tout faire. »
>
> *Proverbe juif*

– Elle pleure, j'ai l'impression qu'elle pleure.
– Mais pourquoi ?
– Peut-être ne sait-elle pas qu'elle est morte ?
– Ce n'est pas une raison pour être triste.
– Vous avez oublié l'état dans lequel vous étiez lorsque vous êtes arrivée ici, au paradis des mères juives.
– Vous n'étiez même pas là.
– On me l'a raconté.
– D'accord, madame Je-sais-tout.

À petits pas, les deux vieilles femmes qui se chamaillaient s'approchèrent de Rebecca qui ne pouvait empêcher ses larmes de couler. Malgré elle. Comme si son corps lui échappait. Qu'elle se lâchait. Elle ne comprenait pas ce qui lui arrivait puisqu'elle n'avait pas l'habitude de pleurer, d'être perdue ni même surprise. Jusque-là, elle avait réussi à éviter les imprévus qui la décontenançaient. Pour ne pas avoir peur et peut-être pour ne pas être déçue, elle avait pris sa vie en main et décidé une fois pour toutes d'être maîtresse de son existence et de ses émotions. Elle s'était imposé une discipline de fer qu'elle avait suivie sans dérogation. Elle aimait l'organisation, la planification, l'ordre, comme d'autres aiment les vacances et le farniente. Rebecca accumulait des listes sur tous les sujets ; les courses à faire, les livres qu'elle avait lus, ceux à lire dont la liste était plus longue, les pensées à ne pas oublier, les voyages à préparer, les itinéraires à connaître, les horaires à planifier… Elle ne laissait rien au hasard.

Aussi s'étonna-t-elle d'être prise au dépourvu. Que lui arrivait-il ? Où était-elle ? Elle observa ces femmes qui pouvaient être ses grands-mères, voire ses arrière-grand-mères, vêtues à la mode des années 1920. Un saut dans le passé ? Une fête déguisée ? Pourquoi chuchotaient-elles en la regardant ? Serait-elle chez l'une d'elles ? Elle tenta de se lever en s'accrochant à une table de bois de noisetier. Pourquoi remarquait-elle la qualité du bois alors qu'elle se sentait si désespérée ?

La plus petite des deux vieilles femmes l'invita à s'asseoir dans un profond canapé en velours noir, aussi sombre que son regard. Les yeux en amande très maquillés, les traits contractés par l'âge, potelée, l'air décidé, elle portait un chapeau dont la résille était relevée et une robe en dentelle digne d'une friperie bon marché. Elle sourit et demanda gentiment :

– Comment vous appelez-vous ?

– Rebecca Rosenthal. Et vous ?

– Je suis Louise Cohen, la mère d'Albert, dit la petite femme. Vous avez peut-être entendu parler de lui…

– La mère d'Albert Cohen ? répondit Rebecca intimidée comme souvent lorsqu'on rencontre quelqu'un de connu sans y être préparé. L'auteur de *Belle du Seigneur* est votre fils ?

— Je vous l'avais dit qu'Albert était connu, se réjouit Louise en se tournant vers l'autre femme, plus grande, plus imposante, qui demanda avec une pointe d'agressivité :

— Et les Marx Brothers, vous les connaissez aussi ?

— Ne me dites pas que vous êtes leur mère ?

Minnie Marx se mit à rire de bon cœur. Elle semblait sortir d'un roman d'Erckmann-Chatrian avec sa robe noire dont le décolleté était maintenu par une broche, ses cheveux crantés et son visage rond et trop poudré sur lequel tranchait le rouge de ses lèvres peintes.

— Dire qu'ils n'auraient jamais été célèbres sans moi !

— Cessez de vous vanter, Minnie, vous allez fatiguer Rebecca.

— Pas du tout, répliqua Rebecca. J'adore les Marx Brothers. Il fut un temps où j'allais tous les dimanches soir voir leurs films dans un cinéma d'art et d'essai. Mes préférés, *Soupe au canard* et *Panique à l'hôtel*, étaient un antidote puissant à ma vie trop morne. Groucho me faisait rire avec sa grosse moustache, son accent new-yorkais et son humour absurde. Il était celui qui m'enchantait le plus.

— Plus que Chico ? demanda Minnie.

Ne voulant pas se fâcher avec la mère des Marx Brothers, Rebecca parla des autres frères.

— Ils étaient tous drôles. Je crois que j'aimais en particulier retrouver les mêmes scènes dans chacun de leurs films : Harpo devant sa harpe, Chico et son accent désopilant, Margaret Dumont avec son air indigné parce que, une fois de plus, elle s'était laissé berner par l'irrésistible Groucho.

– Vous avez décidément un penchant pour Groucho, je le vois bien, remarqua Minnie.
– Celui qui a inventé « *walk this way*[1] » est un génie, dit Rebecca.

Minnie ne put s'empêcher de rire aux éclats et d'imiter la démarche caractéristique de Groucho, avançant à grands pas, penché en avant et fumant un cigare.
– Et pourquoi ne parlez-vous pas d'Albert ? demanda Louise Cohen.
– J'ai été envoûtée par *Belle du Seigneur*. Solal est beau, intelligent, séducteur et désespéré. J'en étais folle. Et je pense que l'auteur devait lui ressembler.

Louise Cohen se mit à rougir de fierté et acquiesça :
– Oui, même s'il s'en défendait, Solal et Albert ont plus d'un point commun.

Rebecca avait l'impression de passer un examen dont personne ne lui avait donné l'énoncé. Elle supposa qu'elle était censée connaître le plus de détails possibles sur les fils Marx et Cohen et ne pas lésiner sur les compliments à leur égard. Jusque-là, elle ne s'en sortait pas trop mal. Mais elle s'étonna d'avoir envie de réussir un test dont elle ne connaissait pas l'enjeu. S'agissait-il d'amadouer ces femmes ? de rester avec elles ? Était-elle morte ? Elle n'avait tout de même pas pu mourir sans s'en rendre compte ! Elle n'avait pas traversé de tunnel, elle n'avait pas vu de lumière blanche, sa vie n'avait pas été condensée dans les dernières minutes de son existence…
– Je vous ai entendue dire que j'étais morte. C'est impossible, je n'ai rien senti.

---

1. « *Walk this way* » signifie à la fois « suivez-moi » et « marchez comme cela ».

– Vous ne vous en souvenez pas, lui dit doucement Minnie.

Louise Cohen lui demanda ce qui s'était passé avant son arrivée chez elles.

– Rien justement.

Rebecca s'examina ; elle reconnut son pull vert préféré, le pantalon de daim qui la mettait en valeur, les bottines à talons qui lui faisaient mal aux pieds. Rien n'avait changé si ce n'est son environnement ; elle se trouvait dans un salon qu'elle ne connaissait pas.

– Quel est le dernier événement dont vous vous souvenez ? insista Louise Cohen.

– Pourquoi torturez-vous cette jeune femme ? Laissez-la tranquille. Elle est suffisamment choquée comme cela, dit Minnie.

– C'est vous qui avez commencé, Minnie. Ne m'accusez pas. Rebecca va bien. Elle est juste un peu troublée, rien d'anormal.

Comment ces femmes osaient-elles parler d'elle en sa présence ? Rebecca se sentait comme la « nouvelle » qui doit prendre ses marques dans un pensionnat de jeunes filles, elle qui détestait la nouveauté et la promiscuité. La situation la stupéfiait. Comment s'était-elle retrouvée avec les mères d'Albert Cohen et des Marx Brothers ? Comment se connaissaient-elles ? Et pourquoi restaient-elles ensemble si elles se disputaient à tout propos ?

– Vous me parliez de mon dernier souvenir ? dit Rebecca qui jugea que si elle refusait de participer, elle n'apprendrait rien. La curiosité l'emporta. Elle décida de se lancer :

– J'ai été projetée hors de ma voiture. Je me souviens de la pluie transperçant mes vêtements et, quelques secondes plus tard, j'ai senti une douleur aiguë.

Minnie s'apitoya :

– Quel âge avez-vous ? Vous avez l'air d'un bébé.
– Trente-huit ans. Ce n'est pas terriblement jeune vous savez.
– Ça dépend pour quoi.

Louise Cohen prit Minnie Marx à part et lui chuchota que ce n'était pas le moment de tout gâcher. Pour une fois qu'il se passait quelque chose, elle aimerait connaître tous les détails. Il ne fallait surtout pas contrarier Rebecca qui n'avait pas envie de comprendre qu'elle était morte. Si elle l'apprenait sans ménagement, cela pourrait l'inhiber davantage et elle pourrait choisir de se taire, voire de s'en aller !
Minnie se moqua d'elle :
– Ce n'est pas pour épargner Rebecca que vous souhaitez être prévenante mais par égoïsme.
– Vous avez beaucoup d'autres distractions, vous ? lui lança Louise.
– Non, vous avez raison.
Ensemble, elles retournèrent auprès de Rebecca, plongée dans ses pensées.
– C'était donc un accident de voiture, commença Louise pour l'inciter à raconter.
Rebecca se mit à trembler tant la peur et la douleur, qui l'avaient terrassée, resurgissaient avec violence.
– Nous sommes là pour vous aider, dit Minnie avec une gentillesse désarmante. Nous aussi, nous sommes passées par là.
Les deux femmes la regardaient sans s'impatienter. Elles attendaient. Elles avaient le temps. Rebecca chercha à se souvenir. Elle se mit à parler lentement pour se rappeler les faits tels qu'ils s'étaient produits.
– Je ne voyais rien et les minutes s'étiraient, expliqua-t-elle. Mais les cheveux et la boue me bar-

raient les yeux et je constatais, sans comprendre, que les voitures roulaient de travers. Bizarre. Une belle image de film, me suis-je dit comme si cela ne me concernait pas. Pourtant j'étais couchée sur l'asphalte et je voyais l'autoroute entre le sol et le châssis de la voiture. Tout le monde se serait battu pour s'accrocher à la vie. Pas moi. Je voulais en finir au plus vite. Je me souviens d'avoir entendu des pas agités, des voix dans ma direction, une sirène de pompiers, des gens qui couraient… Je crois que c'est à ce moment-là que j'ai perdu connaissance.

La panique l'avait gagnée ; il n'était pas question qu'elle meure si vite. Elle n'avait rien prévu. Elle avait tant de rendez-vous cette semaine-là. Elle était débordée.
– Par quoi ? demanda Minnie.
– Je suis professeur de français à la Sorbonne, j'ai des cours à donner, des copies à corriger, des élèves à suivre, mais, avant tout, j'ai un fils. Il s'appelle Nathan et il va rester seul.

Impuissante, Rebecca se laissa submerger par le désespoir : elle était morte, c'était sûr. Sur le moment, cela l'avait soulagée de ne plus ressentir cette douleur intenable, mais en repensant à ces événements, elle se dit qu'elle aurait pu résister à la facilité qui était de se laisser mourir. Elle aurait dû songer à son fils. Il ne servait plus à rien de se lamenter maintenant. Elle était morte et elle avait peur. Ce n'était pas le fait d'avoir fini sa vie qui l'épouvantait, mais d'avoir laissé Nathan.

Louise tenta de la consoler en précisant que le fait de mourir n'était pas sa faute, elle ne s'était pas suicidée.
– C'était un accident. Vous n'y pouviez rien. Vous n'avez rien à vous reprocher.

Pensive, Rebecca resta silencieuse. Et Louise, inquiète de voir partir la nouvelle venue, prit Minnie à part.

– Vous croyez qu'on a affaire à une déprimée ?

– Comment voulez-vous que je le sache ? Nous l'avons rencontrée au même moment.

– Faites quelque chose pour lui remonter le moral. Vous être drôle, vous !

Minnie n'était pas sûre de pouvoir aider cette jeune femme, belle et froide comme une statue. Elle ne leur ressemblait pas. Elle était menue, elle portait un pantalon, ses cheveux blonds lui tombaient sur les épaules, et puis il lui semblait qu'elle était plus atteinte que les autres : Rebecca s'inquiétait beaucoup trop pour son fils.

– Que va devenir Nathan sans moi ? demanda Rebecca. Je connais tout de lui : ses silences, son sourire ténu lorsqu'il est fier de lui, ses crises de fou rire, ses énervements quotidiens. J'ai l'habitude d'interpréter ses humeurs. Je sais qu'il lui faut deux oreillers pour dormir et qu'il ne supporte pas la moindre couverture. Je reconnais son sourire assoupi qui me faisait fondre chaque matin. Moi seule peux accepter d'entendre la musique indienne qu'il adore et admirer ses efforts vestimentaires alors qu'il porte éternellement des chemises blanches qui font figure d'uniforme dans sa garde-robe. Je n'hésitais pas à me taire lorsqu'il le fallait. Et je savais l'encourager et le motiver.

– Il va s'habituer à vivre seul, ne vous en faites pas, dit Louise avec délicatesse.

– On se croit indispensable, renchérit Minnie Marx avec entrain. Pourtant je vous assure que votre fils s'en tirera très bien sans vous. C'est ce qui s'est passé avec les miens…

Rebecca l'interrompit.

– La dernière fois que je lui ai parlé, nous nous sommes quittés fâchés. Je l'ai traité d'incapable. Et il est parti de la maison sans un mot, sans se retourner.

Louise Cohen était effarée. Elle ne comprenait pas qu'on pût même penser à critiquer la prunelle de ses yeux.

– Ce n'est pas parce que vous n'avez jamais contredit Albert que vous avez été une meilleure mère, dit Minnie Marx. J'ai beaucoup crié sur mes fils. Ils me trouvaient autoritaire et redoutable, mais ils m'obéissaient. Et ils m'ont remerciée.

Rebecca s'énervait.

– Vous n'êtes pas morte brouillée avec l'un d'eux.

– Non, ça je reconnais que ce doit être affreux.

Louise lui marcha sur le pied, maudit son manque de tact. Minnie rétorqua qu'en évoquant la « prunelle de ses yeux », elle n'avait guère été plus habile.

– Il faut que je vous raconte, interrompit Rebecca. Nathan est parti de la salle d'examens avant même d'avoir achevé son devoir de droit. Il ne m'en a rien dit, je l'ai découvert grâce à un collègue. Lorsque je l'ai confronté, il a avoué qu'il ne supportait pas cette matière, qu'il étudiait pour que je puisse dire « mon fils avocat » en parlant de lui. Il a ajouté que je me mêlais de tout, qu'il savait ce qu'il faisait, qu'il avait le droit de gérer sa vie et même de rater un examen, s'il le voulait. Moi qui me glorifiais d'avoir échappé à cette crise d'adolescence si redoutée, mon fils m'a dit durement ce qu'il avait sur le cœur. Il m'a accusée de tous les maux en me faisant porter la responsabilité de l'échec de sa vie... à dix-huit ans. Plus grave qu'une épreuve ridicule, a-t-il ajouté. Et il avait raison, je m'en rends compte à présent.

– Mais non ! Absolument pas ! s'écria Minnie. Vous saviez ce qui était bien pour lui, et vous teniez à cet examen. Il n'avait pas à discuter et vous n'avez pas à vous remettre en question.

– Vous plaisantez ? J'ai été un monstre ! Je lui ai expliqué, regard courroucé à l'appui, à quel point il m'avait déçue avant de lui opposer un silence glacial. Il est parti en claquant la porte. L'accident a eu lieu quelques heures plus tard.

Louise Cohen était horrifiée par la dureté de Rebecca. Qu'elle fût morte un peu après lui paraissait moins grave que l'humiliation qu'elle avait fait subir à son fils !

Rebecca continuait à parler sans se rendre compte de l'effet désastreux qu'elle produisait, car elle tenait à tout révéler comme si ses paroles pouvaient effacer le remords qui la torturait.

– Nathan doit se sentir coupable de ma mort. Il doit se dire que s'il ne m'avait pas parlé aussi vertement je ne me serais sans doute pas énervée… Peut-être aurais-je évité cet accident stupide !

– C'est vrai ? Vous auriez pu l'éviter ?

– Non.

Les larmes montèrent aux yeux de Rebecca. Louise lui prit la main et lui parla gentiment bien qu'elle fût consternée par son attitude.

– Ne pleurez pas, tout ira bien, dit-elle.

Pourquoi ces femmes bizarres étaient-elles si attentionnées ? se demanda Rebecca au comble de l'angoisse.

– Comment pouvez-vous en être certaine ? Nathan est orphelin. Je sais ce qu'il endure. Lorsque ma mère est morte, j'avais l'impression qu'elle m'observait, qu'elle était présente et je conversais avec elle, je lui demandais conseil, je lui racontais ma vie. J'avais dix ans et cela me consolait. Il faut dire que mon père ne me parlait jamais d'elle. Il faisait partie de la génération qui n'expliquait rien de ses sentiments, qui ne montrait pas ses émotions, qui considérait que se plaindre était un crime contre l'humanité ou, du moins, contre son entourage. Parler de soi était indécent. Peut-être est-ce pour cela que je me suis sentie abandonnée ?

– Il ne réagira pas comme vous, tenta Louise. D'ailleurs, il va évoluer, passer du désespoir à la tristesse pour atteindre les rives d'une nostalgie presque sereine.

– Albert Cohen ne s'est pas remis de votre disparition. Dans *Le Livre de ma mère*, il réclame sa mère qui, bien que morte, continue à vivre dans ses rêves. Retirée dans un hameau sous une fausse identité, elle reste si présente dans son quotidien qu'il lui reproche de l'avoir quitté égoïstement. Il se met à douter de son amour. Et, si mes calculs sont bons, Cohen avait quarante-huit ans lorsque vous êtes morte. Il était un adulte déjà célèbre ! S'il a eu du mal à supporter son deuil, imaginez l'état de Nathan, qui est loin d'être un homme mûr !

Minnie se pencha vers Rebecca :
– Et notre tristesse, vous pourriez y penser ! Cela a été une rude épreuve de quitter nos fils, de renoncer à être au courant de ce qui les concernait, de lâcher prise, de constater que leur vie continuait sans nous. Les autres peuvent en témoigner.

– Les autres ?

– Oh, vous verrez, nous sommes très nombreuses. Il y a ici les mères de Marcel Proust, de Sigmund Freud, de Romain Gary…

Rebecca éclata de rire, un rire de soulagement. Elle était mère, elle était juive. Était-elle pour autant une mère juive ? Faisait-elle partie du mythe ? Le fait d'être parmi ces femmes célèbres était-il une garantie pour l'avenir de son fils ?

– N'y a-t-il que des mères juives ici ?

– Pas besoin d'être juif pour être une mère juive, remarqua Minnie. Pas même d'être mère. Mon mari était une mère juive, comme vous, comme nous toutes. C'est un adjectif, vous savez. C'est un synonyme pour aimante, dévouée, héroïque, possessive, exigeante, se mêlant de tout, focalisée sur la nourriture et la sécurité, paranoïaque, angoissée, angoissante, sans cesse préoccupée par ses enfants.

– Mais vous êtes toutes juives ?

– C'est comme ça, ce n'est pas notre faute, répliqua Louise.

Minnie Marx lui expliqua que le concept de « mère juive » était assez récent. Au début du XXᵉ siècle, les mères juives étaient maternelles, protectrices et aimantes. Elles se sont transformées avec les romanciers américains – Saul Bellow et Philip Roth par exemple – en « yiddishe mama » à l'amour excessif, étouffant voire pathologique.

– Et Woody Allen, ajouta Rebecca.

– Il n'y a pas que l'école juive new-yorkaise pour représenter la « mère juive », dit Louise Cohen. Albert a écrit *Le Livre de ma mère* en 1954, en France.

Minnie prit sa voix la plus douce pour ne pas heurter la sensibilité de Louise :

– Les mères juives ont toujours existé – Sarah, Rebecca, Rachel, Leah, Jokébèd, la mère de Moïse... – mais le concept est une invention américaine, qui est devenu très connu en 1964 avec la parution du livre de Dan Greenburg : *Comment devenir une mère juive en 10 leçons*. Et cela a tout changé.

– La mère de Woody Allen n'est pas là ? demanda Rebecca.

– Non, répliqua Louise.

– Vous ne l'avez jamais vue ? insista-t-elle.

– Si, mais elle n'est pas restée longtemps parmi nous.

– Pourquoi ? Je suis une fan de Woody Allen.

– Moi aussi, répondit Minnie, qui n'expliqua pas pour autant l'absence de sa mère.

Rebecca se promit de reposer la question plus tard. D'autant qu'elle ne comprenait pas grand-chose, malgré leurs explications. Elle pensa à son enterrement pour la première fois. Combien de fois n'en avait-elle pas rêvé ? Elle imaginait sa meilleure amie en larmes, ses collègues bavardant entre eux. Le film passait devant ses yeux ; quelques-uns pleuraient, d'autres étaient simplement venus signer le registre, trop pressés, trop agités par la vie pour se poser une heure. Les proches entouraient son fils. Et même si, dans son scénario cent fois répété, Antoine, le père de Nathan, était inconsolable, elle se doutait qu'il n'était pas venu ; il l'avait quittée très rapidement après la naissance et n'était pas resté proche de leur enfant. Pourtant, elle aurait adoré qu'il soit ému, car dès qu'il s'agissait de lui, elle ne pouvait s'empêcher d'avoir les mains qui vibrent, le menton qui tremble, la voix qui vacille, le cœur qui bat trop vite et l'esprit embrouillé. Dix-huit ans après leur rencontre, elle éprouvait toujours pour lui les mêmes sentiments amoureux. Elle poursuivit sa rêverie et imagina son fils prendre la parole à la synagogue pour dire quelques mots sensibles et gentils sur le deuil et l'absence.

— Vous avez des photos ? demanda Louise qui la tira de ses pensées.

Par réflexe, Rebecca chercha son sac. Son sac ! Elle en avait oublié jusqu'à l'existence, mais le fait de l'avoir là, à côté d'elle, rendit cet objet en cuir fatigué plus précieux que son ami le plus proche. Et il lui sembla ne plus être tout à fait perdue puisqu'elle retrouva, rangées dans une poche, des photos de Nathan. Elle avait gardé, de la maternelle à la terminale les clichés de l'école – où tous les garçons avaient tendance à se ressembler. N'avaient-ils pas, à cinq ans, la raie à gauche sagement tracée, à dix, une frange trop longue pour tenter de cacher les lunettes dont ils avaient honte, à quinze, les cheveux longs en bataille et un appareil dentaire ?

— Mais il est magnifique ! s'exclama Louise, en regardant la dernière photo, la plus récente. Vous avez dû en être folle.

— Je l'ai adoré. Avec ses cheveux bruns et bouclés, ses yeux clairs en amande, Nathan ressemble à une miniature persane.

— Et à son père, remarqua Louise, avec une mère si blonde.

Il ressemblait tant à Antoine qu'elle avait eu du mal à le considérer, non comme le clone de son père, mais comme un être indépendant. Le regarder lui procurait un mélange de bonheur et d'angoisse. Elle passait de l'admiration la plus authentique à la crainte qu'il ne s'en sorte pas dans l'existence.

— Nathan perd ses clefs, oublie ses rendez-vous, gaspille son argent, et reste à ne rien faire si je ne suis pas derrière lui à le houspiller. Sa chambre est dans un désordre tel qu'il ne peut rien y retrouver, le voudrait-il. Sans moi, il est perdu. Lorsque, enfant, il avait du mal à mettre son manteau, je le lui enfilais, je nouais ses lacets afin de lui éviter cette peine, je faisais ses devoirs plutôt que de les lui expliquer.

– Vous n'aviez aucune patience, dit Louise. Vous vouliez aller vite.

– C'est vrai, je n'ai jamais supporté la lenteur et je voulais qu'il soit parfait, tout de suite, sans prendre le temps de lui apprendre. Le résultat est que j'ai peur d'en avoir fait un bon à rien. Comment pourra-t-il se débrouiller sans moi ?

– C'est une question très répandue chez les mères juives, répliqua Louise Cohen.

2
L'ai-je trop couvé ?

> « J'avais toujours quatre ans pour elle. »
> Marcel Proust

> « Elle me bénissait sacerdotalement et regardait presque animalement, avec une attention de lionne, si j'étais toujours en bonne santé ou, humainement, si je n'étais pas triste ou soucieux. »
> Albert Cohen

Puisque Louise Cohen avait envie de bavarder, autant en profiter, se dit Rebecca qui voulait à la fois se rassurer sur l'éducation qu'elle avait donnée à Nathan et savoir comment la mère d'Albert avait élevé son fils pour en faire un homme aussi merveilleusement doué. Comment avait-elle engendré un grand écrivain français alors qu'elle parlait un dialecte vénitien en famille ? Née à Corfou en 1870, fille d'un notaire italien, mère d'un fils unique, Louise Ferro de son nom de jeune fille n'avait a priori aucune recette particulière pour éduquer son fils à part l'amour qu'elle lui portait.

– Avez-vous beaucoup poussé Albert ? demanda Rebecca. Lui avez-vous donné, jeune, le sens des responsabilités ?

– Au contraire, je faisais tout pour lui. C'était moi qui beurrait ses toasts jusqu'à son adolescence. Lui préparer son petit déjeuner me semblait être une preuve d'amour. Il n'avait que cinq ans lorsque nous sommes arrivés à Marseille. Vous comprenez, je devais partir travailler très tôt ; alors je préparais du café chaud dans un thermos et j'écrivais à Albert des petits mots lui ordonnant de se couvrir lorsqu'il faisait froid, lui conseillant de se savonner, même derrière les oreilles car c'est toujours la partie du corps que l'on oublie, je lui rappelais qu'il fallait regarder des deux côtés de la rue avant de traverser et, surtout, je lui disais à quel point je l'aimais. Je tâchais de rendre mes lettres gaies car je trouvais si triste qu'il se réveille dans un appartement vide. Parfois même je lui laissais ma photo sur la table. Une bien mince compagnie. Pourtant, il en garde un souvenir nostalgique puisqu'il a donné tous ces détails dans *Le Livre de ma mère*.

– Quel travail aviez-vous ?

– J'aidais Marco, mon mari, à l'épicerie, qui était située 18, rue des Minimes. Nous habitions au 20. Je cherchais à m'échapper dès que possible pour aller voir Albert, mais ce n'était pas facile. Je n'arrêtais pas ; l'épicerie était spécialisée dans la vente des œufs en gros et le travail était pénible : il fallait d'abord les trier selon le calibre, puis selon la date de ponte qu'on vérifiait en regardant un par un devant une bougie. On plaçait ensuite les œufs, toujours une douzaine bien alignée, dans des caisses de paille. Enfin, il fallait transporter les caisses et expédier la marchandise. C'était épuisant.

Minnie Marx se prit les pieds dans sa jupe trop longue et manqua tomber au milieu du salon surchargé ; il y avait des tapis superposés, des chaises, des tables rondes où s'entassaient des bibelots, des boîtes, des bougeoirs, des lampes. Chacune de ces femmes avait-elle apporté ce qui lui avait été cher ?

– Ça va ? Vous ne vous êtes pas fait mal ? demanda Rebecca.

– Minnie a fait exprès de trébucher, dit Louise.

– Pourquoi ?

– Pour m'interrompre.

Rebecca s'approcha de Minnie qui pestait à voix basse :

– Ce que Louise peut être désagréable ! Elle pense être la seule au monde à avoir mené une vie fatigante alors qu'elle n'a eu qu'un fils. Et vous avez vu à quel point elle est égocentrique ; elle ne cherche même pas à savoir si j'ai eu mal.

Louise Cohen décida de l'ignorer et prit Rebecca par le bras pour continuer à lui raconter l'enfance d'Albert.

– Ne vous gênez pas pour moi, dit Minnie, vexée.

Comme chacune exigeait d'elle une attention totale, Rebecca avait l'impression d'être un nouveau jouet qu'elles se disputaient et qu'elles jetteraient lorsqu'elles en auraient assez. Elle ne savait pas laquelle privilégier. Mais Louise avait choisi pour elle : puisqu'elle avait commencé à raconter l'enfance d'Albert, elle continuerait.

– Mon fils était trop sage et sérieux pour son âge. J'en avais le cœur serré. Comme il ne voulait pas rentrer seul dans l'appartement, il s'asseyait sur les marches de l'escalier de l'immeuble pour m'attendre, dans le noir. Il savait que je devais revenir, ne serait-ce que pour préparer le dîner. Pour se distraire, il inventait des histoires. C'est ainsi qu'il s'est persuadé que tout ce qu'il voyait se trouvait, en vrai mais en tout petit, dans sa tête. S'il était au bord de la mer, il était sûr que la Méditerranée elle-même, minuscule et salée, se trouvait dans sa tête, avec tous ses poissons en miniature, avec toutes ses vagues et un petit soleil brûlant, une vraie mer avec tous ses rochers. Il inventait les personnages de son histoire. Petit, il était un écrivain en herbe. Et, déjà à Corfou, il observait l'île qu'il a fini par considérer comme le lieu de ses romans.

Lorsqu'elle évoquait son fils, le visage de Louise Cohen s'illuminait. Sa fierté de mère effaçait son aspect rude, voire austère. Et Rebecca se passionna pour Corfou et l'arrivée des Cohen à Marseille. Rien ne l'amusait autant que les récits d'enfance, si révélateurs de l'âge adulte.

Minnie ne put s'empêcher d'intervenir, n'étant pas captivée par cette histoire qu'elle connaissait par cœur.

— Est-ce que je vous parle de Dornum, moi ?

— L'obscur village en Allemagne où vous êtes née n'a aucun intérêt, Minnie, alors que Corfou est une île de soleil et de miel qui devient la Céphalonie dans la trilogie d'Albert sur les *Valeureux*. Mon fils décrit le plus beau pays du monde où l'on côtoie des orangers, des citronniers, des oliviers argentés... Et la mer, « un immense cristal à peine remuant ». Il se souvient aussi de son odeur marine qui se mêle au jasmin. Et il recrée un univers d'une poésie bouleversante.

Comme toute Corfiote, Louise vivait au gré des saisons avec son enfant qu'elle ne quittait jamais. Ils se promenaient sur la plage, le long des forteresses et dans les rues grouillantes « au milieu de linges bleus, rouges, jaunes, verts... ».

— Cette fois, je vous quitte, la douceur bucolique me porte sur les nerfs, dit Minnie en se levant.

— Mais où va-t-elle ? demanda Rebecca.

— Elle reviendra pour le dîner, je vous l'assure.

Louise Cohen prit ses aises sur le canapé, s'étirant de tout son long, pour raconter sa jeunesse à Corfou.

— Je ne pensais pas alors que je vivais les années les plus heureuses de ma vie. Je me laissais porter par ce climat méditerranéen, je vivais au présent et j'aimais être mère à temps plein. Je me sentais fière de mon fils. Dès qu'il est né, je lui ai voué une sorte d'adoration que j'ai conservée puisque, plus tard, il n'était pas rare que je me lève la nuit pour lui confectionner de la pâte d'amande au cas où il aurait faim. Albert ne s'est pas trompé lorsqu'il a écrit : « Ma mère n'avait pas de moi, mais un fils. » J'ai bien fait de m'investir pour qu'il soit heureux puisqu'il énumère ses souvenirs d'enfance dans *Le Livre de ma mère* : de la gelée de coing aux convalescences qu'il chérissait. Il aimait tous les moments qu'il passait avec moi, quand je le faisais travailler ou qu'il me regardait faire la cuisine.

Rebecca n'avait jamais pensé qu'élever un enfant pouvait être aussi facile. Elle se souvenait de son inquiétude perpétuelle à l'égard de son bébé : avait-il assez chaud ? Respirait-il normalement ? S'ennuyait-il ? Manger et dormir suffisaient-il à son nouveau-né forcément hors du commun ? Elle se faisait du souci pour son fils qui n'avait pas demandé à naître. Aussi se rendait-elle constamment dans sa chambre, non pas pour l'admirer comme Louise, mais pour se rassurer. Elle allait jusqu'à le réveiller pour juger de son état. Elle n'en dormait plus. Il était devenu le centre de ses préoccupations. Il le lui avait fait payer plus tard.

Il devait avoir douze ans le soir où il avait refusé qu'elle sorte dîner. Elle s'était changée, portait une jolie robe et s'apprêtait à fermer la porte lorsqu'elle entendit des hurlements. Était-ce un caprice ou une terreur authentique ? Elle tenta de le raisonner, il pleura jusqu'à en suffoquer, elle finit par lui dire qu'elle avait le droit de vivre, elle aussi, parfois. Alors il répliqua d'un ton docte qu'elle avait abdiqué ce droit lorsqu'il était né. Elle avait ri. Et elle était restée.

Une grande et belle femme apparut sans bruit.
— Jeanne Proust, murmura Louise. Je vous préviens, elle est snob.

La mère de Marcel Proust était aussi belle que son portrait peint par Anaïs Beauvais : austère et sensuelle à la fois, elle avait un grand front pur, un visage rond, des yeux très sombres, presque sévères, qui tranchaient avec un décolleté profond à peine voilé d'une mousseline transparente. Sa voix douce contrastait avec son élégance froide.

— Je voulais vous souhaiter la bienvenue. Vous avez, vous aussi, un fils qui a du mal à se passer de sa mère. Nathan, n'est-ce pas ?

Rebecca rougit comme une collégienne. Comment était-il possible qu'elle soit au courant ? La voyant étonnée, Jeanne Proust se mit à rire :

— Rassurez-vous, ce n'est pas parce qu'on est morte qu'on peut lire dans les pensées des autres, seulement j'étais là. Je vous ai entendues.

Rebecca était intimidée comme si elle était dans un pays étranger sans connaître les coutumes locales. Fallait-il serrer la main, embrasser sur la joue une fois, deux fois, saluer sans se toucher, prendre la parole, attendre que l'autre parle ? Elle s'était habituée à Louise

Cohen et à Minnie Marx, exquises et maternelles. Mais Jeanne Proust avait l'air d'une « grande dame ». Louise prit la parole pour détendre l'atmosphère :

– Jeanne a toujours été inquiète pour Marcel. Beaucoup trop inquiète. Cela l'a rendu nerveux, le pauvre petit.

– Il est né fragile, répliqua Jeanne avec agacement. C'est pourquoi j'étais angoissée chaque fois qu'il était malade. Et il a attrapé toutes les maladies infantiles.

– Vous avez commencé à avoir peur avant sa naissance, remarqua Louise.

– Il y avait de quoi. Je subissais non seulement les angoisses de la guerre contre la Prusse et la Commune, mais aussi les privations, la violence des affrontements, les destructions et le fracas d'obus. J'étais tout le temps effrayée et je me sentais abandonnée, loin de mes parents, même si j'allais chez eux le plus souvent possible.

– À Auteuil, si je ne me trompe ? dit Rebecca. Marcel Proust n'était-il pas lui aussi très attaché à cette maison ?

Le visage de Jeanne s'éclaira, heureuse de rencontrer une femme cultivée, avec laquelle elle pourrait partager ses émois littéraires et son admiration infinie pour les œuvres de son fils.

– Marcel y passa bien des week-ends et une grande partie de ses vacances, confirma-t-elle ravie. Il l'évoque longuement dans sa préface autobiographique du livre de Jacques-Émile Blanche, *Propos de peintres ; de David à Degas*. Il se souvenait des grands rideaux en satin bleu Empire de sa chambre, le petit salon dont les volets étaient toujours clos pour lutter contre la chaleur, l'odeur du savon, la salle à manger qu'il considérait comme « vulgairement bourgeoise ». Marcel adorait cette maison bien qu'il l'ait jugée dénuée de goût. Nous avons dû nous en séparer à la mort de mon oncle Louis Weil. C'était en février 1897. Il faisait affreusement froid cet hiver-là. Le givre recouvrait la pelouse du grand jardin.

– Elle a été décrite plus prosaïquement au moment de sa vente : une immense maison de mille cinq cents mètres carrés avec serres et dépendances, 121, avenue Mozart avec retour 96, rue La Fontaine, dit Rebecca assez fière de se souvenir de cela.

Si elle avait dû passer un examen de passage avec Jeanne Proust, elle l'aurait réussi, et au-delà. À tel point que Louise Cohen, se sentant exclue, marqua sa mauvaise humeur :

– Vous vous intéressez plus à Marcel Proust qu'à Albert Cohen à ce que je vois.

– Pas du tout.

– Vous mentez mal, je vais rejoindre Minnie.

– Mais non ! Vous me racontiez combien vous aviez été mère poule avec Albert lorsqu'il était petit, dit Rebecca pour tâcher de la retenir.

– Oh ! ce n'était rien par rapport au lien spécial que j'avais avec Marcel, intervint Jeanne. Je ne m'attendais pas à être aussi bouleversée par sa naissance. C'était un attachement fusionnel.

Rebecca se tourna vers Louise pour la faire participer, mais celle-ci était déjà loin.

– Laissez-la, lui conseilla Jeanne. On la retrouvera plus tard.

En entraînant la nouvelle venue hors de la pièce, Jeanne Proust lui demanda si vraiment elle connaissait bien l'œuvre de Marcel. Rebecca hésita car elle se doutait qu'elle pouvait passer pour inculte par rapport à Jeanne. Aussi prit-elle son temps avant de répondre tant elle avait peur d'être exclue de ce paradis. Elle était subjuguée par le jardin d'hiver où elles s'installèrent : les feuilles de palmiers se penchaient vers les fauteuils en osier, il y avait des orchidées de toutes sortes, des branches de bougainvilliers, de citronniers, de lauriers-roses, d'orangers... Elle finit par prendre timidement la parole :

— Je connais assez bien son œuvre, mais depuis que je suis ici, je comprends mieux votre fils lorsqu'il évoque l'angoisse de la séparation. Nathan me manque tant que je peux m'identifier à Marcel qui décrit son désespoir lorsque vous quittez Venise : tout perd de sa magie. L'eau des canaux ne lui apparaît plus que comme une combinaison d'hydrogène et d'oxygène. Et il ne voit plus dans les palais, qu'il avait tant admirés, que des morceaux de marbre sans intérêt. Au moment de votre départ, sa vision du monde se déforme.

— Et j'étais, moi aussi, très inquiète de le savoir seul. À cette époque, il m'avait écrit cette lettre admirable : « Quand, comme nous deux, on est reliés par une télégraphie sans fil, être plus ou moins près ou plus ou moins loin, c'est toujours communier étroitement et rester côte à côte. » N'est-ce pas magnifique ?

— Oui. Et cela me fait penser à sa description des « Demoiselles du téléphone ». C'est, je crois, dans *Le Côté de Guermantes*, lorsqu'il parle à sa grand-mère entre Doncières et Paris, qu'il évoque ces « Anges gardiens », ces « Toutes-Puissantes par qui les absents surgissent à notre côté, sans qu'il soit permis de les apercevoir ».

Enchantée par cette lectrice émérite, Jeanne sortit un paquet de lettres de sa poche et les tendit à Rebecca qui se mit à feuilleter une partie de l'immense correspondance : Jeanne exigeait que Marcel lui écrivît tous les détails de sa vie, en commençant par des questions de ménage. Elle aurait aimé qu'il lui fasse part de l'état de ses affaires. Étaient-elles « à laver, à nettoyer, à visiter, à ressemeler, à marquer, à repriser, à broder, à changer les cols, boutonnières… » ? Jeanne s'intéressait à l'intime : à quelle heure s'était-il levé, couché ? Avait-il travaillé ? Combien de temps ? Était-il sorti ? Avec qui ? Et elle terminait une de ses lettres par cette remarque : « Sois bien prudent avec le cuisinage et le chauffage du soir, j'y pense chaque soir. »

– Cuisinage ? Vous lui parlez comme à un bébé !

– Marcel était très inadapté à la réalité, répliqua Jeanne sur la défensive.

– Vous étiez un peu indiscrète, remarqua Rebecca qui continuait à lire sa correspondance. Rien ne devait vous échapper. Alors qu'il était en train d'effectuer son service militaire, vous lui avez demandé de dater chacune de ses lettres et de vous informer de son emploi du temps, heure par heure. Vous semblez obnubilée par les horaires. Est-ce pour cela que Marcel Proust a fini par inverser son horloge naturelle en écrivant la nuit et en dormant le jour ?

– Je ne sais pas. Nous avions la même sensibilité, le même caractère jaloux, possessif et inquiet. Il menait une vie désordonnée mais il devait m'embrasser chaque soir pour pouvoir s'endormir.

– C'est un rituel largement partagé, intervint Louise, en revenant vers elles.

– Oh ! Louise ! dit Rebecca qui sursautait à chaque « apparition » de ces femmes qui se déplaçaient sans bruit.

— Albert a décrit les baisers du soir et les histoires que je lui racontais. Toutes les mères du monde embrassent leur enfant au lit, dit Louise.

— Moi, c'était différent : j'en étais malade de le quitter, rétorqua Jeanne Proust. Lorsque Marcel s'agitait seul sans trouver le sommeil, je restais immobile dans le couloir séparant nos chambres à guetter sa respiration.

— « Longtemps, je me suis couché de bonne heure », dit Rebecca, heureuse de citer cette phrase devenue si célèbre. Sa peur nocturne avait dû beaucoup le marquer puisque *À la recherche du temps perdu* commence par ces mots.

— Vous savez qu'il a décrit cette même scène à cinq occasions dans son œuvre ? dit Jeanne fièrement.

— Cinq fois la scène du baiser ?

Jeanne devint péremptoire :

— Dans chacune des versions, Marcel décrit l'absence intolérable de sa mère. Elle l'abandonnait dans sa chambre pour une nuit interminable qui n'en finissait pas de commencer. Soit il l'attendait et elle ne venait pas parce qu'elle recevait des invités, soit elle le quittait très vite parce qu'elle sortait. Le fait qu'elle ait une vie indépendante lui était insupportable.

— Pourrait-on avoir quelques livres ici ? demanda Rebecca.

— Vous ne me croyez pas ? dit Jeanne.

Difficile de lui expliquer qu'elle ne pouvait pas s'empêcher de vérifier les textes. Déformation professionnelle, supposa-t-elle.

— Je vous crois, lui dit-elle, mais j'aime lire.

Pour autant, elle ne tenait pas à la froisser et, pour l'apaiser, elle demanda à Jeanne de raconter les cinq passages de la fameuse « scène du baiser ».

— Chaque fois, il y a une variante, expliqua Jeanne si fière de Marcel, si contente de trouver quelqu'un qui appréciait l'œuvre de son fils. Le passage le plus connu se situe dans *Du côté de chez Swann* où il décrit le soir où Swann vient dîner. Dans *Jean Santeuil*, il fait intervenir le professeur Surlande, médecin de son état. Dans les deux cas, Marcel sait qu'il doit rester dans sa chambre parce qu'il y a un invité. Pourtant il cherche à me faire venir, moi, enfin la mère du narrateur, tant il est angoissé par la nuit qui vient. Allais-je monter lui dire bonsoir, l'embrasser une dernière fois ? C'est l'objet de ce récit. Et Marcel réussit à créer du suspense.

— C'est rare avec toutes les digressions qu'il fait, intervint Louise.

Jeanne ne releva pas le sarcasme, et continua.

— La mère monte les marches, Marcel sort de sa chambre. Elle ne s'y attend pas et le regarde pétrifié : que fait-il là ? Elle a peur de la réaction de son mari, peur qu'il la désapprouve si elle rentre dans la chambre de son fils. D'un autre côté, il faudrait être cruel pour le laisser trembler sur le palier.

Elle se tourna vers Rebecca :

— Cette idée qu'il vaut mieux traiter les enfants durement pour les préparer à la vie d'adulte a-t-elle toujours cours aujourd'hui ?

— C'est compliqué justement.

Rebecca s'apprêtait à répondre longuement qu'entre les post-soixante-huitards, le retour de l'enfant roi, le revirement de certains psychologues, le débat restait entier, mais Jeanne l'interrompit.

— Dans *Jean Santeuil*, dit-elle, la mère du narrateur explique à Surlande que trop d'amour nuit à l'enfant qui doit être dressé. Elle ne va pas voir son fils, elle refuse qu'il garde ces « habitudes de petite fille ».

— Vous pensiez vraiment cela ?

— Mon mari était très à cheval sur une éducation virile. Moi, non. Parfois j'obéissais à Adrien, mais j'en étais malade. Si j'avais pu, j'aurais dormi avec mon fils tous les soirs. Car bien que Marcel ait écrit que sa seule consolation était que je vienne l'embrasser dans son lit, il a aussi ajouté que ce moment était douloureux puisque trop bref et qu'il annonçait mon départ imminent. Je n'avais aucune envie de lui infliger cette peine.

— Vous tâchiez de le raisonner.

— Oui, j'étais bien obligée. Marcel savait combien le fait de m'appeler et de me rappeler me contrariait, puisque ses caprices allaient à l'encontre de l'éducation que je tenais à lui donner. Il le savait et cela ne l'empêchait pas de continuer. Mais parfois, contre toute attente, c'est son père qui suggérait que j'aille dans sa chambre, comme il le raconte dans *Du côté de chez Swann*.

— C'est incroyable ! Vous sévissez alors que son père ne le demande même pas, puisqu'il comprend la terreur nocturne de son fils, s'exclama Rebecca. C'est vous qui passez alors pour intraitable.

— Comment pouvez-vous me critiquer ainsi ? répliqua Jeanne furieuse.

— Elle est susceptible, chuchota Louise Cohen.

Mais Rebecca se sentit coupable et s'excusa.

— Qui suis-je pour donner mon avis ? Nathan était un véritable pot de colle. Il avait pris l'habitude de m'appeler tout le temps. Je ne pouvais pas déjeuner sans qu'il m'interrompe, parfois plusieurs fois. Mes collègues s'en plaignaient. Il me demandait aussi bien ce qu'il devait choisir comme menu de déjeuner que l'heure à laquelle il devait partir s'il lui arrivait de prendre un train. Il n'hésitait pas à m'envoyer un SMS en plein cours pour me questionner sur des détails qui me semblaient absurdes mais qui le tétanisaient. Plus les sujets étaient insignifiants, moins il semblait capable de prendre une décision. Et je lui répondais toujours.

Prise par ces souvenirs, Rebecca n'avait pas fait attention à son entourage. Elle constata qu'elle était seule. Avait-elle parlé sans auditoire ? Où étaient passées les autres mères ? Elles n'avaient rien compris à ses allusions trop contemporaines. Le SMS avait dû les faire fuir. Comment ne les avait-elle pas entendues partir ? Qui avait posé devant elle un plateau de thé très élégant avec des tasses en porcelaine de Sèvres ? Qu'importe ! Seule pour la première fois, Rebecca laissa libre cours à ses réflexions. Elle se demanda si elle n'avait pas incité Nathan à être dépendant d'elle, exactement comme Jeanne Proust avec Marcel. N'avait-elle pas, elle aussi, encouragé ce lien si pesant ? Pour chasser l'angoisse qui l'envahissait, elle alla se promener tout en se récitant des poèmes. Verlaine avait un effet euphorisant sur elle, comme un beau tableau ou un paysage parfait.

Elle arriva bientôt dans une immense bibliothèque qui lui fit penser à ce que devait être la bibliothèque d'Alexandrie avant qu'elle ne partît en fumée. Des centaines de milliers de volumes, des livres à perte de vue. Voilà ce qu'elle appelait le paradis. Elle n'aurait pas pu espérer mieux. Rebecca se mit à lire. Mais elle ne ressentit aucune émotion en parcourant Verlaine. Elle feuilleta Rimbaud, Apollinaire, Baudelaire et survola aussi les *Fables* de La Fontaine qu'elle avait tant aimées… elle n'appréciait plus rien. Même Eluard la laissa indifférente. Elle tourna les pages, triste à mourir. Drôle d'expression dans son cas. Ses poèmes préférés lui semblèrent poussiéreux, voire ennuyeux, et, surtout, bien moins importants que son existence – qui n'était plus. Elle était rongée par l'idée qu'elle avait dû se tromper dans l'éducation de Nathan. On ne pouvait pas dire qu'elle n'ait pas passé de temps à y réfléchir, mais elle n'avait ni modèle, ni références. Ici, entourée de femmes maternelles, chacune dans leur genre, il lui semblait que tout aurait été différent si elle avait eu une mère. Au lieu de lire, elle se morfondit. Aussi fut-elle soulagée de voir Jeanne arriver et prendre un livre... de Proust sur un des rayonnages de la bibliothèque.

– Je vous ai perturbée, dit Jeanne.

– Je ne sais plus très bien où j'en suis. Je pensais à ce rôle de mère, si compliqué. Je me demandais si l'on copiait l'éducation que l'on avait reçue ou si l'on faisait l'inverse, ce qui revient au même. Vous avez parlé de votre attachement à Marcel, mais comment vous entendiez-vous avec votre mère ?

– Je l'adorais. Nous étions fusionnelles. Elle m'a appris tout ce qu'elle savait : admiratrice de Beethoven, des *Mémoires* de Saint-Simon, des *Lettres* de la marquise de Sévigné, elle m'a inculqué des rudiments de piano ainsi que le latin, l'anglais et l'allemand. La culture avait une importance immense pour elle, comme pour moi par la suite. Je l'avoue, j'ai reproduit avec Marcel ce que ma mère m'avait transmis.

– Rejoignons les autres.

Jeanne entraîna Rebecca dans le salon, mais elles ne trouvèrent personne. Un châle gris traînait sur une bergère décatie, une chaussure sur le sol, une boîte de chocolats à peine entamée encore ouverte... Elles n'étaient pas des maniaques du rangement comme Rebecca qui ne pouvait se coucher sans que chaque chose soit à sa place. Tracassée par le désordre, elle était capable de se relever au milieu de la nuit pour ranger. Mais Jeanne n'était pas déphasée, puisqu'elle s'assit sur une chaise telle une duchesse au maintien irréprochable et indiqua le canapé à Rebecca. Elle commença à raconter l'histoire de son frère : Georges Weil ne s'était marié qu'après la mort de sa mère, à quarante-quatre ans, alors qu'il était déjà un grand avocat. Lui étant toujours resté dévoué, il n'aurait probablement jamais trouvé de femme si Adèle ne s'était pas décidée à disparaître. Telle la marquise de Sévigné qui écrivait des lettres d'amour passionnées à sa fille, Adèle était une mère exemplaire mais très autoritaire : « Je connais une autre mère qui ne se compte guère, qui est tout entière *transmise* à ses enfants », écrivit Jeanne à Marcel.

– Mme de Sévigné envahissait la vie de sa fille qui a dû fuir à l'autre bout de la France pour ne plus la voir, dit Rebecca. Contrairement aux apparences, ce ne fut pas une réussite. Elle avait avec sa fille une relation abusive.

– Elle devait être une mère juive sans le savoir, intervint Louise Cohen, qui s'installa à côté d'elle en prenant un coussin pour se caler le dos.

Rebecca, qui commençait à s'habituer à ces va-et-vient, ne broncha pas. Le sujet la passionnait.

– Mme de Sévigné était exigeante, intelligente et très présente, comme ma mère, remarqua Jeanne.

– Une terreur comme moi, qui en faisais toujours trop pour Albert.

– On nous reproche toujours quelque chose, dit Jeanne. Si on n'est pas là, c'est un drame. Si l'on est trop présentes, intenable. Mais personne ne semble comprendre le degré d'amour qui nous pousse à intervenir constamment. Même Marcel avait du mal. Mme de Villeparisis dit à propos de Mme de Sévigné : « Est-ce que vous ne trouvez pas que c'est un peu exagéré ce souci constant de sa fille ? »

– Et vous pensez que c'est une critique à votre égard ?

Rebecca était effarée par le narcissisme de Jeanne qui semblait avoir lu toute l'œuvre de Proust avec pour seul prisme les liens qui l'unissaient à son fils. Se cherchait-elle constamment ? N'avait-elle qu'un critère pour apprécier *La Recherche* : elle et l'amour que son fils lui portait ?

– Vous pouvez vous moquer de moi, ça m'est égal, dit Jeanne vexée.

– Il y a d'autres mères excessives, intervint Louise. J'imagine, Rebecca, que vous avez lu *Portnoy et son complexe* de Philip Roth. Je l'ai découvert ici et je le relis régulièrement.

– Vous voulez parler de Sophie Portnoy ? C'est une mère affreusement possessive.

– Et si envahissante que son fils, Alex, croit fermement que chacun de ses professeurs est sa mère déguisée et qu'elle a des pouvoirs surhumains puisqu'il la retrouve dans la cuisine lorsqu'il rentre du lycée. Chaque jour, il se demande s'il réussira à la surprendre avant qu'elle ait le temps de se retransformer en elle-même. Il ne renonce jamais à ses illusions : il croit en la toute-puissance de sa mère.

– C'est un personnage de roman, dit Jeanne avec dédain.

– Il y a bien un modèle quelque part, répliqua Rebecca. Il y a toujours une origine à ce que l'on écrit. Je ne sais pas si vous avez jamais vu *Œdipus Wrecks* de Woody Allen ? C'est un court-métrage, un des trois de *New York Stories*. Les autres sont de Scorsese et Coppola. Woody Allen rêve qu'il conduit un corbillard. Et, bien que sa mère soit dans le cercueil, elle ne cesse de critiquer sa manière de conduire. Il se défend sans s'étonner de son chantage ; s'il ne ralentit pas, elle n'ira pas au cimetière. Il lui obéit et, pendant tout le chemin, elle lui donne des indications sur la meilleure route à suivre alors qu'elle est morte.

– Je ne l'ai jamais vu, remarqua Louise.

Rebecca se surprit à employer son ton professoral pour expliquer comment Mrs Millestein surveillait son fils.

– Son visage de vieille dame trop maquillée avec ses cheveux gris-mauve permanentés apparaît au milieu des nuages pour prendre les passants à témoin sur les faits et gestes de son fils qui était si mignon petit. Elle leur présente les photos de Sheldon lorsqu'il était bébé pour étayer ses propos. Or il a cinquante ans et il ne peut se cacher ni dans son bureau ni dans son appartement, puisqu'elle le regarde par la fenêtre. Il n'a plus une seconde de répit : rien n'échappe à sa mère. Elle est pire que Dieu.

– Nettie n'a pas tellement aimé ce film. Elle trouvait cette image d'elle omniprésente un peu caricaturale, dit Jeanne.

– Je comprends qu'elle ait pu se froisser. Où se trouve-t-elle ? J'aimerais la rencontrer.

– Peut-être est-elle toujours au milieu des nuages à contempler son fils comme dans le film ? suggéra Louise.

– Impossible, dit Jeanne avec fermeté.

– Nous ne l'avons pas vue depuis une éternité, remarqua Louise.

– Pourquoi est-elle partie ? demanda Rebecca intriguée.

– Je crois qu'elle s'ennuyait avec nous. Elle n'aimait parler que de son fils. Elle racontait toutes ses histoires, sa vie, ses films, son enfance à tous les stades de son développement...

Rebecca eut le sentiment que Nettie n'était pas la seule dans ce cas. À moins que ce ne fût elle qui ait été à l'origine de ces conversations ? Elle les avait interrogées sans leur laisser de choix tant elle était traumatisée par sa séparation d'avec Nathan, tant elle se sentait proche de ces mères qui avaient considéré leur fils comme l'homme de leur vie. Cela lui changeait les idées d'entendre raconter la vie d'hommes célèbres d'un point de vue maternel.

3

Et les maris ?

> « Mon mari décide de tout : s'il faut croire en Dieu, pour qui voter, et moi je fais le reste : combien on dépense, où l'on part en vacances, où les enfants vont à l'école, ce que l'on mange… »
>
> *Proverbe juif*

> « Si ma mère avait eu un amant, je n'aurais pas passé ma vie à mourir de soif au bord de chaque fontaine. »
>
> Romain Gary

Jeanne Proust avait revêtu une robe noire magnifique avec un pouf dans le dos qui rehaussait la finesse de sa taille d'où s'échappait une cascade de volants noirs.

– Oh ! quelle élégance ! s'écria Rebecca en remarquant ses bottines à boutons et la fleur blanche piquée dans son chignon.

– Marcel n'aurait sans doute pas été de votre avis. Il détestait ce genre de robe. Du mauve au violet en passant par le bleu lavande, Anne Swann comme la duchesse de Guermantes portaient de la mousseline de soie, de la gaze et toutes sortes de matières fluides.

— Est-ce qu'il vous faisait des remarques sur vos tenues ?

— Il aurait eu du mal, le pauvre trésor. Je me changeais plusieurs fois par jour. Mon mari avait le négligé en horreur.

— Pourquoi n'y a-t-il aucun mari avec vous ici ? demanda Rebecca.

— Je ne sais pas, mais pour moi, ça tombe bien parce que c'était déjà assez difficile comme ça lorsque nous vivions ensemble. Adrien m'intimidait. Je n'osais pas lui parler. D'ailleurs, je le voyais assez peu tant son travail l'absorbait. Il était chef de service de l'hôpital Lariboisière et passait son temps à voyager. Lorsqu'il était là, il sortait souvent sans moi. Je crois que nous ne nous sommes jamais compris. Même l'appartement, boulevard Malesherbes, où nous sommes restés plus de vingt ans, ne nous correspondait pas. Je m'étais donné du mal pour l'installer, mais il était trop luxueux pour Adrien qui ne faisait qu'y passer et, malgré mes efforts pour changer la décoration, je ne m'y étais jamais sentie chez moi.

Rebecca se douta qu'il s'agissait d'un mariage arrangé, comme on le faisait à l'époque. Jeanne Proust raconta qu'en effet elle avait déjà refusé plusieurs prétendants. Elle avait vingt et un ans lorsqu'elle épousa Adrien Proust, un docteur de renom, alors âgé de trente-six ans. Il avait envisagé dans sa jeunesse de rentrer au séminaire et n'avait jamais cherché à se marier plus tôt. Fils d'un épicier catholique et modeste, il était brillant, travailleur, matérialiste et athée. Ses parents n'avaient pas apprécié qu'il épouse une juive, aussi riche fût-elle. Adrien était ambitieux ; il avait épousé Jeanne pour son argent et son carnet d'adresses. Mais le redoutable et respecté Nathé Weil, le père de Jeanne, avait lui aussi choisi le jeune homme par intérêt. Non seulement il avait une belle carrière mais il était catholique. Et il voulait « assimiler » sa fille, comme beaucoup de juifs de la haute bourgeoisie parisienne. Quant à la mère de Jeanne, Adèle Berncastel, elle trouvait son futur gendre bel homme. Jeanne avait-elle eu le choix ? Proust disait des parents de Jean Santeuil qu'un mariage d'amour relevait du vice. Il était de bon ton que l'amour suivît le mariage : « On ne cesse pas plus d'aimer son mari qu'on ne cesse d'aimer sa mère », écrit Proust.

– J'aurais voulu qu'Adrien tente de franchir la distance que j'avais instaurée entre nous, expliqua Jeanne. Il ne l'a jamais fait. Nous n'avions ni la même culture ni la même sensibilité. Et ce n'était pas une question de religion. Nous ne nous sommes pas mariés à l'église et je ne me suis pas convertie. Mais étant agnostique et lui athée, ce sujet n'a jamais été une source de conflit entre nous. Par contre, il considérait que lire autre chose que des journaux était une perte de temps et, s'il s'efforçait de temps à autre de m'accompagner à des concerts, il ne manquait jamais de s'endormir. Quant aux musées, il les avait en horreur. Je ne m'en formalisais pas. Il était d'une intelligence supérieure, mais nous n'avions pas les mêmes goûts. Aussi ai-je inculqué à Marcel toute la culture qui manquait à Adrien.

Elle s'interrompit, le regard posé sur quelque chose que personne ne pouvait voir. Sans doute le souvenir de son Marcel.

– Qu'aviez-vous en commun avec votre mari ? demanda Rebecca. De quoi parliez-vous ?

– Des enfants bien sûr et de la maison dont je devais lui présenter les comptes. Nous partagions aussi un nombreux personnel à gérer car nous recevions énormément. Comme j'aimais être maîtresse de maison ! Mais j'étais toujours disponible lorsqu'il rentrait de son bureau ou de ses voyages. Nous étions mariés à peine depuis un an lorsque Marcel est né, comme je vous l'ai dit. Et sa naissance a tout changé.

– Et vous avez choisi d'être mère plutôt qu'épouse.

– Choisi ? Je n'en suis pas sûre. Marcel, tout fragile et angoissé qu'il était, avait besoin de moi, beaucoup plus que mon mari. Je me suis toujours demandé si Adrien me trompait parce que je m'occupais trop de Marcel ou parce que je ne lui suffisais pas.

Rebecca eut du mal à comprendre que Jeanne pût évoquer les liaisons extraconjugales de son mari avec autant de sérénité. N'avait-elle été ni possessive ni jalouse ? Comment avait-elle pu tolérer l'adultère ? Les mœurs de l'époque consistaient-elles à sauvegarder les apparences ?

– Une maîtresse affichée prouvait que ce médecin de province était arrivé, répondit Jeanne sans se départir de son calme. Grâce à moi, il était devenu un Parisien élégant.

Rebecca en resta sans voix.

– Et ça vous scandalise ?

C'était une voix calme qui avait posé la question, le timbre d'une femme d'une quarantaine d'années que Rebecca n'avait jamais entendue. Elle se retourna pour découvrir une silhouette svelte, élancée qui se présenta. C'était Amalia Freud. Elle avait beau être prévenue, Rebecca éprouvait un choc chaque fois qu'elle rencontrait une nouvelle femme. Elle l'observa longuement : sous l'entrelacs de nattes noires qui couronnaient sa tête, son visage ravissant avait un ovale parfait et son regard tout à la fois attentif et curieux la fixait avec une intensité embarrassante. Elle portait une robe longue en taffetas noire rehaussée d'une guipure en dentelle blanche. Rebecca se dit qu'elle était bien trop élégante pour être totalement sérieuse.

Alors qu'elle s'apprêtait à lui parler, les autres protestèrent ; c'était l'heure du déjeuner et elles mouraient de faim !

– Mais ce n'est pas prêt ! dit Amalia Freud avec autorité.

Elle se tourna vers Rebecca pour lui décrire ce qu'était le mariage à l'époque : une institution sociale et religieuse, garante du développement de la famille. Il n'était pas question d'amour.

– Marcel a tout à fait raison, pour une fois.
– Comment ça, pour une fois ? s'écria Jeanne.

Amalia ne daigna pas lui répondre. Aussi belles, aussi cultivées l'une que l'autre, elles boxaient dans la même catégorie.

– J'étais la troisième femme de Jacob et je savais qu'il plaisait énormément, raconta Amalia. C'est bien simple, il ressemblait à Sigmund : les yeux en amande, le regard intense, il avait du charme, du charisme et il savait séduire. Quant à savoir s'il me trompait ou non, quelle perte de temps ! Je n'y pouvais rien et je ne me posais pas la question.

Amalia Freud était née Nathanson, en 1835, à Brody, une petite ville située au nord-est de la Galicie, près de la frontière russe. Elle était très proche de ses parents qui s'installèrent à Odessa, puis à Vienne. De classe moyenne, son père gagnait bien sa vie en tant qu'agent commercial, tout comme ses quatre frères. Les deux plus âgés habitaient Odessa eux aussi. Julius, de deux ans plus jeune qu'elle, était mort de tuberculose à l'âge de vingt ans, et le dernier devint avocat à Cracovie. Elle était, déjà à l'époque, jolie, cultivée et elle avait un caractère fort. Sûre d'elle et rayonnante, pourquoi épousa-t-elle à dix-sept ans Jacob Freud de vingt ans son aîné, qui avait déjà deux fils de sa première femme et qui venait de perdre sa deuxième épouse ? Ce n'était certainement pas son statut de négociant en laine qui avait pu la conquérir.

– Nous nous sommes mariés le 29 juillet 1855 à Vienne, et, ce jour-là, j'étais heureuse.

– Mais pourquoi l'avez-vous épousé ? insista Rebecca.

– Au début de mon mariage, j'étais impressionnée par cet homme jovial et amusant.

– Et vous avez eu huit enfants.

– Je n'allais tout de même pas me soustraire à mon devoir conjugal.

– Mais vous ne l'aimiez pas ?

Louise Cohen, si petite que personne ne l'avait vue arriver, donna un coup de coude à Rebecca qui se retint de crier.

– Cessez d'insister, chuchota-t-elle.

Pourquoi se montrait-elle si attentionnée puisque Amalia, loin d'être choquée par la réflexion de Rebecca, acquiesça : ne pas aimer son mari ne lui posait aucun problème.

– J'ai mis du temps à me rendre compte de mes sentiments car j'avais d'autres soucis. Jacob étant un piètre commerçant, nous avons dû déménager à Vienne sous prétexte que les affaires y seraient meilleures, mais elles ne l'ont jamais été. Il avait pris l'habitude de vivre aux crochets des autres. Mes parents ont dû l'aider, puis ses fils, lorsqu'ils se sont installés en Angleterre.

– Vous lui en vouliez d'être pauvre ?

– Nous habitions dans le quartier le plus pourri de Vienne où s'était établie la grande vague de migrants faite de Bohémiens, Moraves, Hongrois, Ruthènes et Croates, qui avaient contribué à en faire une ville multinationale et polyglotte, la plus juive après Varsovie mais aussi la plus chère. Jeune fille, je n'avais jamais changé d'appartement mais, après mon mariage, nous n'avons cessé de déménager. D'abord chez des parents de Jacob, ce qui avait fini par devenir insupportable avec trois enfants, puis dans des logements communautaires, ce qui était pénible aussi, d'autant que nous devions délimiter d'un simple trait l'espace qui nous était dévolu dans la pièce commune. Mais c'était mieux que de dépendre de la famille. Jacob m'a fait découvrir une situation matérielle que je ne soupçonnais pas. Et j'avais peur de mourir : en 1897, il y eut soixante-dix décès dus à la tuberculose pour dix mille habitants à Vienne. Mon frère en est mort, et j'ai survécu. Pour vous répondre franchement, non, je ne reprochais pas à Jacob d'être pauvre, mais de manquer de volonté et de tempérament. Il avait toujours des plans qui n'aboutissaient pas. Il y croyait et se mentait à lui-même ; il avait cessé d'être négociant en laine et continuait à se présenter ainsi car il n'osait pas avouer qu'il n'était plus qu'un vague assistant de commerçants étrangers à Vienne. Nous vivions perpétuellement au bord du désastre. La pire année fut 1865 : Josef Freud, le frère de Jacob, fut arrêté pour détention de faux billets de banque. Imaginez ma honte ! Les journaux en parlèrent et, comme nous habitions dans le ghetto juif où tout le monde se connaissait, nous avions droit à toutes sortes de commentaires ; de la commisération au dédain en passant par les insultes.

Minnie Marx cria pour couvrir la voix d'Amalia : « Le déjeuner est prêt. » Elle ne plaisantait pas avec la nourriture et poussa tout le monde dans la salle à manger en boiserie sombre que les rideaux vert foncé qui avaient connu des jours meilleurs n'égayaient pas. Rebecca se serait crue dans un tableau de Vuillard, une de ces grandes maisons XIXe trop chargées. Elles s'installèrent autour de la table comme chaque jour. Et Rebecca s'assit entre Minnie Marx et Amalia Freud qui reprit son récit :
– Vous pouvez vérifier, Rebecca. Il reste le rapport du ministre de la Police au ministre des Affaires étrangères, daté du 16 octobre 1865 : « Le 20 juin de cette année, l'israélite Josef Freud a été appréhendé au moment où il allait vendre une assez grande quantité de faux billets, c'est-à-dire cent faux billets de cinquante roubles. » Mais le pire est que l'on a accusé mes beaux-fils, Emmanuel et Philip. « La véritable source des faux billets se trouve en Angleterre », lit-on dans le rapport. Or les fils de Jacob étaient établis à Manchester. Et dans une de ces lettres, il est dit que ceux-ci « possèdent autant d'or qu'il y a de sable au bord de la mer et que, vu qu'ils étaient sages, avisés et très prudents, la fortune ne saurait leur faire défaut ».
– Jacob n'y était pour rien, dit Rebecca. Il a dû être aussi affligé que vous.
– Sûrement, mais au lieu de réagir et d'aider ses fils, il se lamentait et prenait ce malheur si à cœur que ses cheveux ont blanchi brusquement. Heureusement que les conclusions du rapport de police ont fini par les mettre hors de cause.

Elles se passèrent une blanquette de veau accompagnée de riz. Rebecca s'en étonna à peine puisqu'elle s'intéressait à l'histoire des Freud. Elle continua.
– Les fils de Jacob Freud ont-ils aidé Josef ? Étaient-ils coupables de quelque chose ?
– Jacob l'a pensé : étant originaires de Tysmenitz, peut-être avaient-ils gardé des contacts avec des insurgés polonais qui luttaient pour l'autonomie de cette partie de l'ancien royaume de Pologne occupé par la Russie ? Mais de là à fabriquer des faux billets ! En tout cas, rien ne l'a prouvé, et ils ne furent pas inquiétés. Seuls Josef et son complice furent condamnés à dix ans de prison.
– Jacob a dû être un bon père de famille j'imagine, car Freud en parle avec respect.
– Il tient plus de place dans son œuvre que moi, sa mère, c'est vrai. Je n'ai jamais bien compris pourquoi. Jacob était à la fois dur et absent, mais Sigi l'adorait. Au point de lui trouver des excuses quand il ne se montrait pas à la hauteur. Lorsqu'il a compris que son père ne pourrait pas lui payer ses études, il s'est simplement débrouillé sans se plaindre. Joseph Breuer lui a prêté de quoi subvenir à ses maigres besoins. Mais il n'en est pas resté là ; il l'a reçu chez lui comme son propre fils et lui a présenté son immense clientèle, dont la célèbre Anna O., ce qui l'a mis sur la voie de la méthode cathartique. Sigi a multiplié les pères de substitution.

Fascinée par Amalia, Rebecca ne toucha pas à son assiette, elle n'avait d'ailleurs pas faim. Minnie s'empiffrait exactement comme Harpo, toujours affamé, qui n'arrêtait pas d'ingurgiter des petites quantités de nourriture dans sa bouche en tapant son assiette à chaque bouchée. Louise prenait son temps. Amalia ne pouvait s'empêcher de manger dès qu'elle n'était pas en train de parler, comme les gens longtemps privés de nourriture.

— Et de ses autres enfants, votre mari s'en occupait ? demanda Rebecca.

— Il était adorable avec ses cinq filles. Il se sentait vieux quand Alexander est né dix ans après Sigi.

— Est-ce que vous vous disputiez ?

— Rarement. Ce n'était pas la faute de Jacob s'il m'horripilait. Je l'évitais autant que possible et dans chacun des appartements que nous avons occupés plus exigus les uns que les autres, je vous assure que c'était une performance. J'avais une vie intérieure très intense et j'ai reporté tout mon amour sur Sigi.

— Vous êtes restée mariée pendant quarante ans avec quelqu'un que vous n'aimiez pas ?

— Heureusement, Jacob est mort quand j'avais soixante ans. J'ai eu le sentiment de commencer ma vie. Mon mariage n'avait été qu'une parenthèse. Vous n'imaginez pas le plaisir de ne plus avoir de mari. Tous les matins, je m'étirais dans mes draps en souriant d'être enfin seule.

Dire que Rebecca s'était désolée d'être célibataire ! Elle avait eu envie, non pas de l'amour fou qui vous ôtait tout bon sens et qu'elle s'interdisait, ne serait-ce que par devoir envers Nathan, mais d'un homme dans son lit. Elle rencontrait parfois un séduisant collègue, qu'elle choisissait de préférence étranger car, non seulement elle trouvait tous les accents sexy, mais elle savait que sa liaison durerait le temps d'un séjour en France qu'elle évaluait à un an dans le meilleur des cas. Elle s'en était fait une habitude, déçue par les Français qui, contrairement à leur réputation de légèreté, tombaient immanquablement amoureux. Et elle détestait rompre. Lassée de chercher son idéal d'homme disponible, tendre et intermittent, elle s'était fait une raison et demeurait seule.

Perdue dans ses réflexions, elle mit du temps à remarquer qu'une femme aux cheveux grisonnants et à la peau parcheminée s'était assise près d'elle. Ce n'est que lorsqu'elle lui serra la main avec vigueur que Rebecca sursauta.
– Je suis la mère de Romain Gary, se présenta-t-elle.

N'avait-elle donc pas de nom, pas d'autre identité que celle de mère ? Rebecca observa la fameuse Mina, l'héroïne de *La Promesse de l'aube*. Elle était vieille et fatiguée comme si elle ne s'était jamais remise du travail de forçat qu'elle avait effectué tout au long de sa vie. L'universitaire qu'était Rebecca tâchait de se souvenir de ce qu'elle connaissait de Mina. Comment savait-elle qu'elle s'appelait Owczynska de son nom de jeune fille ? On retient parfois des informations qui paraissent inutiles sur le moment. Toujours est-il que Mina avait été très belle, romantique, passionnée et déchaînée. Elle rêvait de théâtre et d'aventures.
– Je me suis enfuie de chez mes parents à seize ans. J'avais horreur de l'idée même d'un mariage arrangé. Je voulais tomber amoureuse. J'étais rebelle, révoltée, prête à tout pour m'échapper. Il faut se représenter la vie à Sweciany, un petit village forestier au confluent du Touksor et de la Koura, qui était encore en Russie. Ma famille, tous des juifs orthodoxes, exerçait les métiers traditionnels d'épiciers, de marchands de grains, de tisserands, et restaient entre eux à se surveiller mutuellement. Rien ni personne ne pouvait m'arrêter.

– Où avez-vous été ?
– À Moscou où je me suis enrôlée dans une des troupes de comédiens itinérants qui parcouraient la Russie. On jouait dans les châteaux, dans des granges ou sur des tréteaux montés sur la place des villages. Pour la seule fois de ma vie, je me suis sentie libre, j'ai incarné tous les rôles : Maria Antonovna, la fille du gouverneur, délaissée et abandonnée dans *Le Revizor* de Gogol. Katerina, qui trahit son décevant époux à la première occasion pour un Boris de passage qui n'a guère plus d'étoffe et finit par se donner la mort dans *L'Orage* d'Ostrovki. Je ne jouais que des drames et avec passion. J'étais malheureuse avec excès, je chantais, je dansais, je vivais. Et puis, j'ai dû revenir... pour me marier. Mon premier mari était détestable.

Elle s'interrompit, toussa longuement, fatiguée, épuisée. Jeanne Proust lui versa un verre d'eau et, sous prétexte d'aller chercher le dessert, entraîna Rebecca dans la cuisine où était préparé un plateau de fruits de toutes les saisons et de tous les pays. Des papayes, des litchis, des mangues voisinaient avec du raisin, des oranges et des poires, des cerises et des pêches...
– D'où vient cette profusion de fruits ? Qui fait la cuisine ? demanda Rebecca.
– Cessez de vous intéresser au fonctionnement matériel qui ne présente aucun intérêt, lui ordonna Jeanne. Je voulais vous dire de vous méfier des affabulations de Mina ; loin d'être une grande actrice, elle faisait partie d'une troupe d'amateurs.
– Elle n'en a pas moins mené une vie exaltante.
Rebecca savait que Mina avait épousé en secondes noces et à trente-trois ans, Arieh Leib Kacew, âgé de quatre ans de moins qu'elle. Elle ne connaissait pas les

circonstances de leur rencontre. Était-ce un nouveau mariage arrangé par les parents de Mina ? Arieh, follement amoureux de Mina, avait-il épousé cette femme plus âgée et divorcée malgré le scandale qui avait certainement éclaté dans sa famille à lui ? Quels qu'aient été les débuts de leur vie commune, Rebecca imaginait qu'il avait aimé Mina et qu'il avait tenté de la satisfaire. Mission difficile puisque cette aventurière n'avait certainement pas abandonné ses rêves de liberté et de grandeur. On imaginait mal cette femme d'un orgueil démesuré, habitant le vétuste quartier juif de Vilnius en proie aux pogroms, chez son beau-père, comme le voulait la tradition chez les juifs religieux. D'une famille de fourreurs, les Kacew étaient des petits-bourgeois de l'Empire russe. Mina n'avait pas dû être très heureuse. Mais le 21 mai 1914, à trente-six ans, elle avait donné naissance à Roman Kacew, qui allait devenir Romain Gary et changer sa vie.

En revenant dans la salle à manger, Mina avait repris des couleurs et avalait des cerises qu'elle portait à sa bouche dans un geste mécanique.

– Gary parle peu de son père, constatait Rebecca. A-t-il vécu avec lui ?

– Pourquoi me parlez-vous de lui ? Romain est un sujet autrement plus passionnant.

Elle continua à avaler une cerise après l'autre, puis se décida à répondre puisque personne ne relançait la conversation. Et elle avait horreur du silence.

– Enfin, si vous tenez à le savoir, Arieh a été mobilisé comme réserviste pendant la Première Guerre mondiale. Il est revenu lorsque Romain avait quatre ans et il nous a quittés pour une femme plus jeune avec laquelle il a eu deux autres enfants dix ans plus tard. J'en ai été blessée et humiliée. Pourtant, je crois… Maintenant, en y repensant, en ressassant cette histoire, je pense que je l'avais cherché. Oui ! Je crois que je voulais rester en tête à tête avec mon tout-petit. Romain me remplissait de joie. Il suffisait que je lui demande de tourner son visage vers la lumière et que je contemple ses magnifiques yeux bleus pour me sentir heureuse. Je le lui demandais souvent.

– Romain a pris la place de votre mari.

– Sans aucun doute. Je faisais tout mon possible pour lui, exactement comme une femme qui chercherait à aider la carrière de son époux. Je vais vous raconter une histoire qui illustre tout à fait mes efforts. Lorsque je compris que mon fils adoré ne pourrait jamais jouer au tennis au parc impérial de Nice faute de moyens suffisants, je réagis avec indignation et je fis un scandale tout d'abord dans le bureau de la secrétaire, qui était bornée, puis à l'entrée des courts, où je tentai d'expliquer aux membres du club qu'avec un peu d'entraînement mon fils allait devenir un champion. Et on lui refusait l'admission !

– Il jouait bien au tennis ?

– Il n'avait tapé que quelques balles et il était assez maladroit. Mais je ne pouvais pas l'avouer, ce n'aurait pas été très convaincant. Le directeur chercha à me faire taire, d'autant que le roi Gustave de Suède était présent. C'était mal me connaître. Je m'approchai du roi qui était en train de prendre un thé sur la pelouse. Je me souviens d'un homme âgé et très chic portant un canotier sous un parasol blanc. Je lui vantai les mérites de mon Romain qui, à quatorze ans, était une future gloire de France. Le roi, nullement étonné par mes propos, proposa à mon fils d'échanger quelques balles avec son entraîneur. La suite fut moins glorieuse. Romain fit de son mieux. Tenez, il décrit son humiliation dans *La Promesse de l'aube* : « Je sautais, plongeais, bondissais, pirouettais, courais, tombais, rebondissais, volais, mais c'est tout juste si je parvenais parfois à effleurer une balle. » Pourtant le roi de Suède, impressionné par son courage, lui paya sa cotisation. Il n'y remit jamais les pieds. Mais je m'étais donné le mal qu'il fallait.

– Vous avez toujours cru au miracle, dit Louise Cohen.

– J'ai fait la même chose pour mes fils, intervint Minnie Marx. Voulez-vous que je vous explique comment je me suis fait rembourser la harpe de Harpo le double de son prix d'origine ?

– Non, Minnie, vous l'avez raconté cent fois, répliqua Louise avec lassitude.

– Il y avait eu un accident de train, et j'avais menacé le contrôleur de faire venir l'assureur, commença Minnie.

– Minnie, chacune son tour. J'étais en train de raconter ma vie.

– Ou plutôt celle de Romain, l'interrompit Rebecca.

– Il n'y a pas de différence. J'ai vécu avec lui.

– S'il n'y avait pas de différence entre vous, comment avez-vous réussi à l'éduquer ? s'enquit Rebecca.

– Il devait me respecter et j'exigeais qu'il me défende, expliqua Mina. Chaque fois que je me suis sentie insultée, je lui ordonnais de donner une gifle à la personne concernée. Je savais que je pouvais compter sur lui, puisqu'il allait trouver les commerçants dès qu'ils osaient me réclamer de l'argent. Le fait est que j'étais souvent à découvert et que je leur devais des sommes que je ne possédais pas. Mais qu'importe ? Romain me protégeait comme un homme.

– Romain était votre prince charmant. Est-ce pour cela que vous ne vous êtes jamais remariée ?

– Deux fois suffisaient. Pourtant, ce n'étaient pas les propositions qui manquaient.

Mina raconta l'histoire de Zaremba. Ce peintre logé à la pension Mermonts était impressionné par la façon dont elle aimait son fils et voulait l'épouser en espérant qu'elle serait capable envers lui d'un amour tout aussi inconditionnel.

– Zaremba a demandé ma main à Romain, qui a accepté. Mon fils voulait que je l'épouse. Il m'a dit que je devais penser à moi, car j'étais en train de gâcher ma vie à cause de son éducation. Comment a-t-il pu croire cela ? Romain est ce que j'ai le mieux réussi ! Ma vie a valu quelque chose grâce à lui, vous comprenez. Il est devenu un homme célèbre, et j'ai toujours su qu'il le serait, même lorsqu'il était petit. Notre femme de ménage, Mariette, l'avait compris, elle aussi. Elle se doutait bien que je vantais les mérites de Romain parce qu'il était mon fils, mais, à la fin, elle ne savait plus si cette admiration était légitime ou simplement souhaitée. Elle se posait sérieusement la question : peut-être Romain avait-il quelque chose de spécial ?

– Qu'avez-vous dit à ce peintre amoureux de vous ?

– Je l'ai renvoyé en Pologne, et ce fut la fin des prétendants.

– Venez, Rebecca, j'ai envie d'une pomme, dit Jeanne.

Minnie lui en tendit une mais Jeanne, déjà debout, la dédaigna et fit signe à Rebecca de la suivre. Elle attendit d'être dans la cuisine pour exploser de colère : Mina n'était qu'une mythomane. Elle reprenait à son compte les romans de Gary. Zaremba était un personnage dans *La Promesse de l'aube*, et son modèle,

Philippe Maliavien, un peintre russe qui habitait un château près de Nice. Le nom même de Zaremba venait d'un mythe lituanien qui datait du XVIIIe siècle. Gary avait arrangé la réalité en inventant cette histoire de fiancé, car le fait de voir sa mère vieille et malade l'attristait. Comment pouvait-elle passer son temps à mentir ?

— Même si son amant ne s'appelait pas Zaremba, cette histoire révèle les rapports qu'elle entretenait avec son fils.

— Pourquoi la défendez-vous ? Qu'est-ce que vous en savez ?

— Rien, mais cela me rappelle ce que j'ai vécu.

— Oh ! Racontez-moi. J'adore les histoires d'amour.

Rebecca était tombée amoureuse d'un professeur de littérature russe. Celui-là n'avait pas l'intention de repartir et elle avait perdu la tête. Il faut avouer qu'il avait la physionomie des héros avec lesquels il vivait ; Alexis Vronski, Nicolas Rostov, Youri Jivago... Il était sur le point de s'installer avec elle et Nathan. Le soir de l'emménagement, avant de sortir au restaurant pour fêter l'événement, elle avait fait des recommandations à son fils, qui devait avoir dix ans à l'époque : elle lui avait écrit son numéro de téléphone au cas où il y aurait eu le moindre problème, elle lui avait permis de regarder la télévision, ce qui était impensable pour elle, elle lui avait rappelé de se laver les dents, elle lui avait dit au moins cinquante fois qu'elle l'aimait. Et lorsqu'elle rentra, Nathan était si ivre qu'il avait fallu le transporter aux urgences où on lui a annoncé qu'il était tombé dans un coma éthylique. Peut-être une tentative de suicide manquée ? Ce fut la fin de ce Russe.

— Vous ne l'avez jamais revu ?

— Pas après l'hôpital, non.
— Et Nathan, qu'a-t-il dit ?
— Il n'en a jamais parlé. Il avait honte, le pauvre chou, alors que c'était moi la fautive.
— Votre conclusion me semble un peu hâtive, dit doucement Jeanne. Qui vous dit que Nathan n'avait pas simplement fait une bêtise, en finissant des bouteilles, comme les enfants que l'on surveille trop et qui en profitent ?

Rebecca blêmit ; elle n'avait jamais envisagé cette hypothèse.

— Vous croyez que j'ai été malheureuse pour rien ? J'ai eu du mal à m'en remettre, je pleurais tout le temps, et je suis devenue plus sévère avec Nathan sans même m'en rendre compte, à croire que je lui en voulais. Dire que j'ai pu me tromper !
— Ne repassez pas toute votre vie en déplorant ce que vous avez fait, dit Jeanne. Vous n'allez pas vous laisser abattre tout de même !

Jeanne était fatiguée. Elle n'avait pas de patience vis-à-vis des ennuis des autres et Mina l'avait énervée.

— Vous n'êtes pas obligée de retourner dans la salle à manger, Rebecca.
— Et si Mina nous attend ?

Jeanne se contenta de hausser les épaules. Elle se retirait.

Il n'y avait plus personne autour de la table. Rebecca partit à la recherche de Mina. Par hasard, elle trouva Louise Cohen, étendue dans un hamac suspendu entre deux oliviers, qui se laissait enivrer par l'odeur merveilleuse du jasmin. Le jardin méditerranéen et les oiseaux qui volaient en bande de droite à gauche enchantèrent Rebecca qui s'allongea sur une chaise longue et se laissa aller à contempler le seul nuage qui se détachait de la tonalité cobalt du ciel de ce paradis.

Louise lui fit l'effet d'être éméchée lorsqu'elle entreprit, un tantinet rougissante, de lui raconter sur un mode plaisant sa vie amoureuse.

– J'ai aimé à la fois mon mari et mon fils. Lorsque je me suis mariée à dix-huit ans, je regardais Marco avec admiration. Je me souviens, c'était le 25 décembre 1875, à Corfou et il y avait un ciel bleu marine. Je ne m'étais pas mariée par amour, mais je l'avais accepté pour époux. Dix mois plus tard, Albert Abraham Caliman naissait. Je suis restée six ans chez mes beaux-parents. Le père de Marco était président de la communauté israélite de Corfou. Il a toujours été bon avec moi, plus qu'avec Marco avec lequel il se disputait constamment. Ils travaillaient ensemble à la fabrique de savon familiale et n'étaient jamais d'accord. Mon beau-père, qui n'avait pas un caractère facile, refusait d'écouter les conseils de son fils qui voulait moderniser son entreprise, en fabriquant des savons parfumés, en changeant de forme, en diversifiant la marchandise. Mais Abraham se fâchait contre lui, le traitait d'imbécile. Et il n'a pas entendu que la crise économique allait transformer Corfou et réveiller les réflexes antisémites de la population. Marco avait toujours tort. Écrasé par son père, il ne s'en est jamais remis.

– Albert parle de la sévérité de son père qui vous effrayait tous les deux.

– Marco a reproduit le modèle familial : autoritaire et violent. Il s'est comporté avec Albert comme son père avec lui et je passais mon temps à protéger mon doux fils.

– Vous aviez peur de Marco, vous aussi ?

– Albert le pensait, oui, il l'a écrit dans *Le Livre de ma mère*.

– Mais vous ? insista Rebecca.

– Je détestais que mon mari soit ivre, mais je finissais toujours par le calmer, le raisonner, l'apaiser en le cajolant et en le flattant. Il ne faut pas sous-estimer le pouvoir des femmes.

– Vous étiez plus forte que lui.

– Il ne fallait surtout pas qu'il s'en rende compte. Cela l'aurait rendu furieux. Et, comme je me souciais d'Albert, je tenais à ménager mon mari pour qu'il nous laisse tranquilles. J'avais moi aussi, avec mon fils, ce lien passionnel dont parlent Jeanne Proust et Mina Kacew.

Il semblait à Rebecca que l'amour affiché de Louise Cohen pour son mari n'était qu'une manière de ne plus y penser. Mère abusive comme les autres, elle tenait Marco à distance. Et, malgré toute sa brutalité, il était aussi absent de l'éducation de son enfant qu'Adrien Proust ou Arieh Kacew.

– Dites-moi, Louise, est-ce que la violence de Marco était pour quelque chose dans l'élaboration de la théorie d'Albert Cohen sur les mâles ridicules ?

– J'y ai pensé, moi aussi, dit Louise avec timidité. Il parlait avec dédain de ces « adorateurs de la force » qui n'épataient personne. Sauf quelques femmes, celles qu'il jugeait paléolithiques, puisqu'elles suivaient inconditionnellement le « mâle trapu ». Il ne pouvait leur pardonner d'aimer ces singes velus, ces babouins. Je crois qu'il me méprisait d'aimer Marco.

Mina, vêtue d'une robe printanière, les cheveux teints dans un mauve caractéristique des vieilles dames qui tiennent à rehausser le gris de leur chevelure, apparut dans le jardin.

– Romain Gary magnifie aussi la féminité, la douceur, la compassion, la non-violence, comme valeur de la civilisation.

– Il a copié Albert !

– Je vous signale, chère Louise, sans être mesquine, que *La Promesse de l'aube* date de 1960 et que votre fils a écrit *Belle du Seigneur* en 1968.

– Ils étaient tous les deux des « machos », vous le savez. Ils dévalorisaient les femmes tout en les mettant sur un piédestal. Ils les aimaient et multipliaient les conquêtes. Ils ne pouvaient pas se passer d'une présence féminine, mais elles devaient être en adoration devant eux et les mettre en valeur. Elles parvenaient à cacher leur intelligence, leur subtilité et surtout leur esprit critique car Romain comme Albert étaient fragiles.

– Je me demande pourquoi nous avons tant recherché la compagnie des hommes, dit Louise. Cela fait des années que nous vivons entre nous, et ils ne nous manquent pas.

– Parlez pour vous !

Minnie Marx, habillée d'une robe ample et noire, entra dans le jardin.

– Je suis obligée de sortir si je veux participer à la conversation. Et vous savez à quel point je déteste les jardins. Je ne me sens bien que sur l'asphalte à respirer l'odeur des grandes villes. Et je regrette que mon mari ne soit pas là. J'aime la compagnie des hommes, leur liberté, leur façon de séduire sans que le doute les freine et j'aime surtout le fait qu'ils n'analysent pas tout, tout le temps !

– Vous n'êtes pas obligée de rester, lança Mina vexée.

– Non, mais je vous aime bien aussi. Je peux tout de même vous avouer que les hommes m'amusent, non ? Et surtout mon mari.

– Pour la bonne raison que vous le preniez pour un de vos fils.

– Il se comportait comme eux et je ne l'en aimais que plus. Tailleur de métier, ses clients l'appelaient « l'as de pique » parce qu'il était incapable de confectionner le moindre vêtement. Il considérait que le mètre ruban n'était utilisé que par les amateurs, les professionnels comme lui avaient le compas dans l'œil, ou du moins le mètre. Le résultat était pitoyable : on reconnaissait les clients de Samuel à leur manche trop courte ou à l'ourlet inégal au bas de leur pantalon. Et, bien entendu, ils ne revenaient jamais, mais cela lui était égal, il allait chercher ses clients toujours un peu plus loin de chez nous. Optimiste avant tout, il refusait de s'inquiéter et vivait pleinement le présent. Il avait une philosophie magnifique, qu'il a transmise à Harpo.

– Il s'occupait beaucoup de ses fils ? demanda Rebecca.

– Il m'a beaucoup aidée car c'est lui qui préparait la nourriture. Il pouvait convaincre un directeur de théâtre avec un bon plat, là où j'avais échoué avec tous mes talents. Avec trois, quatre ingrédients, il savait confectionner un repas très savoureux. Or il y avait très peu à manger et nous étions toujours trop nombreux.

– Il a compris qu'il était moins important pour vous que vos fils.

– Ce n'est pas lui qui allait connaître la gloire sur les planches de Broadway.

Minnie cligna des yeux et proposa de rentrer.

– On est plus confortables dedans, non ?

En se servant un verre de scotch dans le salon, Minnie raconta la vie qu'elle avait menée avec son mari. Avec élan, elle décrivit le quartier allemand de l'Upper East Side de New York, bourré d'émigrés comme eux. Ils vivaient dans des rues grouillant de monde, qui tous cherchaient une vie meilleure. Simon Marrix venait d'Alsace, et il avait décidé de changer son nom : il serait Samuel Marx aux États-Unis.

– Comment vous êtes-vous rencontrés ?

– Ça vous bluffe, hein, qu'un Français s'installe avec une Allemande ! Vous êtes de ceux qui pensent que c'était bien la peine qu'il fuie l'Europe pour se retrouver environné d'Allemands en Amérique.

– Vous vous êtes vus sur le paquebot qui vous emmenait à Ellis Island ?

– Pas du tout, réplique une Minnie nostalgique. Je suis bien arrivée en bateau en Amérique, mais avec mes parents, lorsque j'avais seize ans, en 1880. On a tout raconté sur Ellis Island ; la cohue, la poussière, l'humiliation... Moi, j'étais subjuguée par le sillage du bateau. J'y voyais le signe de la trajectoire de ma vie. Je me sentais jeune, forte et bien décidée à réussir. Et comme j'étais fascinée par le reflet du soleil sur l'eau, je me suis dit que si mon moral flanchait, s'il m'arrivait quoi que ce soit, il suffirait que je retrouve ce scintillement, ne serait-ce que dans une flaque, pour me redonner du courage. Le souvenir de ce jour glorieux où j'étais si sûre de moi allait m'être utile. C'était une superstition toute personnelle mais elle a marché puisque j'ai rencontré Samuel sur un ferry-boat un jour de grand soleil où la mer ressemblait à la constellation d'un ciel d'été tant elle brillait. C'était l'hiver 1882. Je voyais à peine mon futur mari sous son bonnet de laine, mais il me troublait. Il m'a aidée à entrer dans le bateau, et nous ne nous sommes plus quittés.

Elle soupira, sortit son mouchoir, tout émue.

— Vous êtes toutes des exilées ? demanda Rebecca.

— Sauf Jeanne Proust, la Parisienne et Amalia Freud, la Viennoise, nous avons vécu la vie de tant de familles ballotées au gré de la politique.

4
L'exil

> « Le premier rapport entre l'enfant et la
> civilisation, c'est son rapport avec la mère. »
> Romain Gary, *La nuit sera calme*

Après avoir entendu Minnie raconter son arrivée à New York, Rebecca essaya de comprendre la vie des Cohen et des Kacew. Albert débarqua à Marseille en 1900 et Romain Gary, à Nice en 1928. Respectivement Grecs et Russes, c'étaient deux familles juives immigrées, pauvres et solitaires. Elles avaient connu un monde qui n'existait plus et traversé les horreurs du XXe siècle. Elles n'avaient que leur fils, qu'elles chérissaient l'une et l'autre. Ils n'avaient que leur mère. Et elle ? Rebecca n'avait rien vécu de tragique. La chute du mur de Berlin ? Elle l'avait suivie à la télévision. La guerre, les massacres ? Elle n'en avait vu que quelques images dans les journaux. Et, pourtant, elle protégeait Nathan comme elles, ces mères fortes du seul espoir qu'elles mettaient dans l'avenir de leur fils. C'étaient elles, ces femmes qui leur avaient insufflé assez d'énergie pour qu'ils s'en sortent. Et, plus encore, qu'ils deviennent exceptionnels. Fallait-il des conditions effroyables pour que les enfants réussissent ?

Blottie dans un large fauteuil de cuir, Rebecca feuilletait l'album de photos de Mina. Elle s'arrêta longuement devant le portrait de Romain Gary, qui ne devait pas avoir plus de quinze ans. Le regard profond, les traits fins, les cheveux peignés en arrière, il était d'une beauté stupéfiante, d'une élégance rare avec sa cravate nouée sur le col amidonné de sa chemise.

– Petit garçon, Romain avait déjà la gravité que l'on croit propre aux adultes, remarqua Mina.

Elle sourit aux anges en allant chercher une boîte à chaussures dans une armoire du salon et, prenant place à côté de Rebecca, elle fouilla dans les photos en vrac pour lui montrer Romain sanglé dans un blouson de cuir, une casquette d'aviateur vissée sur le front, un sourire charmeur sous sa fine moustache, les mains dans les poches et le regard conquérant.

– Elle a été prise au moment où il a rejoint le général de Gaulle. Grâce à cela, il est devenu compagnon de la Libération et français, se vanta Mina.

Rebecca piocha à son tour dans la boîte à photos des Kacew.

– À quel moment avez-vous quitté la Russie ? demanda-t-elle.

– Très vite après la chute du tsar, en mars 1917. Nous n'étions pas les seuls à partir, comme vous pouvez imaginer. La panique régnait et nous avons eu de la chance de trouver une petite place dans un wagon à bestiaux.

Mina racontait ce moment dangereux de sa vie sur le ton qu'elle aurait pris pour parler d'un déménagement entre deux maisons dans la même rue. Elle était forte, sûre d'elle et de son bon droit.

— Pendant ce voyage interminable où nous craignions que les choses tournent mal, je ne me suis occupée que de Romain : je lui ai mis autour du cou un collier de camphre, remède souverain contre les poux typhiques. Et, surtout, je le regardais, je le trouvais beau, incontestablement le plus beau du wagon. Et je me persuadai qu'avec ces yeux-là il s'en sortirait.

— C'est vrai qu'il avait de beaux yeux.

— Vous trouvez vous aussi ! Bleus et profonds à la fois, intelligents et mélancoliques. Romain savait vous faire fondre. Et il m'a rassurée pendant ce voyage éprouvant à travers l'Europe embrasée.

— Où vous êtes-vous installés ?

— À Wilno où le train s'est arrêté. Il n'y avait pas moyen de continuer bien que mon but ait été de vivre en France pour que Romain puisse grandir, étudier, devenir quelqu'un.

— Wilno et Vilnius c'est la même chose ?

— Oui, ainsi que Vilne et Vilna. Ce sont les quatre noms de la ville. C'est dire la complexité de son histoire.

Mina expliqua qu'elle avait été traumatisée par ces bouleversements au point de détester l'Histoire. Elle ne s'intéressait qu'aux rapports humains, aux histoires d'amour et d'amitié, les grandes idées politiques l'assommaient. Pourtant il lui avait été difficile de faire l'impasse sur les événements, étant donné l'époque à laquelle elle avait vécu. Aussi accepta-t-elle de donner quelques éclaircissements à Rebecca.

— La Lituanie faisait partie de l'Empire russe, jusqu'à son indépendance en 1918, avant d'être envahie par la Pologne en 1920. Vilnius était *la* capitale intellectuelle yiddish, puisque les juifs avoisinaient quarante pour cent de la population, constituée principalement de Polonais, de quelques Biélorusses et autres Lituaniens. C'était l'un des centres culturels les plus actifs du monde juif et très justement surnommée la Jérusalem du Nord. Nous aurions pu ne pas bouger mais j'étais obnubilée par la France.

— Combien de temps êtes-vous restés ?

— Cinq ans, répondit-elle sèchement.

— Je suis curieuse et peut-être même indiscrète. Vous n'avez sans doute pas envie de parler de votre vie là-bas, dit Rebecca.

— Non, non, ne vous en faites pas. C'est juste que notre but ayant été la France, j'ai presque oublié notre vie d'avant, que ce soit à Wilno ou à Varsovie. À l'époque, je me faisais déjà passer pour une Française et je préparais mon Romouchka à la double carrière de diplomate et d'écrivain français. Je lui ai enseigné le russe, le polonais, l'allemand, des histoires juives, des contes lituaniens mais surtout l'histoire de France. Il y avait un livre que je lui lisais interminablement : *Vie des Français illustres*, qui détaillait les exploits de Pasteur, Jeanne d'Arc et Roland de Roncevaux. Je voulais qu'il fasse partie de ce livre. Pleine d'espoir et de tendresse, je lui répétais qu'il avait l'âme d'un héros. Je croyais en lui.

Rebecca regardait la boîte à souvenirs de Mina : il n'y en avait que pour Romain. Elle-même n'aimait pas les photos, qui empêchent de voir. À force de réfléchir sur la qualité de la lumière, l'angle de vue et la pertinence du zoom, on manque l'instant présent. Elle se demanda pourtant si les photos aidaient à se souvenir. Sans portraits, retiendrait-on aussi bien les visages ? Sans photos, les petites choses de la vie disparaîtraient-elles dans l'oubli ? Sans doute pas. Car les traits de Nathan restaient gravés dans sa mémoire : le bébé joufflu s'était transformé en petit garçon trop maigre avant de devenir un adolescent magnifique. Elle se rappelait précisément chaque moment de sa vie. Mais quelle image Nathan allait-il garder d'elle ? Peut-être son fils oublierait-il ses traits au point de ne plus imaginer qu'un halo ? On regarde si peu les gens, surtout ceux que l'on aime et avec lesquels on vit. Ses yeux s'arrêtèrent sur une photo de Mina jeune : c'était une brune aux yeux verts, les cheveux en bandeaux, le teint clair, les pommettes larges. La taille fine, elle portait une robe blanche avec un collier de perles et elle souriait, allongée dans l'herbe, détendue, une cigarette à la main.

— Je fumais tout le temps, se souvint Mina, même lorsque je suis devenue plus vieille car le fait de fumer me donnait l'illusion d'être en bonne santé, alors que j'étais diabétique et surmenée. Cela me rappelait ma jeunesse.

La volonté de cette petite femme russe sans famille ni argent fascinait Rebecca. Comment avait-elle décidé de s'installer en France alors que l'Europe entière se préparait à la guerre ? Comment savait-elle que son fils y ferait une grande carrière ?

— C'était comme ça, je l'ai toujours su. Et Romain aussi. La France serait le territoire de ses exploits. Et ça a marché. Mon fils n'a-t-il pas déclaré qu'il n'y avait que deux personnes pour parler de la France avec le même accent : moi et le général de Gaulle ? Lorsqu'il a obéi à l'appel du 18 juin, ce fut autant à la voix de la vieille dame que j'étais déjà qu'à celle du Général qu'il répondit sans hésiter.

Louise Cohen surgit, telle une paysanne grecque, vêtue d'une longue jupe faite dans un drap épais, portant un plateau de jus de fruits.

— Vous parlez tant, Mina, que je me suis dit que vous aviez soif.

— Est-ce que j'entends de l'ironie ? demanda Mina.

— Non, mais vous racontez un peu n'importe quoi et j'aimerais que Rebecca ait une idée juste de la situation à l'époque.

Rebecca s'attendit à ce que Mina explose de colère, mais, contre toute attente, elle soupira.

— Vous connaissez ma vie certainement mieux que moi, dit-elle à Louise. Ce n'est pas parce qu'on a vécu des événements qu'on sait comment les raconter.

Tandis que Mina se versait un verre de jus de mangue, Louise Cohen prit Rebecca à part.

— Mina omet de dire que Wilno a été un enfer pour elle. Elle n'évoque que la vie intellectuelle, mais le quartier juif était plein d'immondices et d'eaux usées qui stagnaient dans les ruelles sinueuses. Et même si elle habitait dans un immeuble nommé « Le petit Versailles », elle avait du mal à gagner de quoi payer son loyer. Et lorsqu'elle a été expulsée, comme tant d'autres, Varsovie n'a guère été plus riante. La Pologne était devenue invivable entre la famine et la dictature de Pilsudski.

Mina, qui avait tout entendu, répliqua :

— Et alors ? Nous rêvions de la France de toute façon.

— Si Varsovie avait été une ville accueillante et confortable, vous vous y seriez installée avec Romain, qui ne serait pas devenu Gary, héros de la Seconde Guerre mondiale, il serait resté Roman Kacew. Le destin de votre fils a été fondé sur une réalité historique : vous deviez partir.

— Pensez ce que vous voulez, cela m'est égal, dit Mina.

— Ne vous vexez pas, rétorqua Louise. Vous préférez croire que vous aviez décidé d'immigrer en France dès le départ, que Vilnius et Varsovie n'ont été que des étapes planifiées, c'est votre droit. Vous pouvez broder sur le passé.

— Mais c'est la réalité ! Vous êtes très énervante, madame Je-sais-tout.

— Mais avouez, vous, que vous avez l'art de réécrire l'histoire, insista Louise.

— Comment avez-vous obtenu un visa pour la France ? demanda Rebecca pour faire diversion.

— On vendait des faux visas, répliqua Louise en empêchant Mina de s'exprimer. Il était conseillé de passer par la frontière italienne.

— Vous aviez un faux ? demanda Rebecca à Mina.

— Cela ne vous regarde pas. Je peux juste vous dire que le commissaire de police en charge de notre dossier s'est montré adorable. Je lui ai dit que je devais faire une cure sur la Côte d'Azur et il m'a donné des conseils sur le meilleur établissement. Il est tombé sous le charme de Romain.

Et Mina se leva telle une tragédienne à l'acte final.

Louise, qui ne supportait pas de ne pas avoir le dernier mot, se leva à son tour et fit face à Mina.

— Mais la France, celle que vous avez connue en arrivant en 1928 ne pouvait pas être aussi idéale que vous voulez bien nous le faire croire. La vie sans argent ni relations était impossible à Marseille, elle devait l'être tout autant à Nice. Ce n'est pas parce que vous étiez une francophile convaincue, ayant pris deux ans de cours de français, que l'accueil fut à la hauteur de vos espérances.

Mina pâlit sans mot dire comme si Louise lui avait lancé une gifle en pleine figure. Rebecca, inquiète de la tournure des événements, prit Mina par la manche de sa blouse et la fit asseoir, tout en lui demandant comment s'était déroulée leur arrivée à Nice.

– Il faut que vous compreniez qu'à nos yeux cette jolie ville du sud de la France était le paradis sur terre, car nous venions de l'enfer, raconta Mina. Nous étions déracinés en Pologne bien que nous logions chez mon frère, sa femme et leur fille. Pensez donc ! Ils traitaient Romouchka, mon génie à moi, comme un vulgaire petit garçon sans se douter à qui ils avaient affaire. Et j'avais du mal à le supporter.

– Vous faisiez du porte-à-porte jusque dans les palaces pour vendre des bijoux et de l'argenterie en prétendant qu'ils venaient de la famille impériale, mais vous n'auriez pas pu vivre sans l'aide financière de votre frère, remarqua Louise.

– Il était odieux avec nous. Or il y avait, dans notre immeuble, un voisin qui avait confiance dans l'avenir de Romain alors qu'il avait huit ans. Impressionné par mes prédictions, il exigeait de Romain qu'il lui raconte la gloire immortelle qu'il allait fatalement connaître et lui donnait des loukoums. M. Piekielny, qui avait l'air d'un employé de bureau oublié dans un roman de Kafka, savait que Romain allait devenir un homme important, puisqu'il lui demanda de prononcer son nom devant les grands de ce monde, les personnalités qu'il lui serait donné d'approcher. Il croyait en lui alors que ma propre famille se moquait de mes désirs de gloire. Je refusais d'être une pauvre immigrée. Mon fils allait être ambassadeur et écrivain et cela changeait tout.

– Je n'aurais jamais osé décider de l'avenir d'Albert, comme vous l'avez fait pour Romain.

Mina continua sur sa lancée sans prendre la peine de considérer Louise.

– Nous avons ensuite habité dans la salle d'attente d'un ami dentiste. Et tout valait mieux qu'une famille hostile bien qu'il nous ait fallu évacuer la salle d'attente chaque matin. Le dentiste était une merveille d'homme qui traitait Romain en prince.

– Et vous en princesse.

Mina rougit un peu à l'évocation de ce flirt sans importance.

– Oui, je dois l'avouer, je pense que je lui avais plu. Il était charmant. Cela a duré quelques mois, jusqu'au jour où son infirmière en a eu assez. Soit parce qu'elle ne supportait plus le fait que nous ayons envahi son entrée, soit parce qu'elle était jalouse. Il était évident qu'elle en pinçait pour Gabriel. Le dentiste s'appelait Gabriel, dit-elle en regardant au loin avec de la tendresse dans le regard.

– C'est elle qui vous a fait partir ?

– La femme du dentiste s'est plainte à l'infirmière que son mari rentrait de plus en plus tard. Elle lui a demandé d'éviter de lui prendre des rendez-vous le soir, en insinuant qu'il devait se passer quelque chose entre eux. Bref, pour se protéger, l'infirmière a révélé notre existence : c'était de notre faute s'il était débordé... Il nous a renvoyés du jour au lendemain.

– À Nice, votre vie était-elle plus facile qu'à Varsovie ? demanda Rebecca.

– Nous étions heureux puisque nous étions ensemble. Je travaillais avec bonheur pour le bien de Romain, pour qu'il ait une enfance acceptable. J'ai exercé tous les métiers : femme de chambre, toiletteuse pour chiens, responsable d'une petite vitrine à l'hôtel Negresco avant de devenir gérante de l'hôtel Mermonts. C'était de la chance ! Un Ukrainien, à qui j'avais fait acheter un immeuble, m'engagea.

– Vraiment ? lança une Louise dubitative.
– Oh ! ça suffit ! lança Mina qui, cette fois vraiment énervée, tourna les talons.

Louise Cohen prit Rebecca à part et sortit une photo qui datait de son arrivée à Marseille : elle était jeune, un peu ronde, elle portait une robe légère et un canotier avec des cerises sur le côté. Elle marchait avec son fils qui s'accrochait à sa jupe. On ne savait pas qui protégeait l'autre : était-ce Louise, la mère juive, ou le petit Albert qui à cinq ans tâchait de ne pas montrer qu'il avait peur pour ne pas inquiéter sa mère et ne pas lui faire de la peine ?

– Notre arrivée à Marseille a été difficile pour Albert comme pour moi, commença-t-elle. Nous nous sentions isolés dans une France que nous comprenions mal. Albert se comportait en adulte courageux, les yeux écarquillés pour s'empêcher de pleurer. Pourtant il était désorienté par la grande ville, les passants bruyants, les voitures trop rapides. Marseille nous effrayait, nous qui sortions de notre petite île.

Jeanne Proust, l'air d'une grande dame, était venue s'asseoir à côté de Louise. Mina la suivait. Avait-elle été la chercher ? S'était-elle fait une alliée ?

Jeanne s'adressa à Louise Cohen :

– Vous étiez déjà étrangère à Corfou. En arrivant en France, vous en aviez l'habitude. Je n'ai jamais été une étrangère, puisque je suis restée toute ma vie à Paris, mais j'imagine qu'il est difficile de se faire accepter.

– Cela n'a rien à voir ! À Corfou, nous étions italiens effectivement mais, après quatre siècles de domination vénitienne sur l'île, nous nous sentions chez nous alors que nous étions perdus en France.

– Voilà toute la différence, s'écria Mina. J'étais française de cœur avant même d'y arriver, alors que vous n'étiez pas sûre de vous ni de votre nationalité. Je ne sais pas pourquoi, Louise, vous tenez absolument à ce que nous ayons traversé les mêmes épreuves. Nous ne nous ressemblons en rien.

Rebecca regarda tour à tour Mina Kacew et Louise Cohen. Si la première était très maquillée sous son carré de cheveux bien coiffés, la seconde, plus naturelle et discrète, avait un aspect démodé, mais toutes les deux étaient décidées, autoritaires, intransigeantes et de mauvaise foi : elles se ressemblaient !

Louise Cohen continuait à raconter son exil.

– Je voulais qu'Albert fasse partie de la société française tout en restant fidèle à ses origines. Je voulais tout et son contraire : je l'ai inscrit dans une école catholique pour qu'il soit intégré et, à la maison, je lui racontais des histoires du royaume juif avec ses coutumes, ses mœurs, ses traditions ancestrales. Car je ne tenais pas à ce qu'il soit cent pour cent Français ; il aurait été trop éloigné de moi. D'ailleurs, rien ne m'a plus réjouie que de découvrir dans ses romans les aventures des Valeureux, ces dignes fils de Corfou enthousiastes, imaginatifs et naïfs.

– L'arrivée extravagante et bruyante des Valeureux à Genève n'a rien à voir avec la vôtre à Marseille, n'est-ce pas ? demanda Rebecca.

Louise se mit à rire à cette supposition ; elle n'était ni aussi culottée ni aussi débrouillarde que les personnages imaginés par son fils. Par contre, elle admirait la manière dont Albert avait décrit dans ses romans la peur du rejet éprouvé par tout émigré pauvre. Il l'avait calquée sur la réalité.

— Albert a beau se définir comme héritier de cinq ou six patries, chaque déménagement a été une épreuve pour lui, continua Louise. Il s'est attaché successivement à Marseille, Paris, Genève, Londres et Jérusalem, et il a voulu devenir Français, mais où qu'il soit, il disait de lui-même : « Je suis d'ailleurs. »

— Est-ce parce qu'il se sentait juif avant tout ?

— Il ne risquait pas de l'oublier. Nous sommes partis de Corfou, comme tant d'autres à ce moment-là, à cause de l'antisémitisme ; notre pays avait subi un nouveau pogrom peu avant la pâque juive de 1900 lorsqu'une petite fille juive de huit ans, Rubina Sarda, a été retrouvée assassinée. Les juifs ont immédiatement été accusés de meurtre rituel, certains ont été emprisonnés, dont le père de la petite fille. Et cette accusation a déchaîné la violence, les insultes, le pillage des commerçants juifs... L'enquête a eu beau innocenter la famille suspectée, l'atmosphère était devenue irrespirable alors que l'île avait été jusque-là très tolérante vis-à-vis des juifs ; nous avions même obtenu l'égalité des droits grâce aux Français en 1791. Nous étions persécutés mais unis et fatalistes. À Marseille, ce fut l'enfer.

— Que s'est-il passé ?

— Nous sommes arrivés juste après l'affaire Dreyfus.

Jeanne Proust l'interrompit sèchement : elle ne voulait pas entendre parler de ce malheureux capitaine, qui lui rappelait de mauvais souvenirs. Chez elle, Adrien, promilitaire et antidreyfusard, lui avait tenu tête. Et ce fut la rupture ; elle n'arrivait plus à franchir le fossé qui n'avait fait que s'élargir entre elle et son mari. Ils eurent une vraie dispute qui aboutit à une incompréhension totale entre eux. Par la suite, elle avait eu le sentiment de vivre avec un étranger.

– Peut-être, mais vous avez eu de la chance de vivre dans un Paris cosmopolite, pas comme nous, répliqua Louise Cohen d'une voix cassante. Dès notre arrivée à l'hôtel, nous nous sommes tout fait voler.

Elle en avait les larmes aux yeux.

– Moi, passe encore, mais Albert est devenu de plus en plus triste. Il était seul, différent des autres garçons de son âge. Je crois qu'il s'y serait habitué, puisqu'il avait beaucoup d'imagination mais il ne s'est pas remis de l'humiliation qu'il a subie le jour de ses dix ans : habillé d'un costume marin, le cœur pur, il s'approcha d'un camelot qui démontrait les bienfaits d'un détachant. Fasciné par le pouvoir de séduction du vendeur, réjoui par tant de talent, il sourit à ses voisins, heureux de faire partie de cette population, ces Français que nous avions idéalisés. Il décida d'acheter trois bâtons de détachant et tendit au camelot l'argent que je lui avais donné pour son anniversaire. Celui-ci lui jeta à la figure : « Toi, t'es un youpin, un sale juif, je vois ça à ta gueule... Messieurs, mesdames, je vous présente un copain à Dreyfus qui vient manger le pain des Français... » Enfin, ajouta Louise, je ne vais pas vous ennuyer avec la haine antisémite, trop banale à l'époque, mais Albert a vieilli du jour au lendemain et il est resté sombre depuis. C'était le 16 août 1905 et il a écrit, des années plus tard, que sa vie s'était transformée en destin ce jour-là. Il en parle à de nombreuses reprises. Je ne l'ai pas su à l'époque. Il était si secret, Albert, si délicat ; il ne voulait pas accroître ma souffrance en me confiant la sienne.

Jeanne Proust était plongée dans *Le Côté de Guermantes*. Elle tournait les pages pour trouver le passage où Bloch se demande si Norpois, le prudent diplomate, est dreyfusard ou pas. Elle savait exactement à quelle page se situait l'extrait qu'elle cherchait. Son visage s'éclaira, puis elle se mit à rire franchement lorsqu'elle lit une réplique du duc de Guermantes : « Quand on s'appelle le marquis de Saint-Loup, on n'est pas dreyfusard, que voulez-vous que je vous dise ! » Elle ne se lassait pas de relire son fils, le grand Marcel Proust. Et surtout, vexée d'avoir été mouchée par Louise Cohen, elle ne voulait plus participer à la conversation même si elle ne tenait pas à en perdre une miette.

– Pourquoi Louise Cohen ramène-t-elle tout à l'antisémitisme ? demanda Mina à Rebecca. Albert en a-t-il souffert plus que les autres ? Il devait être d'un naturel triste, car je m'aperçois que rien n'a empêché Romain d'être le plus insouciant des enfants. Et, pourtant, il y en a eu des pogroms en Pologne ! Je peux vous citer des chiffres…

– Vous croyez vraiment que Romain a été heureux ? l'interrompit Louise.

– J'en suis persuadée. Vous, vous portez le malheur du monde sur vos épaules, c'est une question de perspective.

– Je ne sais pas pourquoi je discute avec vous, Mina. Vous croyez être la seule à vous être donné du mal et vous n'avez jamais ressenti le moindre doute. Peut-être n'en avez-vous pas éprouvé ? Je n'ai, quant à moi, jamais été sûre du succès futur de mon fils. Je me suis parfois sentie impuissante devant les coups du sort. Je me suis efforcée d'être un bon petit soldat : j'ai tenu bon pour qu'Albert ait une vie meilleure que la mienne. J'ai tâché de combler les manques, mais je savais que je ne pouvais pas faire de miracles non plus.

– Vous avez raison, dit Mina. La différence entre vous et moi, c'est que j'ai toujours cru au miracle. En bonne partie parce je suis exaspérée par les gens qui se plaignent, qui geignent et se lamentent. Je ne voulais pas en faire partie. Dieu nous donne une vie, à nous de la transformer. Il m'a fallu beaucoup d'énergie pour que Romain se sente en sécurité. Je ne tenais pas à ce qu'il se doute de nos difficultés. Je voulais qu'il s'en sorte, comme vous, Louise. Et cela a marché. Car si les jours n'étaient pas tous roses à la pension Mermonts, du moins avions-nous un toit et des clients qui devenaient souvent des amis. Mais quelle que soit notre situation, je lui ai toujours fait croire que nous menions la plus belle des vies. Nous étions différents et nous l'assumions : Russes à Nice, juifs dans la société russe, athées parmi les juifs, nous n'appartenions à aucun clan ni à aucun groupe, nous vivions l'un pour l'autre, seuls, en marge. C'était un choix, pas un mauvais coup du sort.

Louise Cohen se sentit tout à coup découragée. Elle passa sa main sur son front, rajusta son chignon et se tassa un peu plus au fond de son fauteuil.

– Peut-être me suis-je trompée. Peut-être avez-vous vraiment été heureuse ?

– Je crois que Romain l'a été, répliqua Mina avec un large sourire satisfait.

Elle s'anima en décrivant la mer qu'ils contemplaient en mangeant du pain noir et des cornichons Malossol. Comblée par la quiétude du paysage, elle serrait son fils contre elle.

Louise s'excusa :

– On a tendance à réfléchir à partir de sa propre expérience. Or nos parcours m'avaient semblé assez proches. Mais je ne parlais que d'Albert – comme d'habitude, ajouta-t-elle avec un sourire las.

Rebecca s'inquiéta à nouveau pour Nathan. Elle aussi ne pensait qu'à lui et elle savait que son fils était triste. Quand on vient de perdre quelqu'un, tout le monde est aux petits soins, c'est normal d'être déprimé, excusable de montrer sa peine, mais il ne faut surtout pas que cela dure, surtout si l'on parle peu, comme Nathan. Elle avait peur qu'il ne lasse son seul et meilleur ami, Arthur, même si celui-ci, elle en était sûre, avait tenté de le secouer en le forçant à reprendre sa vie quotidienne. Que faisait Nathan de ses journées ? Était-il retourné à l'université ? Restait-il prostré chez eux ? Et s'il s'enferrait dans son deuil ? S'il ne s'en sortait pas ? Son fils lui semblait peu courageux par rapport à Gary ou Cohen qui avaient traversé toutes les tempêtes. Rebecca se demanda pourquoi elle se trouvait là : Nathan n'avait pas eu le temps de devenir célèbre.

5

Mon préféré

> « Quand on a été sans conteste l'enfant de prédilection de sa mère, on garde pour la vie ce sentiment conquérant, cette assurance du succès qui, en réalité, reste rarement sans l'amener. »
>
> Sigmund Freud

Amalia Freud était dans sa salle de bains, en train de se mettre du vernis à ongles rouge devant une coiffeuse drapée d'un damas de soie, tandis que Rebecca, gênée d'être dans l'intimité de cette femme autoritaire dont l'opinion lui importait tant, se tenait droite sur la chaise posée dans un coin de la pièce. Une baignoire ancienne trônait au milieu, et deux vasques siégeaient de chaque côté d'un miroir précieux.

– Pourquoi ne parlez-vous jamais de vos filles ? lui demanda Rebecca. Vous en avez pourtant eu cinq.

– Les filles sont des futures mères de fils. Comment voulez-vous les traiter comme des enfants ? Dès le plus jeune âge, elles secondent leur mère quand elles ne la remplacent pas complètement.

– Vous demandiez à vos filles de vous aider dans les tâches pratiques et ménagères, jamais à vos fils ?

— Et puis quoi encore ! Mon Sigi en or était d'une espèce à part. Est-ce que je l'ai favorisé pour cela, ou est-il devenu un génie parce que j'ai été plus attentive avec lui ? Je ne peux pas vous répondre. Mais personne n'a contesté la prédominance de Sigi dans la famille. Ses sœurs devaient le respecter et lui obéir.

Amalia sortit d'un placard un portrait à l'huile représentant Sigmund à côté de ses sœurs lorsqu'il devait avoir douze ans. Sur ce tableau, l'aînée, Anna, tient une guirlande de roses, Mitzi, un panier de fleurs, Rosa, une petite branche, les deux autres, Dophi et Paula entourent leur petit frère, Alexander qui porte un fouet et un polichinelle, alors que Sigmund a un livre à la main.

— C'est assez représentatif. Et Sigi était conscient de son importance, même s'il écrit à son petit frère que leur fratrie ressemblait à un livre puisqu'ils étaient les couvertures encadrant leurs faibles sœurs. Il savait qu'il était le chef de la famille.

— Et votre préféré ?

— Bien sûr. C'était une évidence. D'ailleurs, il avait la plus grande chambre.

— Et ses sœurs, elles étaient agglutinées quelque part ? dit Rebecca sans vouloir croire à cette injustice trop bien assumée.

— Elles vivaient dans une seule pièce effectivement. Car rien n'était plus important pour nous que le confort de Sigi. Il devait avoir du calme pour travailler. Aussi lorsqu'il m'avoua que les répétitions de piano de ses sœurs, qui reprenaient inlassablement le même morceau, le rendaient nerveux, je n'ai pas hésité à me débarrasser de cet instrument de malheur. Et lorsqu'il est devenu père de famille, il a empêché ses enfants de jouer, car il disait détester la musique. Je crois plutôt qu'il se méfiait de l'émotion qui risquait de le submerger. Le silence était plus sûr.

– Vous donnez une explication psychologique, alors que je croyais qu'il n'avait pas l'oreille musicale.

– Comment aurait-il été un bon médecin de l'âme s'il n'avait pas su écouter ?

Le ton d'Amalia était sans appel. Elle se concentra devant son miroir pour mettre de la poudre sur son visage déjà pâle. Et, pendant quelques instants, elles restèrent silencieuses.

– Et si l'une de vos filles avait été douée pour le piano ?

– Je ne comprends pas pourquoi vous insistez autant, Rebecca. Pas une n'arrivait à la cheville de Sigi qui était très brillant dans ses études. À cinq ans, alors que je lui apprenais à lire, je me suis aperçu qu'il comprenait vite et qu'il s'intéressait à tout. Son père a pris la relève pour lui donner des leçons. À l'école, il a toujours été le premier de sa classe et il a passé avec la mention « excellent » son examen de maturité.

Amalia défit sa longue tresse pour brosser ses cheveux.

– Cette situation serait inenvisageable aujourd'hui.

– Il n'y a plus de chouchou ? répliqua Amalia sans même lui laisser le temps de développer.

– On évite. On ne peut pas en parler. C'est un sujet tabou.

– Vous êtes une génération d'hypocrites alors.

– Sigmund avait toutes les faveurs et personne ne l'enviait ?

– Si. Anna, celle qui est née juste après lui. Elle était révoltée car il lui avait interdit de lire Balzac et Dumas. Elle allait se cacher dans la lingerie pour poursuivre ses lectures.

— Et vous ne faisiez rien contre ce tyran domestique ? Vous auriez pu défendre Anna, expliquer à Sigmund qu'il n'était ni son père ni sa mère et qu'il n'avait pas à régenter tout le monde.

— Il avait une autorité naturelle et indiscutable. Il me semblait naturel de l'écouter puisqu'il avait généralement raison. Et je le ménageais, je le dorlotais, mon Sigi en or, il était si fragile !

— Plus que ses sœurs ?

— Son frère Julius, qui est né juste après lui, est mort d'une infection intestinale.

— Oh ! Je suis désolée, s'écria Rebecca. Je ne savais pas.

— Vous ne pouvez pas tout savoir.

— Comment Sigmund a-t-il réagi quand vous lui avez expliqué ?

— Nous n'en avons jamais parlé.

— J'avais oublié que le monde d'avant Freud n'expliquait rien aux enfants, remarqua Rebecca.

— Cela n'a rien à voir. Julius a disparu du jour au lendemain. Que voulez-vous que je lui dise ? Il n'avait que dix-huit mois. Comment voulez-vous que je devine qu'il aurait pu vouloir se débarrasser de son frère parce qu'il accaparait toute mon attention ? Je ne pouvais pas me douter à quel point ce décès avait troublé Sigmund. Il raconte plus tard qu'il a eu le sentiment de l'avoir tué. Il en tire toute une théorie sur la jalousie entre frères et le complexe d'Œdipe.

— Sigmund n'a pas changé de comportement à ce moment-là ?

— Mon frère venait de mourir de tuberculose. Tout s'est mélangé. J'avais donné à mon fils le même prénom que mon frère : Julius. Et cela lui a porté malheur. J'aurais dû m'en douter.

– Ça devait être un prénom à la mode. Groucho Marx s'appelait Julius aussi. Vous ne pouviez pas prévoir.

– J'étais désemparée, fatiguée et seule. Je ne pouvais pas compter sur Jacob qui passait la moitié de l'année à voyager en Galicie, en Hongrie, en Saxe et en Autriche pour proposer ses marchandises, et mes frères étaient loin. Je n'ai pas compris le désarroi de Sigi. Je m'en suis voulu.

– Comment expliquez-vous qu'il ait gardé un souvenir idéalisé des premières années de sa vie, avant que vous ne déménagiez pour Vienne ? Je me souviens d'une de ses lettres expliquant que « l'enfant heureux » qu'il avait été à Freiberg « continuait à vivre en lui ». Pourquoi était-il tellement attaché à cette ville ? demanda Rebecca.

– Je n'ai pas tout compris de mon génie de fils. Pourquoi avait-il aimé une petite bourgade de cinq mille habitants dans une plaine grise sans relief ? Tout le monde avait plus ou moins le même métier que Jacob et, qu'ils soient négociants, boutiquiers, courtiers ou colporteurs, ils ne parlaient que yiddish. Et même si le commerce du textile avait le vent en poupe et que la Moravie connaissait un essor économique, comparé à Vienne, c'était une misérable vie de province.

– Peut-être a-t-il aimé votre maison ?

– Le 117 Schossergasse était une maison assez grande, mais pas très confortable.

Amalia sortit de sa poche une photo. La maison ressemblait à un dessin parfait d'enfant équilibré, avec deux étages, des grandes fenêtres, un toit en pierre bien tracé. Il y avait marqué « J. Zajic » sur la façade, du nom du propriétaire.

– Freud n'a jamais aimé Vienne, mais il n'a jamais pu quitter cette ville.

– N'a-t-il pas été à Londres en 1938, un an avant sa mort ?

– Il a fallu toute l'énergie et l'influence de Marie Bonaparte, une de ses riches patientes, pour organiser son départ. Car, même avec la guerre et un cancer à la mâchoire qui le faisait souffrir, il s'est montré hostile à toute idée de déménagement. Mais je ne peux pas m'empêcher de lui en vouloir : il aurait pu partir plus tôt et sauver sa famille. Au moins essayer. Car enfin, quatre de ses cinq sœurs sont mortes dans des camps de concentration. Heureusement, Anna, l'aînée, était à New York et Alexander, au Canada.

– Où étiez-vous ?

– Je suis morte en 1930 avant tout cela. Je sais que Sigi n'avait pas pris conscience du danger. Et lorsque Martha, sa femme, a mentionné ses sœurs, ce n'était plus possible.

– Étaient-ils restés proches ?

– Il ne voyait même plus Rosa, sa préférée. Entre ses écrits et ses consultations, il n'avait pas le temps.

– Vous le défendez toujours, n'est-ce pas ?

Rebecca était persuadée que, s'il n'avait pas pris l'habitude de passer avant tout le monde et considérer que son bien-être primait sur tout, il aurait pu faire partir ses sœurs avec lui. Elle n'osa pas insister, mais Amalia perçut son effroi, et se leva.

– Vous avez eu un fils unique, Rebecca, vous ne pouvez pas comprendre. Sigi était la prunelle de mes yeux. Il l'est resté. Il lui fallait une attention constante. Vous vous rendez compte qu'il a réussi à rassembler autour de lui trois figures maternelles ?

Amalia détailla sa situation familiale. Jacob avait eu deux fils avec sa première femme, Sally. Il n'avait pas eu d'enfants avec sa deuxième épouse dont l'existence même est restée mystérieuse. Jacob n'a jamais voulu en parler et elle ne savait pas si Rebecca était morte ou si elle était partie. À moins qu'elle ne se fût suicidée. Amalia n'avait pas pu tirer cette affaire au clair. Elle n'avait pas prévu, en épousant Jacob, qu'elle tiendrait le rôle de chef de famille, même avec ses beaux-fils qui avaient le même âge qu'elle. Il semblait naturel qu'Emmanuel, sa femme Maria et leurs enfants viennent déjeuner tous les jours. Elle aimait bien John, leur fils, d'autant que Sigi l'adorait et qu'ils ne se quittaient pas.

– Maria a été une autre mère pour Sigi ainsi que Monica, la nounou. Il nous épuisait, nous qui l'aimions passionnément, raconta Amalia. J'ai été stupéfaite de constater qu'il avait fini sa vie avec trois femmes – sa femme, Martha, sa belle-sœur, Minna, et sa fille, Anna, reproduisant exactement le schéma de son enfance.

– Est-ce à cause de cette rivalité que vous l'avez favorisé ? Parce que vous deviez être l'élue de son cœur ? Ou bien est-ce l'aîné que l'on préfère de toute façon ?

– Je ne sais pas, dit Amalia, lassée par le goût pour la psychologie de Rebecca. Demandez à Jeanne, qui a délaissé Robert pour concentrer tous ses efforts sur Marcel.

Amalia et Rebecca marchèrent longtemps, dans des pièces qui se succédaient, décorées de la façon la plus hétéroclite.

– Jeanne est peut-être dans la bibliothèque ? suggéra Rebecca.

— Comment peut-elle continuer à lire Proust ?

— Peut-être lit-elle à son sujet ? suggéra Rebecca. On continue à écrire sur Marcel Proust.

— Sur Sigi aussi, mais je suis moins zélée que Jeanne. Et j'ai tendance à penser que les psychanalystes qui écrivent sur lui le font dans une langue étrangère qu'il m'est difficile de comprendre.

Jeanne se trouvait effectivement plongée dans une obscure thèse sur son fils, et posa à regret le gros volume en entendant Amalia et Rebecca franchir les lourdes portes de la bibliothèque.

— Rebecca voulait savoir pourquoi Marcel avait été votre fils préféré, lança Amalia sans préambule.

Rebecca se mit à tousser, gênée par cette question qu'elle jugeait blessante. Elle ne souhaitait pas critiquer l'éducation de Jeanne, et encore moins se laisser manipuler par Amalia.

— Oui, je me suis beaucoup occupée de Marcel, beaucoup plus que de Robert, mais je ne le préférais pas, dit Jeanne en prenant place sur une chaise, ravie de parler de ses enfants. Mon second avait deux ans de moins que Marcel et il s'est débrouillé tout de suite. Ma grossesse s'était mieux déroulée avec lui et je crois que cela a joué un rôle dans son développement. Il n'a jamais eu besoin de moi. Conquérant et bien portant, il tenait de son père alors que Marcel avait failli mourir à la naissance. Le reste de leur vie s'est calquée sur l'enfance. Robert a choisi le métier de chirurgien comme Adrien. Il a été le premier à pratiquer avec succès l'ablation de la prostate et il a réussi la première opération à cœur ouvert en 1910 alors que Marcel est resté dépendant de moi durant toute ma vie.

— Vous êtes en train de me dire que votre deuxième fils était un génie lui aussi ?

– Oui, mais qui aurait entendu parler de Robert sans Marcel ?

– N'était-il pas jaloux ?

– Il s'est mis à protéger Marcel dès qu'il a pu, expliqua Jeanne. Il savait que son grand frère était plus sensible, plus délicat, plus compliqué. Il a parfaitement compris que je ne pouvais pas les élever de la même manière, étant donné qu'ils étaient très différents. Il n'en a pas pris ombrage.

– Pourtant, je me souviens d'un commentaire de Georges Duhamel, qui avait observé une grande similitude entre les deux frères, dit Rebecca. Étant lui-même chirurgien et écrivain, Duhamel, qui avait vu Robert opérer, a constaté qu'il avait la même lenteur, la même langueur que Marcel. Ils avaient, l'un comme l'autre, un sens presque excessif de la bonne éducation et un degré d'écoute hors du commun.

– C'est son opinion, rétorqua Jeanne.

– Mais il y a une photo représentant Marcel et Robert, d'une élégance absolue dans leurs costumes gris et leurs chaussures montantes. Marcel avait posé son bras autour des épaules de son petit frère, comme l'aîné qu'il tenait certainement à être. Son geste est très protecteur.

– Ils étaient encore petits. Je pense que les rôles ont fini par s'inverser. Robert, mon autre loup, a pris la place de l'aîné assez naturellement.

– Vous ne le surnommiez pas comme ça tout de même ? dit Rebecca interloquée.

– Marcel était « Mon loup », et Robert « mon autre loup », dit Jeanne en éclatant de rire.

Robert de Saint-Loup, ce personnage essentiel de *La Recherche du temps perdu*, portait le même prénom que son frère et le surnom que leur mère leur avait donné à tous les deux. Dans le roman, il est le meilleur ami du narrateur, brillant et cultivé, qui meurt héroïquement à la guerre, mais c'est aussi un inverti qui entretient son amant et qui ment à sa femme qu'il aime pourtant. Il est élégant, extrêmement beau, hors du commun, impertinent, superbe et libre. Et ce personnage serait le double fictif de son frère ?

– Absolument pas, répliqua Jeanne énervée. Comment pourrait-il associer son frère à ce personnage ? Marcel aime jouer avec les noms. Vous remarquerez qu'il n'y a jamais eu de frère dans les romans de Marcel. Il se considérait comme un fils unique. Et je crois d'ailleurs l'avoir élevé comme tel.

Jeanne évoqua le *Carnet de 1908*. À la fin de ses vacances, Marcel doit rester à Illiers alors que son frère rentre à Paris avec elle. Il est évidemment désespéré d'être séparé de sa mère, tandis que Robert, furieux d'avoir à laisser le chevreau qu'il a adopté, se met à courir pour retarder son départ. Jeanne le retrouve alors qu'il tente de s'échapper sur la voie ferrée. Terrifiée, elle le tire vers elle sans succès puisqu'il s'agrippe aux rails. Adrien s'en mêle et le gifle, en le traitant d'enfant désobéissant. Pendant ce temps, elle parle à Marcel en le raisonnant, lui qui comprend la situation : son père est déjà ennuyé qu'elle parte et, s'il se rend odieux, il les trouvera tous les deux insupportables, elle et lui. Proust met en avant le couple qu'il forme avec sa mère comme une entité indivisible : il n'a rien en commun avec son frère rebelle et juvénile.

– Robert a dû sentir cette partialité, avoua Jeanne, puisque, au moment du déjeuner, il s'est plaint que Marcel avait eu plus de crème au chocolat que lui, et c'est la pire des injustices pour un petit garçon gourmand. Mais Marcel ne voulait pas davantage de crème, il la voulait tout entière pour lui seul.

– Il voulait être aimé par sa mère, plus que son frère, plus que son père, plus que tout.

– Il savait qu'il l'était, dit Jeanne avec émotion.

– Et que disait Robert ?

– Le mariage de Robert illustre bien nos rapports familiaux, raconta Jeanne. La journée avait mal commencé puisque j'étais malade, Marcel aussi, et ce fut un cauchemar. Comme dans tous les mariages, il y avait deux familles et pas celles que l'on croit ; les Weil et les Proust étaient les seuls amusants à observer. Pourquoi aurais-je fait semblant de m'intéresser à la belle-famille de Robert puisqu'il était évident que je ne reverrais pas les Dubois-Amiot ? Il y avait donc d'un côté Adrien, délirant d'orgueil de voir son fils très beau, dégagé et assuré, se marier si bien et grâce à lui, car Marthe était la fille de l'une de ses maîtresses. C'était une réussite sociale : l'église Saint-Augustin était noire de monde et de chapeaux élégants. Il était loin d'Illiers, de la boutique où ses parents fabriquaient de la cire, du miel et du chocolat. Il était fier de lui. De l'autre côté, il y avait moi, souffrante, blessée par ce mariage concocté par Adrien et sa maîtresse. Je n'avais rien à voir là-dedans. Je parvins à être aimable avec les relations d'Adrien, ses collègues de l'hôpital, mais, aussitôt après la cérémonie religieuse, je déclarai que j'étais trop fatiguée pour me rendre à la réception que donnaient les Dubois-Amiot. Personne ne trouva rien à redire, je n'avais pas assisté non plus au mariage civil, clouée au lit par un rhumatisme. Ne croyez pas que je l'avais fait exprès, j'étais désespérée, précisa Jeanne Proust.

Marcel arriva en retard à l'église, avec sa tête des mauvais jours et un manteau épais, au-dessus d'un autre manteau, enroulé dans une grosse écharpe alors qu'il faisait chaud en ce mois de juillet 1903. Il avait été si blessé de l'attention portée à son frère qu'il en était tombé malade. À moins qu'il n'ait voulu se montrer solidaire de sa mère, dont il avait senti le désarroi. Toujours est-il que ce mariage mettait en évidence que Robert était plus Proust que Weil.

– Je n'aimais pas beaucoup Marthe, ma belle-fille, car elle détestait Marcel, raconta Jeanne. Il a suffi qu'elle arrive dans notre famille pour déclencher des conflits qui n'existaient pas entre les frères. Heureusement que Robert l'écoutait peu et venait voir Marcel en tête à tête. Mais il n'a pas pu empêcher qu'elle jette toutes les lettres de Marcel qui lui sont tombées sous la main.

– Comment le savez-vous ? Vous étiez morte à ce moment-là.

– Je l'ai lu. Vous savez, on apprend beaucoup de choses ici, surtout sur ceux qui sont devenus célèbres. Enfin, pour en revenir aux écrits intimes de Marcel, elle aurait pu faire fortune, en les vendant. Mais elle a brûlé la plupart de ses lettres, car elle les jugeait indécentes, impudiques, équivoques, inconvenantes, choquantes. En un mot, elle jugeait son existence honteuse.

La femme de Robert n'était-elle pas jalouse de la passion de Jeanne pour Marcel ? se demanda Rebecca. Peut-être avait-elle voulu défendre son mari exclu de cette relation privilégiée et n'avait-elle trouvé qu'un moyen : détester le fils préféré.

– Ce n'est pas à Robert mais à Marcel que vous lisiez *François le Champi* le soir dans son lit, dit Rebecca. J'ai lu quelque part que vous sautiez les pages qui vous troublaient. Pourquoi avez-vous choisi ce roman où il est question d'inceste ?

Rebecca se souvenait de ce passage du livre où un petit garçon un peu simple et adopté est sur le point de se faire reconduire à l'hospice. Au moment de partir, il tombe évanoui et attendrit ainsi la femme du meunier, Madeleine, qui propose de prendre soin de lui en cachette. Elle s'approche de l'enfant, prend sa tête contre son cœur et se met à l'embrasser en pleurant. Elle peut le garder et l'élève avec tendresse. François s'éprend d'elle en grandissant. C'est cette relation incestueuse que Jeanne choisit de lire à son fils. Imaginez l'effet sur un jeune garçon fragile comme Marcel !

– Mais c'est une forme de tendresse, se défendit Jeanne. Et je lui ai lu *La Mare au diable* aussi. J'aimais beaucoup George Sand.

– Il ne se souvient que de *François le Champi* dont il parle dans *La Recherche*. Il avait dû se sentir assez troublé pour l'évoquer des années plus tard.

– Oh ! vous voyez le mal partout, s'écria Jeanne soudain énervée, comme chaque fois que l'on émettait une réserve à son égard.

– Et Minnie Marx, avait-elle un fils préféré ? demande Rebecca pour détourner son attention.

– C'était Chico, son fils aîné, répondit Jeanne.

De son vrai nom Leonard, Chico est le petit râblé qui parle très vite avec un accent italien et joue du piano avec la technique du « doigt revolver ».

– Allons voir sa mère, dit Jeanne. Minnie évite de sortir et elle déteste la bibliothèque. C'est un principe chez elle.

Elles trouvèrent la grosse dame aux cheveux blonds et crantés dans le salon en train de chanter un air de music-hall tout en jouant du piano. Rebecca et Jeanne attendirent qu'elle finisse son morceau.

— Rebecca aimerait savoir pourquoi Chico était votre fils préféré, dit Jeanne.

— Qu'avez-vous toutes à manquer ainsi de tact ? Ça suffit ! murmura Rebecca en colère.

Mais Minnie eut la même réaction que Jeanne ; elle sourit, heureuse de parler de son passé et d'avoir un nouveau public en la personne de Rebecca.

— Chico était l'aîné, je l'ai tout de suite adoré. Et j'ai continué toute ma vie. Il n'avait rien de plus que les autres, maintenant que j'y pense. Au contraire. C'était un joueur compulsif. Il aimait tous les jeux de hasard : les courses, les dés, le casino, le poker, le bésigue, et j'en passe… Il avait de qui tenir, mon mari et moi avions l'habitude de jouer. Mais chez Chico, c'était déraisonnable. Il pouvait perdre dix mille dollars en une journée. Ses frères le surveillaient. Ils placèrent eux-mêmes les gains du film *Une nuit à Casablanca*, pour qu'il puisse bénéficier d'une rente plutôt que de tout flamber au jeu, rente qu'il perçut jusqu'à la fin de sa vie. Quand un journaliste demanda à Chico, combien d'argent il avait perdu au jeu, il répondit : « Trouvez combien d'argent Harpo a amassé, c'est cette somme que j'ai perdue. » Déjà jeune, Chico portait au clou tout ce qu'il trouvait dans la maison, tellement en désordre que nous mettions du temps à nous en apercevoir. Mais les clients de Samuel venaient immanquablement réclamer leurs costumes. Nous savions tous où trouver ce qui était égaré et il y avait un va-et-vient constant entre notre appartement et l'usurier.

— Cela ne vous mettait pas en colère ?

— Il était drôle et je savais que son caractère heureux le sauverait. Il disait que, s'il perdait un jour, il avait l'espoir de gagner le lendemain, et s'il gagnait, il était sûr de reperdre. Il s'en sortait toujours. Vous savez, le fait de savoir prendre tous les accents (irlandais, allemand ou italien) permettait de survivre à New York... Je l'adorais. Le petit garçon qu'il était m'émerveillait. Celui qu'il est devenu plus tard, tout en étant aussi merveilleux, n'était plus le même.

Jeanne Proust ne put s'empêcher d'intervenir :

— Vous voulez parler de cette idée chère à Marcel, que le *moi* n'est jamais fait que d'une *succession* de *moi* différents, parfois contradictoires ?

— Si vous le dites, répliqua Minnie.

Chaque fois que Jeanne commençait à parler de Marcel, Minnie s'agaçait.

— Vous pouvez dire ce que vous voulez, mais mes fils étaient plus drôles que Marcel, même ceux qui ne l'étaient pas professionnellement, je parle de Zeppo.

— Vous n'avez jamais bien compris Marcel. Vous ne riez pas à son humour, alors qu'il m'enchante. Quand je m'ennuie, je repense à un passage de *Sodome et Gomorrhe* : on annonce au duc de Guermantes la mort de son cousin Amanien d'Osmond, alors qu'il tient à se rendre à une fête. « Il est mort ! Mais non, on exagère, on exagère ! » s'exclame-t-il. Eh bien, moi, cela m'a fait rire, comme beaucoup d'autres passages de *La Recherche*.

Minnie se tourna vers Rebecca et murmura :

— S'il avait été mon fils, Marcel n'aurait jamais été aussi chochotte.

— Il aurait joué, lui aussi ? ironisa Jeanne qui avait entendu.

Quatre des cinq fils de Minnie Marx avaient triomphé à Broadway. C'était le succès de son frère, Al Shean, dans le vaudeville qui l'avait convaincue que ses fils devaient y faire carrière.

— Je croyais que Groucho était l'aîné.

— Il est plus célèbre que ses frères, admit Minnie, mais Dieu seul sait qu'il m'énervait. Il détestait le jeu et c'était considéré comme un manque de virilité dans la famille. Pis encore, il était sérieux, intellectuel et je crois misanthrope. Mon troisième fils ne ressemblait pas aux autres ; les deux aînés, Leonard – Chico – et Adolph – Harpo – étaient beaux et blonds. Julius naît : un petit pruneau fripé et affreux, avec des cheveux noirs partout. Il y a de quoi vous mettre de mauvaise humeur ! Et, bizarrement, il est né furieux.

— Groucho a écrit : « Ma mère adorait les enfants ; elle aurait donné n'importe quoi pour que j'en sois un », dit Rebecca.

— J'aime les enfants mais j'ai toujours traité mes fils en adultes, dit Minnie. Pourquoi faudrait-il glorifier, magnifier, encenser l'enfance ? J'en garde un souvenir épouvantable. Petit, on se sent emprisonné physiquement car on n'a pas le droit de sortir sans prévenir, il faut respecter les horaires, faire accepter ses amis, porter ce qu'il est attendu de vous. Et, mentalement, l'enfermement est pire encore : impossible de discuter un ordre ou de mettre une idée en question. Que ce soit à l'école ou à la maison, ne faut-il pas rester dans le rang, se ranger dans un moule ? Pas d'échappatoire possible. C'est suffocant. Il n'était pas question que je les élève comme des enfants.

— Vous croyez que Groucho s'est senti mal aimé ?

— Le pauvre se donnait du mal pour m'être agréable. À croire qu'il avait un radar pour détecter ce qui me ferait plaisir. Il connaissait mes humeurs mieux que personne et il cherchait à m'amadouer. Mais ça ne marchait jamais. J'avais l'habitude de le rudoyer alors que j'adulais Chico, qui n'en faisait qu'à sa tête. J'avais un faible pour Harpo aussi... mais ce n'était pas pareil. Il était plus proche de mon mari.

– Harpo, qui joue de la harpe, était-il vraiment muet ?

– Non, simplement susceptible. Un critique théâtral a parlé de sa voix haut perchée qui détruisait son jeu, sa drôlerie naturelle, sa présence indiscutable. Aussitôt Harpo a décidé de se taire sur scène. Et il n'en a été que plus comique.

– C'est vous qui le lui avez conseillé ?

– Je ne crois pas. Je ne sais plus.

Jeanne Proust était morose et lorsqu'elle était dans cet état, elle tortillait une mèche de ses cheveux.

– Ce n'est pas Groucho qui a souffert le plus dans votre famille, dit-elle.

Minnie fulmina. Elle voulait bien s'accuser elle-même mais de là à accepter les critiques des autres, elle avait du mal.

– Si vous voulez me faire dire que j'ai envoyé Gummo se battre pendant la Première Guerre mondiale à la place de Chico, je l'avoue. Je l'ai choisi parce qu'il n'était pas aussi utile que ses frères dans les vaudevilles.

Rebecca était consternée, et cela dut se voir puisque Minnie se justifia.

– J'ai tout fait pour éviter que mes fils ne partent. J'ai acheté une ferme près de Chicago, car les agriculteurs étaient exemptés de service militaire, mais ça n'a pas marché. Gummo a dû partir jouer au héros. Je sais que j'ai été injuste, mais il s'en est bien sorti. Gummo a trouvé le prétexte idéal pour ne jamais remonter sur les planches en rentrant de la guerre ; il détestait cela. Il est devenu un excellent imprésario.

– Au fond, vous vous arrangiez pour avoir toujours raison, dit Jeanne.
– Exactement. D'ailleurs, tous l'ont bien compris. Je régnais sur notre famille, qui passait avant tout. Ils avaient réussi parce qu'ils étaient soudés. Ils étaient les « Marx Brothers », même si chacun des frères avait sa propre identité dans leurs films : Chico, l'Italien, Zeppo, le séducteur, et Harpo, le clown muet. Groucho était le plus connu, comme vous l'avez constaté, uniquement parce que sa carrière a duré plus de soixante-dix ans : star du music-hall, de Broadway, du cinéma, de la radio, de la télévision. Il a écrit sept livres dont l'hilarant *Mémoires d'un amant lamentable*, une pièce, deux scénarios et près d'une centaine d'articles... Mais il n'aurait pas été grand-chose sans ses frères. Même lorsqu'il écrit, il utilise les autres. Je vous donne un seul exemple qui me fait rire : « Comment écrire un article drôle chaque jour ? Que peut-il se passer d'assez important pour remplir tout ce papier blanc toutes les vingt-quatre heures ? Pourquoi ne pas le laisser blanc et dire que c'est Harpo qui l'a écrit ? »

Et Minnie se mit à rire aux éclats. D'humeur joviale, elle se remit du rouge à lèvres avant de proposer une partie de chaises musicales. Jeanne Proust et Amalia Freud applaudirent. Rebecca détestait ce jeu : il y a une chaise de moins que de participants et lorsque la musique s'arrête, il faut se précipiter pour s'asseoir. Il y a forcément un perdant. Elle hésita. Autrefois, elle avait toujours été exclue car elle n'osait pas bousculer les autres. Mais Amalia et Jeanne, qu'elle considérait comme rationnelles sinon intellectuelles, insistèrent tant qu'elle ne put refuser. L'air de music-hall que chantait Minnie se fit entendre à nouveau. Elles riaient comme des petites filles. Éberluée, Rebecca les regarda courir, se pousser et se jeter sur les chaises avec tant de conviction qu'elle en oublia de participer. Elle fut la seule debout tandis que les femmes dans leurs robes noires et longues s'esclaffaient...

6
Rebecca

« Des erreurs, j'en ai fait. D'abord, je suis né. Première erreur ! »

Woody Allen

« Je ne veux pas faire partie d'un club qui m'accepte pour membre. »

Groucho Marx

Rebecca avait besoin d'être seule pour réfléchir à ces femmes qui lui étaient devenues proches. Louise Cohen lui semblait la plus honnête, car si elle mettait son fils sur un piédestal comme les autres, elle avait des doutes sur l'éducation qu'elle lui avait donnée. Mina la fascinait parce qu'elle était encore et toujours amoureuse de Romain, la perfection qu'elle avait engendrée, mais elle la sentait trop compétitive pour être une intime. Minnie Marx se montrait maternelle et dirigiste avec elle, comme avec les autres d'ailleurs. Amalia Freud l'intimidait. Et elle se méfiait de Jeanne Proust, avec toute sa courtoisie et son élégance.

Elle s'aventura un peu plus loin ; il n'y avait rien. Un ciel blanc sans nuages. Pas de bruit, un vide total qui l'éloignait de ses préoccupations. Tout ce qu'était Rebecca, tout ce qui constituait son être lui semblait lointain. Elle se laissa flotter… C'était délicieux. Peut-être était-ce la sensation ultime recherchée par les drogués, d'être ailleurs, dans une ouate épaisse et apaisante. Lorsqu'elle était vivante, elle voulait tout contrôler et elle n'avait jamais su se laisser aller. Habitude ou peur d'un trop grand bonheur qui la happerait ? Elle ne savait plus.

Il lui sembla que, si elle s'éloignait trop, elle se perdrait. Peut-être même oublierait-elle Nathan ? Était-ce possible ? Son fils n'était-il pas la seule chose qui la passionnait ? Si elle avait fait semblant de s'intéresser à ses élèves, si certains livres étaient parvenus à la transporter, il n'y avait, au fond, que son fils qui la rattachait à la vie. Elle n'avait pas d'amis. Prise par les cours, les recherches, les conférences, obnubilée par son fils, Rebecca n'avait jamais pris de temps pour elle. Bien sûr, elle avait des amies de faculté avec lesquelles elle était capable de discuter pendant des heures de la virgule chez Flaubert. Et, sans vouloir reprendre le débat, sa citation : « Pour moi, la plus belle fille du monde ne vaut pas une virgule mise à sa place » l'avait toujours ébahie tant cela reflétait son opinion : rien ne valait un bon livre bien écrit ! Les quelques amies d'enfance qui lui restaient lui faisaient l'effet d'un vieux bon vin dont la saveur et l'intensité se sont altérées avec le temps mais dont on est heureux de retrouver la trace. Des amitiés nouvelles, non, elle n'en avait pas. Elle avait Nathan.

Ici, elle était privée de lui. Comme elle aurait aimé lui expliquer qu'elle s'était trompée ! Elle se rendait compte maintenant qu'elle n'avait pas cessé de le reprendre pour lui inculquer les bonnes manières, la culture et le bon goût. N'avait-elle pas agi à l'inverse de ce qu'il aurait fallu ? Mais comment élever un enfant en le complimentant, en lui donnant toujours raison, en lui laissant faire ce qu'il voulait ? Elle avait le sentiment d'avoir raté son éducation. Elle avait cherché à le dresser comme un animal alors qu'elle aurait dû le choyer, l'encourager pour qu'il découvre qui il était et ce qu'il aurait voulu devenir au lieu de lui imposer le métier d'avocat. C'était sa faute s'il n'était pas heureux, s'il manquait de confiance en lui, s'il était incapable de convaincre qui que ce soit, à commencer par lui-même. Le pessimisme de Nathan lui faisait penser à Woody Allen lorsque, au début de *Annie Hall*, le héros raconte à son psychiatre l'histoire de deux femmes en train de déjeuner dans les Catskills où elles passent leurs vacances : la première trouve que la nourriture est mauvaise, la seconde acquiesce en ajoutant que les portions sont minuscules. Ce plat infect autant qu'insuffisant représente la vie pour Woody Allen. C'est un moment court plein de solitude, de souffrance et de malheur.

Avait-elle vraiment raté l'éducation de Nathan ? Elle s'était à la fois trop occupée de lui et pas assez. Lorsqu'elle lui demandait ce qu'il avait fait, elle n'écoutait que distraitement ses réponses, de peur d'avoir une opinion qui risquait de le contredire. Elle n'avait pas voulu l'influencer tout en étant autoritaire. Elle s'était énervée trop souvent et lui avait transmis son inquiétude mais elle l'avait cajolé. Peut-être s'en sortirait-il ? Elle pensa à ces mères qui avaient façonné leur foyer. Qu'avaient-elles fait de mieux qu'elle ?

Rebecca imagina la gaieté chez les Marx où le désordre et la fantaisie régnaient en maître. Elle ne se souvenait pas d'avoir fait rire Nathan qui la regardait avec appréhension dans l'attente d'une critique, comme s'il ne pouvait jamais la satisfaire. Mais la vie avec son fils avait certainement été plus tranquille que chez les Cohen, se consola-t-elle pensant au père d'Albert, « le mâle et le dompteur » d'un naturel violent qui avait institué un régime de terreur. Albert plaignait sa mère qu'il jugeait être une victime. Rien de tel chez elle. L'amour fusionnel et étouffant de Mina avait certainement gâché la vie de Romain qui n'avait trouvé personne pour l'aimer autant qu'elle. Il le dit lui-même : « Avec l'amour maternel, la vie nous a fait à l'aube une promesse qu'elle ne tient jamais. » Chez les Proust, il s'agissait plutôt d'être bien élevé et le harcèlement de Jeanne était insidieux. Elle prétendait que son attention abusive était « pour son bien » ainsi que ses brimades régulières. Elle ordonnait aux domestiques d'éteindre le chauffage dans le salon de Marcel le soir pour qu'il ne puisse pas recevoir d'amis, et elle exigeait d'être invitée lorsqu'il donnait un dîner car elle s'inquiétait de ses fréquentations. Elle ne lui laissait aucune liberté.

Rebecca était perplexe. D'un côté, il lui semblait qu'elle n'avait rien à envier à ces mères dont l'éducation comportait des failles, de l'autre, elle les admirait parce qu'elles avaient atteint leur but en faisant de leurs fils des hommes qui avaient réussi. Rebecca repensa à Nathan. Certes il lui semblait qu'elle avait échoué en oscillant constamment entre son penchant pour la douceur et la faiblesse et la décision de l'éduquer à la dure. Mais il était sans doute trop tôt pour dire que tout était perdu ; il n'avait que dix-huit ans et aucun des génies élevés par ces femmes n'était encore célèbre à cet âge-là.

Elle se prit à rêver de l'avenir de son fils, auréolé de gloire. Cela ne dura pas. Elle ne pouvait plus rien faire. Elle était morte et enterrée. Elle devait lui faire confiance. Et elle avait beau les critiquer, ces mères juives, elle savait qu'elles n'avaient jamais démissionné : leurs fils devaient réussir.

Rebecca se rendit dans la bibliothèque pour feuilleter les livres de Romain Gary et d'Albert Cohen. *La Promesse de l'aube* était le récit de l'enfance et de la jeunesse de Gary, depuis ses premières années à Vilnius jusqu'à la mort de sa mère. Il racontait comment Mina débordante d'amour et d'ambition pour lui le portait au-delà de tout ce qu'il aurait pu espérer pour lui-même. *Le Livre de ma mère*, dans un style plus incantatoire, évoquait l'émouvante histoire d'une femme naïve et une sainte mère malgré elle. Et Cohen se rappelait tous les moments passés avec elle et éprouvait des remords de ne pas s'être montré à la hauteur de son amour.

Rebecca se souvint de l'émotion qu'elle avait éprouvée lorsqu'elle avait lu ces livres. Elle devait être lycéenne, puisqu'elle se revoyait chez son père à la campagne, où il n'y avait strictement rien à faire pendant les vacances d'été qui se traînaient. Rarement avait-elle ressenti l'ennui à ce point. Peut-être, se disait-elle alors, si l'on s'intéressait de près à la nature, on pouvait s'en sortir, mais, pour elle, le seul bruit du vent dans les arbres la faisait bâiller. Et une émission de télévision sur la vie des animaux était un somnifère plus qu'efficace. Elle se réfugiait dans sa chambre pour éviter à la fois les insectes et les odeurs insupportables dégagées par les vaches, les cochons ou les chevaux. Elle s'était fait un rempart de livres. Elle lisait comme une boulimique honteuse et mal dans sa peau qui avait peur d'affronter la vie. Mais assise sur une chaise, en tailleur, couchée sur le ventre ou dans un lit calée par des coussins, elle finissait immanquablement par avoir des crampes. Et l'ennui l'assaillait de nouveau chaque fois qu'elle finissait un livre. Elle avait décidé de se spécialiser pendant un temps dans les romans dont le sujet même était l'ennui ou dont la réputation d'ennui était indiscutable. Elle jouait parfois à repérer dans les pages le mot « ennui » jusqu'à la lassitude la plus complète. C'est ainsi que pour se donner une sorte de récréation entre *Finnigans Wake* et *Moby Dick*, elle avait lu *La Promesse de l'aube*. Elle avait été bouleversée : une telle entente, une telle connivence, un tel amour entre mère et fils, lui avaient paru extraordinaires tout comme *Le Livre de ma mère*, qu'elle avait lu au lycée et qui l'avait fait d'autant plus pleurer qu'elle n'avait pas connu sa mère.

Rebecca rechercha les autres, fébrile maintenant, anxieuse de les retrouver. Elle se sentait seule et isolée, loin de tout. Elle erra longtemps dans ce non-lieu immense.

7
Tu réussiras, mon fils

> « Guynemer ! Tu seras un second Guynemer ! Tu verras, ta mère a toujours raison… Tu seras un héros, tu seras général, Gabriele d'Annunzio, ambassadeur de France. »
>
> Romain Gary

> « Seuls les rapports de mère à fils donnent à la mère une plénitude de satisfaction… La mère peut reporter sur son fils toute l'ambition qu'elle a elle-même dû réprimer. »
>
> Sigmund Freud

– Rebecca ?

En entendant son nom, elle se rendit dans la salle à manger où Amalia Freud étalait de la confiture sur ses tartines.

– Vous prendrez bien un peu de thé ? dit-elle en souriant.

– Avec joie, dit Rebecca émue de constater qu'Amalia était heureuse de la revoir. Sanglée dans une robe sage, Amalia avait natté ses longs cheveux alors que Rebecca, plus désinvolte, portait un jean délavé et un gros pull confortable.

– Vous avez l'air préoccupé.

– Comment être sûre que mon fils réussisse ? demanda Rebecca. Il n'y a pas de recette et pourtant vous y êtes toutes parvenues.

– Il faut y croire. Pour moi, cela ne faisait aucun doute, Sigmund était destiné à faire carrière. Une vieille paysanne me l'avait d'ailleurs annoncé en le voyant. Je me souviens de ses mots exacts : « Avec votre premier-né, vous venez de mettre au monde un grand homme. »

– Elle a pu vous le dire pour être aimable.

– Peut-être, mais cette petite phrase m'a permis de faire confiance à Sigi. Ainsi lorsqu'il hésita entre le droit et la médecine, je lui ai affirmé que je le soutiendrais quelle que soit sa décision. Jacob aurait voulu qu'il prenne sa relève dans le commerce. Je préférais qu'il réfléchisse sans que son père intervienne. Et j'ai eu raison. Il a inventé un métier qui n'existait pas avant lui : psychanalyste. Sigi a surpassé mes plus grands espoirs.

Amalia releva son châle qui était tombé sur ses bras nus. Et avec un mouvement de tête censé charmer, elle se leva pour se diriger vers une grande table couverte de pains, de fruits, de céréales, digne d'un buffet de palace.

– Mais Nathan, que va-t-il devenir ? Personne ne lui a prédit un brillant avenir.

– Vous vous inquiétez beaucoup trop.

– Il m'a souvent reproché de ne lui parler que de ses notes, mais je ne pouvais pas m'en empêcher. J'étais professeur et je jugeais que la moindre des choses était d'être bon élève, comme de se laver ou de respecter les autres. Il m'en voulait, et me trouvait trop exigeante. Je l'étais. Comme il était doué, je considérais que sa paresse était inexcusable. C'était un affront envers ceux qui avaient vraiment du mal à travailler.

– Les enfants n'ont pas beaucoup de moyens de s'exprimer. C'était sa manière de se révolter sans rien vous dire. Peut-être voulait-il vous faire comprendre qu'il était singulier ?
– Oh ! Il avait trouvé d'autres méthodes. Il avait inventé un ami imaginaire qu'il appelait Christian. Ne me demandez pas pourquoi. Il exigeait qu'on lui mette un couvert à table et ne cessait de lui parler. Je me suis dit qu'il était bien seul. Et j'ai commencé à lui inviter des amis, tous les week-ends. Mais il n'a jamais cherché à jouer avec eux. Comment pouvait-on se passionner pour un ballon ? m'avait-il demandé. Seule la taille de la balle changeait d'un jeu à l'autre que ce soit au foot, au tennis ou au ping-pong et tout cela l'assommait. Il a préféré rester dans son coin.
– Il avait beaucoup d'imagination. Au lieu de vous inquiéter et de le critiquer comme un être asocial, vous auriez dû le féliciter.

– Il reste encore quelque chose à manger ? s'écria Mina en inspectant le buffet. Où est le café ?
– Sur la table, comme d'habitude, répliqua Amalia en se penchant vers Rebecca pour lui chuchoter que Mina était toujours de mauvaise humeur avant d'avoir avalé au moins trois cafés. Mauvaise habitude de femme surmenée, ajouta-t-elle.
Et, tandis que Mina prenait une tasse en ronchonnant, Amalia demanda :
– Pourquoi avez-vous choisi des études de droit pour Nathan ? L'imagination n'y est pas forcément un atout…
– L'angoisse m'a fait opter pour le droit « qui mène à tout ». C'est Nathan qui a pensé à être avocat, mais j'ai compris plus tard que c'était seulement pour me

faire plaisir, pour que je sois fière de lui. Il savait à quel point j'étais impatiente de lui trouver un avenir, comme si le métier qu'il devait choisir se décidait aussi vite que la couleur des pulls que je lui achetais chaque année pour son anniversaire. J'ai voulu le diriger alors qu'il aurait dû prendre son temps pour réfléchir.

– Avez-vous tout fait pour le convaincre ? demanda Mina en posant sa tasse. Lui avez-vous expliqué la gloire qui jaillirait sur le grand pénaliste qu'il deviendrait ? Lui avez-vous donné une robe d'avocat ? Lui avez-vous parlé de l'allégresse de voir acquitter un accusé qu'il aurait défendu ? Lui avez-vous lu les plaidoiries des grands maîtres ? S'il avait été mon fils, il aurait été convaincu de son succès avant même de commencer. Je lui aurais raconté son avenir glorieux, dès le berceau...

– Savait-il ce qu'il voulait ? intervint Amalia.

– Oui, réplique Rebecca gênée. Il voulait être pilote.

– Vous savez que Romain a été un héros, se vanta Mina. Il montra sa bravoure le 25 janvier 1944 lorsque, touché par des tirs allemands, il sut guider le pilote, atteint aux yeux. Blessé à l'abdomen, à moitié évanoui, Romain reprit le contrôle de l'avion et réussit à atterrir. Il fut décoré de la croix de la Libération. Malheureusement, je n'étais plus là pour voir ça. Mais je savais que c'était grâce à moi.

– Comment ça ?

– À force de rêver de la vie glorieuse qu'il allait mener, il s'en est convaincu. Je conçois combien cela devait paraître étrange lorsqu'il était petit et que je racontais les exploits futurs de mon fils aux commerçants du marché de la Buffa à Nice. Mais même eux ont fini par me considérer avec respect.

Amalia se pencha vers Rebecca pour lui expliquer que Mina était la seule mère au monde à dicter à un de ses enfants la vie qu'il allait avoir, confondant le futur et le présent. « Tu seras », lui tenait lieu de récit d'enfance, pour rendre son présent plus supportable. Elle lui racontait le récit de ses succès futurs.

— Et ce fut un triomphe, confirma Mina.

Voyant l'air dubitatif de Rebecca, elle ajouta :

— Si, si, je vous assure. Je vous ai déjà parlé de ce M. Piekielny... Il s'arrêtait pour contempler Romain gravement comme s'il avait déjà atteint la gloire tant attendue. Et je suis sûre qu'il était comme moi, M. Piekielny, un amoureux du merveilleux. Le fait de croire que ce petit garçon pauvre et juif allait grandir, étudier et devenir quelqu'un en France, simplement parce que sa mère l'avait décidé, l'aidait certainement à vivre. Il voulait y croire, comme moi, et comme Romain qui s'est acharné à me rendre justice.

— Vous croyez qu'il a vraiment dit : « Au n° 16 de la rue Grande-Pohulanka, à Wilno, habitait M. Piekielny... » à la reine d'Angleterre comme il le dit dans son roman ?

— Certainement, répliqua Mina. Mais ce charmant monsieur n'en aura rien su, puisqu'il a péri dans une chambre à gaz.

— Quelle conversation sinistre au petit déjeuner ! s'écria Minnie en arrivant brusquement dans la salle à manger.

— Ne vous asseyez pas, dit Amalia.

— Et pourquoi pas ?

— Nous n'allons pas rester toute la journée à table.

— Et pourquoi pas ? répéta Minnie joviale.

Puis elle se tourna vers Rebecca et lui parla comme si les autres n'existaient pas.

– Vous avez très bien fait de choisir un job pour votre fils. On ne sait jamais ce qu'ils vont inventer.
– Je suis parfaitement d'accord avec vous, dit Mina. Rebecca n'a sans doute pas été assez autoritaire.
– J'aurais tant souhaité qu'il soit heureux, dit Rebecca.
– Vous voyez ? C'était son bonheur qui vous importait, pas sa profession.
– Évidemment.
– Cela n'a rien d'évident. On peut rêver d'un métier minable lorsqu'on est jeune et idéaliste et le regretter plus tard, alors que si on réussit sa vie professionnelle, c'est toujours ça de gagné. Et on peut être fier de soi, sinon heureux, pour autant que cela veuille dire quelque chose. J'ai eu le plus grand mal à dénicher un talent à Romain. J'ai tout essayé pour lui trouver sa voie. J'ai claironné, par exemple, qu'il gagnerait des prix aux concours hippiques. Il s'est montré nullissime. Même chose pour l'escrime et le tir au pistolet. Dommage, je le voyais en uniforme blanc d'officier de la Garde. Je lui ai fait apprendre le latin, l'allemand, le français bien sûr, le fox-trot et le shimmy... J'ai tout tenté. Si mon cœur s'est déchiré à chaque nouvel échec, je n'ai jamais été aussi déçue qu'avec son fiasco en musique. Un désastre ! Le professeur a fini par me prévenir, le plus gentiment du monde, que je jetais l'argent par les fenêtres en persistant à lui faire donner des cours. Je crois surtout que le son qui sortait du violon de Romain lui était pénible. Comme si mon fils était le seul élève médiocre à écorcher la musique ! Il n'a pas compris, le pauvre homme, que j'aurais payé le double pour que mon Romouchka puisse bien jouer. Mais il n'y avait rien à faire, j'ai dû laisser tomber.

Rebecca énumérait mentalement tous les essais ratés de Nathan : musique, escrime, foot, échecs… Les images tournaient dans sa tête comme lorsqu'elle se réveillait à cinq heures du matin trop angoissée pour réfléchir clairement. Comment ces mères avaient-elles réussi à rendre leurs fils célèbres ? Leur avait-il suffit de décider ? Mina n'avait jamais lâché ; elle avait cherché le domaine dans lequel Romain excellerait et, lorsqu'il avait commencé à écrire, elle n'en avait plus démordu : il fallait qu'il devienne ambassadeur aussi.

– D'où vous vient cette ambition ? Admiriez-vous Claudel, à la fois écrivain, diplomate et membre de l'Académie française ? demanda Rebecca.

– Ah, il est rentré à l'Académie française ?

– En 1946.

– J'étais déjà morte. Non, c'est Chateaubriand qui m'a exaltée.

Mina mit la main sur son cœur, et telle l'actrice qu'elle avait été dans son jeune âge, déclara :

– Il a vécu quatre-vingts ans de l'histoire de France, traversé les régimes politiques, voyagé sur tous les continents, et il a réussi à allier à ces expériences le temps de la réflexion et de l'écriture. En plus il a écrit : « Je voudrais n'être pas né ou être à jamais oublié. » J'aurais aimé que mon fils applique cette sentence. Car à quoi bon vivre si ce n'était pas pour devenir un grand homme ?

– Quelle exigence !

– Oui, mais je savais qu'il serait à la hauteur. Et Romain ne m'a pas déçue.

Minnie qui faisait honneur à une assiette remplie à ras bord d'œufs et de saucisses demanda, la bouche pleine, à Rebecca :

– Il y a toujours des métiers que l'on a en horreur. C'est pour cela qu'il faut décider pour eux.
Mina l'interrompit :
– Je craignais que Romain ne veuille devenir peintre. Son professeur m'a annoncé fièrement qu'il avait du talent, mais je l'ai remis à sa place. Je lui ai fait jurer qu'il ne le lui dirait jamais. Et je volais à Romain ses pinceaux et ses crayons dès qu'il se mettait à dessiner.
– Pourquoi lui avoir donné des cours ?
– Certainement pas pour qu'il transforme ce hobby très élégant en carrière professionnelle : tous les peintres finissent pauvres et fous.

Mina était catégorique sur ce point, comme sur beaucoup d'autres d'ailleurs : c'était un métier de crève-misère. Elle voulait son fils célèbre et célébré de son vivant. Écrivain lui plaisait. Elle l'encourageait à noircir des pages et des pages d'écriture, qu'il venait lui lire le soir. Et elle s'extasiait toujours.

Minnie demanda à Rebecca ce qu'elle redoutait le plus pour son fils. Était-ce qu'il devienne pilote ?
– Je trouvais cela dangereux pour quelqu'un d'aussi distrait que lui. Non, en fait, j'aurais détesté qu'il veuille devenir sociologue.
– Pourquoi sociologue ?
Rebecca ne savait pas. Elle avait toujours trouvé ce métier pédant et creux.
– Vous avez détesté un sociologue ? insista Minnie.
– Vous en avez rencontré beaucoup ? intervint Mina.
– Non, je n'en connais pas. Une idée a priori.
Rebecca s'énerva, elle avait dit ça sans y penser et elles étaient capables de passer l'éternité sur ce détail !
– Moi j'avais peur que l'un d'eux ne veuille devenir acteur porno, lança Minnie Marx.

– Il y avait un risque ?
– Non, pourquoi ? Groucho voulait devenir médecin.
– Vous avez refusé ? s'étouffa Rebecca.
– Bien entendu. Pourquoi faire d'interminables études alors que le théâtre lui tendait les bras ?
– Vous devez être la seule mère juive au monde à avoir refusé à son fils la carrière de médecin ! Vous connaissez l'histoire de celle dont on invite le fils à un goûter d'enfants ?
– Non, répondirent en cœur Mina et Minnie.
– Elle a deux fils de cinq et sept ans. Et elle réplique : lequel ? Le médecin ou l'avocat ?
– Elle n'est pas drôle votre histoire, dit Minnie. Médecin est une profession épouvantable. Il faut écouter les plaintes des malades et les litanies des hypocondriaques tandis qu'en embrassant la carrière théâtrale, on se promène en chapeau de soie et on gagne assez d'argent pour se permettre d'en jeter aux gosses dans la rue, comme le faisait mon frère Al.
– C'est votre frère qui vous a donné l'idée de lancer tous vos enfants dans le show business ?
– Il a fallu que je force leur destin, constata Minnie, en s'étirant. Tous des incapables… Chico avait rejoint le tripot de la 99ᵉ rue. La carrière de groom de Harpo venait de mourir de sa belle mort. Groucho était acteur « entre deux engagements » et Gummo essayait toujours de convaincre son professeur que Paris était la capitale du Groenland. J'ai fini par en conclure que le meilleur moyen de nous faire une place au soleil et un nom au théâtre était, non pas de nous y propulser individuellement, mais ensemble. C'est cette décision-là qui a changé nos vies à tous. Je mijotais un numéro qui allait faire sensation et j'appelais notre groupe « Les trois rossignols ».

– Qu'ont dit vos enfants ? Ils ont accepté ?
Elle se tourna vers Rebecca, sidérée :
– Ils n'avaient pas le choix. J'étais sûre de moi. Inébranlable. Je suis devenue leur imprésario, comme je vous l'ai déjà dit. Harpo a bien tenté de protester : il ne savait pas chanter. Mais je lui ai conseillé de garder la bouche ouverte. Personne ne s'apercevrait de quoi que ce soit.

Rebecca imagina Minnie Marx, jeune et potelée, assiégeant sans relâche les bureaux des infortunés agents de théâtre, négociant les contrats, allant de ville en ville avant de s'installer à Chicago, le deuxième centre le plus important du vaudeville après New York. Et c'est sans état d'âme qu'elle changea son nom en Minnie Palmer, pensant que c'était plus sexy. Rien ne l'arrêta.
– Je découvris que les salaires des petites troupes de vaudeville étaient fixés en fonction du nombre des comédiens. Alors, j'eus une idée géniale de proposer à ma sœur Hannah de jouer avec nous pour que notre salaire passe de deux cents à trois cents dollars.
– Et si vous n'aviez pas eu de talent ? Cela ne vous a pas inquiétée ? demanda Mina perfidement.
– Pas le moins du monde. Il suffisait de changer notre nom : « Les six mascottes ».
À quarante-quatre et quarante-deux ans, les deux sœurs se déguisèrent en écolières jouant de la guitare et chantant en duo. Elles enlevèrent leurs lunettes pour l'occasion et s'assirent sur la même chaise, qui s'effondra. C'est ainsi que leur début dans le show business signa aussi leur adieu.
– Et il a fallu se renommer « Les quatre rossignols ».
L'énergie et l'aplomb de Minnie réjouissaient Rebecca.

– Comment les frères Marx ont-ils débuté ? En dehors du nom de la troupe, qui a eu l'air de vous poser des problèmes métaphysiques, vos fils avaient-ils des rôles définis ?

– À part Harpo, ils avaient de jolies voix, mais lorsqu'ils se mirent à muer, il a fallu que le numéro s'enrichisse, raconte Minnie, comme si elle était en 1918 à la recherche d'idées. Groucho se fit passer pour un comédien allemand, et Chico a emprunté son fameux accent italien à son barbier. Il lui suffisait de l'imiter pour déclencher des éclats de rire. Et cela l'amusait. Il a continué sur scène, puis dans les films.

– C'est vous qui écriviez les spectacles ?

Minnie soupira. Avait-elle été vexée ? Difficile de le savoir, puisqu'elle se mit à marcher de long en large, en soufflant comme un bœuf, dédaignant son assiette à peine entamée.

– Oui, dit-elle.

C'était un peu court ce « oui », surtout pour une bavarde comme elle. Rebecca insista et Minnie finit par raconter que la seule fois où elle n'était pas là, le spectacle connut un succès monstre.

– C'était à Ann Arbor dans le Michigan. Je leur avais donné l'ordre de finir sur une chanson. « S'ils sifflent lorsque vous sortez de scène, c'est gagné », leur avais-je dit. Mais mes fils n'étaient pas d'accord, ils voulaient quitter le public sur une note comique. Sur ce, je dus partir pour trouver un ténor car le nôtre nous avait fait faux bond et son solo d'opérette était le clou du spectacle qui s'intitulait « Journées à l'école ». Le pire, c'est qu'il était parti avec le seul smoking de la compagnie. Il faut dire qu'il lui appartenait. Groucho prit les choses en main en prévoyant de chanter

« *La Dona è Mobile* », le « tube » de Verdi. « Très bien, mais le smoking ? » demandai-je à mes fils. J'y tenais car il me semblait que cela donnait de la classe à notre spectacle. Chico avait résolu le problème en me conseillant de renvoyer le pianiste, de prendre sa place et de louer un smoking avec l'économie ainsi réalisée. Tout semblait en ordre lorsque je partis.

Groucho démarra sur scène dans le rôle du ténor, mais il s'arrêta tout à coup. « Je n'aime pas votre tonalité, Guiseppe », lança-t-il à Chico, qui rejoua l'air en *la* mineur. « C'est encore pire », hurla Groucho. Il n'en fallut pas plus pour créer la pagaille : Harpo rappliqua sur scène, renversa Chico de son tabouret et se mit à jouer. Le piano n'était pas resté une seconde inoccupé et Groucho continuait à chanter « *La Dona è mobile* » en italien.

C'est alors qu'ils se déchaînèrent : Chico sur le tabouret, Harpo sur ses épaules et Groucho qui arrivait tout juste à atteindre le piano en encerclant le corps de Chico tout en chantant. Cette pyramide s'effondra, évidemment. Il y eut sept rappels. Et pour la première fois, on parla des Marx Brothers dans les journaux.

– Comment avez-vous réagi ?

– J'étais revenue déconfite, sans ténor. Puis l'article de journal me donna un coup au cœur, d'autant que leur numéro improvisé se passait pendant le deuxième acte, qui devait être musical. Je suis sévère et obstinée et je refuse d'avoir tort. Je cherchais ce que je pourrais bien dire à mes fils en sifflotant « *La Dona è Mobile* ». Puis je me tournais vers eux : « Je vous l'avais toujours dit, mes enfants, nous n'aurions jamais dû essayer de faire autre chose qu'un spectacle comique. »

Elle en rit encore aujourd'hui.

– Ils ne seraient pas arrivés jusque-là sans moi. Jamais.

– J'ai fini mon petit déjeuner il y a déjà fort longtemps. Je ne m'attendais pas à vous trouver encore à table, dit Jeanne Proust en les rejoignant.

– Aujourd'hui, Minnie veut rester ici, dit Mina.

Peu importait à Jeanne Proust qui adorait évoquer son fils dès qu'elle le pouvait. Et elle savait qu'elle avait une oreille attentive en la personne de Rebecca. Dans ces circonstances, elle pouvait petit-déjeuner toute la journée !

– Avez-vous laissé Marcel libre de choisir le métier qui lui plairait ? dit Rebecca.

– Vous savez ce que dit Mme Santeuil à son fils ? Qu'il sera toujours libre du moment qu'il choisit une carrière véritable comme la magistrature, les Affaires étrangères ou le barreau.

– C'est un roman… Mais vous, aviez-vous ce genre de préoccupations ? répliqua Rebecca.

– Adrien voulait que Marcel ait un travail sérieux et il l'a fait engager à la bibliothèque Mazarine. C'est moi qui lui ai permis de se consacrer à l'écriture. Et j'ai fini par convaincre Adrien d'accepter que notre fils cesse de perdre son temps dans un emploi non rémunéré qui ne lui apportait rien. Ce qu'il lui fallait, c'étaient des horaires, pas un bureau.

– Et vous lui avez mis le pied à l'étrier en l'obligeant à traduire Ruskin.

– Il comprenait mal l'anglais, alors je lui ai traduit le texte et il l'écrivait en bon français.

– Je ne veux en rien diminuer votre influence, dit Rebecca à Jeanne, mais ne croyez-vous pas qu'il serait devenu écrivain – avec ou sans vous ?

Jeanne regarda Rebecca avec haine. Si elle avait pu la faire disparaître d'un coup, elle n'aurait pas hésité.

Son chignon se défit, elle devint rouge et eut le plus grand mal à se contrôler.

— J'ai tout fait pour le soutenir, pour le sortir de son inactivité intellectuelle, je veillais sur lui, je lui ai donné le sens de l'effort, des horaires. Écrire seul, laissez-moi rire !

Cette suffisance des mères qui se pensaient indispensables finit par irriter Rebecca qui s'emporta :

— Mais il a attendu que vous mouriez pour écrire *La Recherche* !

Jeanne sursauta. Du rouge, elle vira au blanc, et dut prendre un moment pour retrouver son calme. Mina lui passa une serviette mouillée sur le front, Minnie lui donna un verre d'eau. Amalia réapparut pour suggérer qu'il lui faudrait un remontant, et elle lui tendit un scotch.

— Pas à cette heure-ci, parvint à murmurer Jeanne Proust qui ne perdait jamais ses bonnes manières.

— Et pourquoi pas ? dit Minnie.

Jeanne but une gorgée d'alcool, soupira fort et décida de répondre à Rebecca :

— La discipline que j'ai imposée à Marcel lui a permis d'écrire *Les Plaisirs et les jours* et *Jean Santeuil*. Je l'ai obligé à mener une vie ordonnée. Nous nous levions à la même heure, nous prenions nos repas ensemble, et c'est ainsi qu'il a pu créer son chef-d'œuvre.

— Mais ça n'a pas vraiment marché, me semble-t-il, puisqu'il s'est remis très vite à travailler la nuit, à dormir le jour, à vivre couché, insista Rebecca.

— J'ai fini par accepter ma défaite, exactement comme Minnie. Le plus important était qu'il continue à se donner du mal.

– Mais si vous aviez vu ses efforts surhumains pour écrire ces milliers de pages, vous l'auriez empêché de mourir à la tâche.

– Je ne sais pas, avoua-t-elle. Rien n'est plus terrible pour une mère que de voir souffrir son fils.

– Il s'en est bien sorti lorsque vous êtes morte. Et je ne suis pas sûr qu'il aurait écrit aussi librement si vous aviez continué à être sa première lectrice.

– Si vous parlez de son homosexualité, il savait que je savais, sans jamais le dire bien sûr.

Que Jeanne Proust parle aussi ouvertement de la vie intime de Marcel impressionna les autres mères. Elles ne s'y attendaient pas puisque, avec son air distant, son port de tête altier, Jeanne n'avait jamais évoqué ce sujet. Et, pour éviter que le malaise ne s'installe, Minnie demanda à Rebecca :

– Finalement, il était fait pour quoi, votre Nathan ?
– La lecture, dit Rebecca en baissant la voix.

Elles se mirent à rire, ne comprenant pas la consternation de Rebecca.

– Vous n'étiez pas professeur de français ?
– Si, justement. Ça doit être pour ça que je ne glorifiais pas la lecture. Lorsqu'on ne fait que lire, cela isole des autres, de leurs préoccupations, de leur vie et on devient misanthrope. Il me semble que la lecture à haute dose empêche d'entreprendre quoi que ce soit.

Jeanne Proust ne put s'empêcher de s'exclamer :
– Mais c'est idiot !

Elle s'était donné tant de mal pour transmettre à Marcel le goût de la lecture.

– Comment voulez-vous vous cultiver autrement ? demanda-t-elle, comme si c'était la seule chose importante.

— Pourquoi voulez-vous vous cultiver ? Si c'est pour être assommant, ce n'est pas la peine, sauf si c'est un plaisir bien sûr.

— Mais vous n'empêchiez tout de même pas votre fils de lire ?

Jeanne s'étouffait d'indignation, elle qui avait été si heureuse de recevoir une éducation intellectuelle plus consistante qu'il n'était d'usage pour les jeunes filles à marier. À l'époque, l'enseignement avait pour objet l'hygiène, la nourriture, la propreté, la respiration pour mettre en garde contre les dangers du corset et des chaussures trop étroites. Le fait que Jeanne ait appris par sa mère le latin réservé aux garçons, l'anglais, l'allemand et les classiques était hors du commun. Cette culture était devenue un goût, puis une nécessité.

Louise revint. Et ce fut la première fois que Rebecca les vit toutes ensemble : Amalia Freud, Mina Kacew, Minnie Marx, Jeanne Proust et maintenant Louise Cohen. Toutes réunies par quoi ? Le désir de réussite de leur fils. Pourtant, Louise ne partageait pas l'avis des autres.

— Tout n'est pas du ressort de la mère, dit Louise. On fait ce qu'on peut pour qu'ils s'en sortent et, finalement, ils sont ce qu'ils sont. D'ailleurs, je me demande pourquoi on s'obstine tant. L'amour et la réussite sont deux choses séparées. Albert est devenu attaché à la division diplomatique du Bureau international du travail à Genève, et je vous assure que cela n'a rien à voir avec moi.

Rebecca partageait l'opinion de Louise. Lorsqu'elle était fière de son fils, elle n'en tirait aucune gloire personnelle. Il y a l'environnement, les gènes, l'hérédité, l'énergie, la motivation et la chance.

– Peut-être que sans vous il n'y aurait pas eu de Marx Brothers, dit Rebecca à Minnie, peut-être que Romain ne serait jamais devenu Gary, mais j'en doute. Il me semble en tout cas qu'Albert Einstein aurait été un génie avec ou sans l'aide de sa mère !

Rebecca vit la gêne s'inscrire sur les visages. Toutes se regardaient, muettes, en proie à la sidération.

– Qu'est-ce que j'ai dit ?

Minnie prit la parole :

– Sans sa mère, Albert Einstein aurait perdu beaucoup de temps avant de devenir physicien. Il n'a pas parlé avant l'âge de trois ans. Retardé ou simplement très pris par son univers intérieur ? Difficile de le savoir.

Jeanne Proust affirma que Pauline Einstein, terrorisée par la tête difforme d'Albert à sa naissance, avait décidé qu'il n'aurait d'autre choix que de devenir un génie et, dès lors, elle se montra particulièrement exigeante avec lui.

– Albert n'avait pourtant rien de spécial, dit Jeanne. Mais Pauline prétendait qu'il était à la tête de sa classe alors que tout le monde savait qu'il était inadapté au système scolaire. Il dira plus tard qu'il n'était « ni particulièrement bon ni particulièrement mauvais élève ». Et il précisa que sa grande faiblesse était le manque de mémoire surtout pour les textes.

Pourtant Rebecca se souvenait d'une histoire de boussole que le père d'Albert Einstein avait donnée à son fils lorsqu'il était malade à l'âge de quatre ou cinq ans. Einstein raconta soixante ans plus tard le souvenir de son immense étonnement devant l'aiguille isolée, intouchable, à l'abri dans sa boîte, et en proie à une attraction qui la faisait résolument se tourner vers le nord. Cela avait été une révélation. Cet objet lui avait changé la vie ou du moins la perspective qu'il en avait. Il était déjà génial.

— C'est grâce à sa mère qu'il s'en est sorti, dit Minnie. Son père hostile aux longues études, comme moi avec mes fils, aurait préféré qu'il devienne ingénieur en électricité. Mais la mère l'emporte toujours. Surtout quand elle en fait son cheval de bataille. Rappelez-vous tout de même qu'Albert redisait à voix basse les mots qu'il venait de prononcer. Ce qui devait paraître étrange. Imaginez un peu...

Minnie se mit à l'imiter, ce qui provoqua l'hilarité générale. Heureuse de son succès, elle se leva en rajustant son corset.

— C'est fou ce que j'aime rire, dit-elle. Heureusement que je n'ai pas été la mère d'Albert Einstein. Ça aurait été un désastre car je ne suis pas sûre de ses talents de comédien ni même de son humour, bien que sa mère nous affirme qu'il était désopilant.

Toute cette conversation sur Albert Einstein, dont l'exemple venait à point nommé, n'avait pas encore fait prendre conscience à Rebecca que sa mère appartenait au groupe et qu'elle n'allait sans doute pas tarder à surgir en chair et en os, si l'on peut dire, d'un coin de leur paradis. Rebecca essaya de se rappeler ce qu'elle savait des parents d'Einstein. Pas grand-chose, à part le fait qu'ils avaient fait fortune dans le commerce du maïs et étaient devenus « fournisseurs royal à la cour de de Wurtemberg ».

— Vous êtes un dictionnaire ambulant ! s'exclama Minnie avec admiration.

— Allons dans la bibliothèque. J'aimerais tout de même vérifier quelques informations, dit Rebecca.

Elle constata que les cinq femmes la suivaient, ce qui l'émut : elle avait donc été adoptée !

Pour masquer son émotion, elle s'empressa de regarder dans une encyclopédie les dates de Pauline Einstein : 1858-1920.

– À sept ans près, nous avons le même âge, sourit Minnie Marx.

– Et vous êtes toutes les deux allemandes.

– On a beaucoup de choses en commun, bougonna-t-elle.

Rebecca attendit que Minnie développe comme elle avait l'habitude de le faire, mais elle se tut. Elle constata, une fois de plus, le caractère entier de Minnie.

– Est-ce que la mère d'Einstein va nous rejoindre ou est-ce qu'elle va rester dans son coin comme la mère de Woody Allen ? demanda Rebecca. Je ne comprends pas très bien les règles en vigueur.

– Je vous conseille de ne pas trop insister, dit Amalia.

– Et si on sortait de ce lieu sombre ? suggéra Minnie.

Elle s'allongea sur un sofa moelleux du salon d'où Louise Cohen s'était éclipsée sans que personne ne le remarque puisque Minnie s'était lancée dans la vie des Einstein :

– Lorsque Hermann et son frère Jack émigrèrent à Milan avec leurs femmes et leurs enfants, ils laissèrent Albert à Munich pour qu'il finisse son année scolaire au *Gymnasium*. Il avait quinze ans. Et comme il s'est avéré qu'il était malheureux et détesté aussi bien de ses camarades de classe que de ses professeurs, sa mère lui permit de les rejoindre en Italie. Cela impliquait de laisser tomber l'école. Mais il obtint de son professeur de mathématiques une lettre attestant que ses connaissances et ses capacités étaient d'un niveau universitaire. D'ailleurs, après un an de liberté, il passa l'examen d'entrée du *Polytechnicum* de Zurich à la section de formation des ingénieurs civils. Et… il échoua.

– Pourtant ses examens de physique et de maths devaient être brillants, car le directeur de l'université lui conseilla d'obtenir le diplôme de l'école cantonale d'Argovie avant de recommencer, commenta Jeanne. Et il se demandait déjà à quoi ressemblait une onde lumineuse. Qui se pose ce genre de problèmes à quinze ans ?

– Alors j'imagine qu'il a dû réussir l'examen d'entrée au *Polytechnicum* à la deuxième tentative, dit Rebecca.

– Oui, grâce à Pauline qui a cru au potentiel immense d'Albert, conclut Minnie.

– Ou alors parce qu'il est né génial, dit Rebecca.

Minnie Marx bâilla. D'une vive intelligence, aimant la légèreté avant tout, elle préférait changer de sujet fréquemment, au contraire de Jeanne Proust et d'Amalia Freud qui pouvaient discuter de leurs fils à l'infini.

– On joue ? proposa Minnie.

– À quoi ? demanda Rebecca.

– Au fils qui a le plus réussi, et je serai la gagnante aujourd'hui. Après tout, les Marx Brothers n'ont-ils pas tourné treize films en vingt ans, fait fortune et tout perdu en ayant eu une vie prestigieuse ?

– Mais pourquoi diable décideriez-vous toute seule ? Je ne vois pas où est le jeu ? dit Mina.

– Allons-y, dit Minnie tel l'arbitre d'un match de boxe. Je vous donne la parole.

– Romain a reçu deux prix Goncourt, se lança Mina. Le premier pour *Les Racines du ciel* en 1956 et le second pour *La Vie devant soi* en 1975. Il a refusé de se présenter à l'Académie française, où il aurait été élu sans aucun doute.

– Oui, mais il a triché en se faisant passer pour Émile Ajar! s'exclama Jeanne Proust. On n'a pas le droit d'avoir deux fois le prix Goncourt. Marcel a gagné le prix par six voix, contre quatre à Roland Dorgelès qui l'a félicité malgré tout. Il a également été décoré chevalier de la Légion d'honneur en 1919.

– Marcel a un talent fou, je ne peux pas le nier, continua Mina, mais il n'excelle que dans le domaine littéraire, alors que mon fils, lui, a été compagnon de la Libération avant d'entamer une carrière de diplomate au service de la France. À ce titre, il a séjourné en Bulgarie, en Suisse, à New York où il a travaillé aux Nations unies de 1952 à 1954, en Bolivie, puis en qualité de consul général de France à Los Angeles de 1957 à 1961, date à laquelle il s'est mis en congé du ministère des Affaires étrangères.

– Ce n'est pas parce que vous précisez les dates que les honneurs sont plus grands, répliqua Jeanne. Oui, il a réussi, Romain. Oui, vous y êtes arrivée, mais vous avez vu où cela l'a mené!

C'en était trop pour Mina qui ne supportait pas que l'on parle du suicide de Romain. Pâle, défaite, elle murmura que Jeanne était une peste. Elle s'apprêtait à s'en aller lorsque surgit Louise Cohen.

– Je n'ai pas raté le concours du fils qui a le plus réussi tout de même!

– Vous arrivez à temps, dit Jeanne qui rajustait les mèches de cheveux échappées de son chignon.

– Ce sont les Marx Brothers qui ont eu le plus d'influence! dit Minnie. Je n'ai qu'à vous citer les phrases célèbres de Groucho; elles sont entrées dans le langage courant: « Parti de rien, je suis arrivé à pas grand-chose. » « Je suis né très jeune. » « L'âge n'est pas un sujet intéressant. Tout le monde peut vieillir. La seule chose à faire est de vivre assez longtemps. » « Pourquoi devrais-je me soucier de la postérité ? Est-ce que la postérité a jamais fait quelque chose pour moi ? » Mais j'adore en particulier : « De quoi qu'il s'agisse, je suis contre. » Je me demande d'ailleurs si je ne suis pas l'auteur de cette phrase.

— Y a-t-il des propos de Groucho que vous désapprouvez ?

— Je suis une inconditionnelle, vous voulez dire. Il n'y a que Nettie, la mère de Woody Allen, pour critiquer son fils !

— C'est insensé, alors qu'il a reçu quatre oscars, deux pour *Annie Hall*, un pour *Hannah et ses sœurs*, et un pour *Match Point*, et il a été nommé à dix-huit autres reprises, sans parler du fait qu'il a tourné un film par an en moyenne depuis 1970 ! Qu'est-ce qu'il lui faut ?

— Quand je pense qu'il n'a jamais gagné notre concours et que Nettie se vexe facilement ! dit Minnie.

— Oui, mais sans vouloir faire plaisir à Jeanne, Marcel Proust surpasse tous les autres, même Albert, intervint Louise Cohen.

Jeanne rougit de plaisir.

— Lorsque Pauline Einstein daignait se joindre à nous, elle gagnait chaque fois. Il faut dire qu'elle nous écrasait toutes. Inutile de rappeler le prix Nobel de physique d'Albert. Et il suffit d'ouvrir les yeux pour s'apercevoir de sa renommée mondiale. Il est devenu une star. $E = mc^2$ est utilisée à toutes les sauces…

— La formule est même imprimée sur des tee-shirts pour analphabètes, ajouta Rebecca.

— Saviez-vous que ce n'est pas sa fameuse théorie de la relativité qui lui a valu le prix Nobel mais sa découverte de la loi de l'effet photoélectrique ? dit Jeanne avec sa tête de première de la classe qui ne peut s'empêcher de donner la bonne réponse, même si elle sait que cela lui vaudra des ennemis parmi les élèves.

— Pourquoi ? demanda Rebecca.

— Parce que, étant donné qu'il n'a jamais fini de prouver sa théorie, les jurés du prix Nobel, qui l'ont nommé quasiment chaque année entre 1910 et 1922, ont dû ruser pour lui attribuer un prix et contenter ses admirateurs de plus en plus nombreux.

Rebecca s'étonnait que ces mères aient encore du plaisir à se parler. Elles avaient dû organiser cette compétition à de nombreuses reprises car elles connaissaient par cœur les moindres variations de leur vie cent fois rabâchée dont elles n'avaient pas l'air de se lasser.

— Louise, pourquoi voulez-vous faire triompher Proust ? Vous ne me soutenez jamais... vous êtes injuste, lança Minnie Marx.

— D'accord, c'est vous cette fois.

— Mais pourquoi ? rétorqua Jeanne. Je m'y oppose. Proust n'a-t-il pas écrit l'œuvre la plus longue ?

Mina s'étouffa d'indignation :

— Si vous y allez au poids, Gary a écrit trente-deux livres, quelque chose comme dix mille pages.

— C'est un critère absurde ! Pensez donc, Albert a peu écrit, lança Louise Cohen : huit livres et plusieurs fois le même, puisque *Le Livre des morts* s'est transformé en *Livre de ma mère*. Et *Belle du Seigneur* a été écrit en 1938 puis de nouveau en 1968. Mais avec huit cent quarante-cinq pages, ce *best-seller* a été traduit en quinze langues et reste la meilleure vente de la collection « Blanche » chez Gallimard. La longueur des rayonnages ne rentre pas en ligne de compte.

– Bien sûr que non, renchérit Minnie Marx. Peu importe les livres, c'est le nombre de films qui compte !

En un instant, tout bascula. Elles s'insultèrent. Elles étaient devenues hirsutes et écarlates. Rebecca avait l'impression d'être devant un film dont elle aurait enlevé le son et pensa à Bonemine, la femme du chef du village dans *Astérix*, qui n'hésitait pas à frapper à coups de bouclier, de rouleau à pâtisserie ou de poissons, quand elle en avait sous la main.

Pour éviter un pugilat, Rebecca leur raconta *Astérix* dont elles n'avaient évidemment jamais entendu parler. Les aventures du petit village gaulois qui résistait à l'Empire romain les calmèrent aussitôt. Mais lorsqu'elle leur précisa qu'il s'agissait d'une bande dessinée, elles s'écrièrent, déçues, que la « littérature en estampes » n'avait que peu d'intérêt.

– Et cette Bonemine, elle est comment ? demanda Minnie pour faire plaisir à Rebecca.

– Petite et rondelette à l'air hautain, elle est fière d'être la femme du chef. Autoritaire, elle sait se faire entendre. Derrière la femme au foyer se cache une véritable meneuse de troupes.

– Comme moi, interrompit Minnie.

– Elle a un fils dans l'histoire ? demanda Mina.

– Non, je ne crois pas... Mais je ne suis pas une spécialiste.

– Alors pourquoi nous ennuyer avec ça ? lança Jeanne. Allez donc retrouver les mères de Woody Allen et d'Einstein puisque vous voulez tant les rencontrer.

Cette remarque fit à Rebecca l'effet d'une gifle. Elle se vengea.

– Pourquoi avoir tant insisté pour que vos fils réussissent ? Ne serait-ce pas par égoïsme, pour vous faire plaisir ? Romain n'est-il pas lucide lorsqu'il écrit dans *La Promesse de l'aube* : « Je n'attachais nulle importance à ce que je pouvais être ou ne pas être d'une manière provisoire et transitoire, puisque je me savais promis à des sommets vertigineux, d'où j'allais faire pleuvoir sur ma mère mes lauriers, en guise de réparation. Car j'ai toujours su que je n'avais pas d'autre mission ; que je n'existais, en quelque sorte, que par procuration. » Réparation, voilà ce que vos fils sont pour vous, des réparations ! Ils n'existent que pour vous venger de la vie misérable que vous avez eue ! Ils ne sont pas des êtres autonomes, ils sont incapables d'envisager la vie en dehors de vous. Ils sont vos clones, en mieux.

Un grand silence tomba.

Se sentant attaquées, toutes sortirent de la pièce les unes après les autres. Pourquoi ne daignaient-elle pas lui répondre ? Était-ce parce que Nathan n'était pas célèbre ? Qui pourrait prétendre qu'il ne le serait pas un jour ?

Elle se rendit dans la bibliothèque, prit un livre, l'ouvrit au hasard pour sentir l'odeur mélangée de colle, de poussière et de vieux papier qui l'apaisait depuis toujours. Puis elle décida d'en apprendre davantage sur les fils de ses compagnes dont elle n'avait fait qu'étudier l'œuvre littéraire. Depuis qu'elle avait commencé à les connaître à travers leurs mères, elle voulait s'en faire une opinion personnelle.

Elle commença par Romain Gary qui a écrit dans *La Promesse de l'aube* qu'il n'existait que par sa mère et pour sa mère dont il devait réaliser les ambitions artistiques : « J'étais décidé à faire tout ce qui était en mon pouvoir pour qu'elle devînt, par mon truchement, une artiste célèbre et acclamée. » Gary avait joué le jeu. Il voulait prouver à sa mère que sa vie n'avait pas été vaine, qu'*elle* avait réussi. Il s'était effacé au profit d'un « nous » qui les englobait tous les deux. Il adorait sa mère et s'était persuadé qu'il vivait en osmose avec elle. Il raconte qu'au moment de partir pour l'Angleterre afin de retrouver le général de Gaulle, ce n'est pas lui qui, avant le décollage, cherchait à trouver une place dans l'avion mais « une vieille dame résolue, vêtue de gris, la canne à la main et une gauloise aux lèvres ». C'était elle qui était décidée, qui voulait combattre et gagner, elle qui pilotait. « Je crois que c'était vraiment la voix de ma mère qui s'était ainsi emparée de la mienne. » Qui était-il ? Lui, sa mère, ou un mélange des deux ? Il s'en inquiète encore dans ce même livre, au cours de sa promenade dans la médina de Meknès, lorsqu'il constate que Mina occupe toute la place dans sa vie, au point de se demander si elle la lui a volée.

Rebecca avait-elle parlé à haute voix ? Mina, en colère, déboula à ses côtés dans la bibliothèque pour lui arracher des mains *La Promesse de l'aube*. Surprise, Rebecca lâcha cette édition de poche qui manquait de tomber en lambeaux tant le livre avait été feuilleté. Et Mina le lança par la fenêtre.
– Pourquoi l'avez-vous jeté ?
Mina prétexta qu'elle n'avait pas besoin du texte puisqu'elle pouvait en réciter des passages entiers.
– Tiens ! Vous qui aimez tant le citer, je vous signale qu'il a écrit à mon propos : « Rien ne pouvait m'arriver puisque j'étais son *happy end*. » Et c'est vrai

que mon amour lui a sauvé la vie, comme le jour où je l'ai appelé au moment où il montait dans un avion. Je voulais l'embrasser une dernière fois avant le vol. Je suis sûre que mon beau Romain a dû invoquer l'insistance d'une petite amie pour expliquer à ses camarades la raison pour laquelle il devait débarquer. Toujours est-il qu'il a été adorable comme d'habitude et qu'il a manqué le départ. Or l'avion qu'il était supposé prendre s'est écrasé sans laisser de survivants. Mon appel lui a sauvé la vie.

– Nous sommes toutes narcissiques et égocentriques, dit Rebecca.

Cette affirmation détendit un peu l'atmosphère.

Mina continua d'évoquer son héros en arrangeant les nombreux bibelots amoncelés sur le dessus de la grande cheminée du salon, qui était meublé selon son goût : un peu trop kitsch, surchargé de coussins bariolés, de fleurs criardes et de meubles chantournés.

– Il a réussi au-delà de mes espérances. Non content de rentrer de la guerre en héros, Romain s'est même débrouillé pendant les combats pour écrire son premier roman, *L'Éducation européenne*. Et quand je pense que n'ai pas pu le féliciter de tous ses efforts, parce que j'étais morte en 1943 avant la fin de la guerre, j'en ai mal au cœur.

– Je suis bien placée pour comprendre combien cela vous attriste, puisque j'ai moi aussi disparu avant que Marcel soit célèbre, remarqua Jeanne, assise sur une chaise de l'autre côté du salon. Et j'espère que le fait d'avoir décoré le salon vous a bien remonté le moral, mais n'en faites pas trop. J'ai beau tâcher de vous éduquer, vous n'apprendrez jamais ce qu'est le bon goût.

Jeanne, qui allait se lancer dans un exposé sur les beaux-arts, fut interrompue car Minnie Marx déboula dans le salon, en chantant à tue-tête « I'll Say She Is », le tube de la comédie musicale *I'll Say She Is*.

– Vous ai-je raconté le premier succès de mes fils à Broadway ?

Minnie obligea ses amies à se mettre en rang, puis tel un chef d'orchestre, elle les incita à reprendre en chœur. Elle n'avait rien perdu de son allant.

– Vous étiez présente à la première ? demanda Rebecca.

– Vous n'imaginez pas ma nervosité ce jour-là, raconta Minnie. C'était le plus grand moment de ma vie. J'en avais rêvé sans jamais espérer que ce grand jour puisse arriver. Déjà, donner un spectacle à Broadway était une réussite en soi, mais cela ne me suffisait pas : il fallait que le public rie, que les critiques applaudissent, il fallait un rappel, il fallait un triomphe… J'étais si angoissée que, pour conjurer le sort, j'ai énuméré à mon mari toutes les catastrophes susceptibles de se produire. Il est sorti de la maison, exaspéré, en lançant « *break a leg* », ce qui signifie « bonne chance » et, littéralement, « casse-toi une jambe ». Il ne croyait pas si bien dire, car lorsque je suis montée sur un tabouret pour me regarder dans le miroir, haut placé dans l'atelier de mon tailleur de mari, je suis tombée et je me suis fracturé la cheville. Vu qu'il n'était pas question pour moi d'aller à l'hôpital et de rater cet événement capital, j'ai demandé à un infirmier de me porter au Shubert's Casino et j'ai traversé la salle en brancard. C'était le 19 mai 1924, la salle a hurlé de rire et ce fut notre premier succès.

Elle se mit à chanter le tube à nouveau, et toutes les femmes l'accompagnèrent.

Rebecca intervint :

– Je sais que Groucho a avoué dans ses *Mémoires* que, sans votre détermination, les Marx Brothers n'auraient jamais existé, mais j'ai l'impression que votre but à vous n'était pas d'être célèbre mais que vos fils le soient. Vous n'étiez pas comme les autres.

— Pensez-vous ! J'ai adoré qu'il y ait une comédie musicale sur moi ! *Minnie's boys* a été jouée à Broadway en 1970 et raconte l'histoire de leurs débuts. Si Groucho avait été médecin, croyez-vous que j'aurais été l'héroïne d'un spectacle ?

— Je ne vous reproche rien...

— Il ne manquerait plus que ça, l'interrompit Minnie. Nous n'avions pas le choix. À notre époque, il fallait obéir à son père, puis à son mari. Il nous restait la carrière de nos fils à gérer et nous nous donnions du mal : conseils, encouragements, entraînements, comme pour des sportifs de haut niveau. C'était le seul moyen pour nous de réussir. Aujourd'hui les femmes travaillent. Elles n'ont pas besoin d'être mères pour exister.

— Quelle chance ! soupira Jeanne. J'aurais adoré me lancer dans la littérature, la critique littéraire, le journalisme... Je me suis trompée d'époque.

Quel genre de mère avait-elle été ? se demanda Rebecca. Moins directive que ses aînées, moins ambitieuse aussi, elle avait voulu que Nathan partage ses valeurs, qu'il se conforme à ce qu'elle aurait aimé être par une sorte d'osmose.

— Mais la liberté récente des femmes n'a rien changé au comportement des mères, dit Minnie. Elles disent toujours à leurs fils : « Mets ton chandail, j'ai froid. »

— Vous croyez vraiment qu'il ne peut exister d'enfants conçus sans arrière-pensée, capables de s'inventer, sans occuper la place que leur ont assignée leurs parents ? demanda Rebecca.

— Les orphelins, répliqua Jeanne sérieusement.

8

Juif de mère en fils

> « Non seulement Dieu n'existe pas mais il est impossible de trouver un plombier le dimanche. »
>
> Woody Allen

> « Dieu… est capable de tout, même d'exister. Et même s'il n'existe pas, il me plaît. »
>
> Albert Cohen

> « Ce qui m'intéresse vraiment, c'est de savoir si Dieu avait un quelconque choix en créant le monde. »
>
> Albert Einstein

– Comment avez-vous transmis à votre fils leur identité juive ? demanda Rebecca.

– En ce temps-là, malheureusement, elle était surtout déterminée par l'antisémitisme ambiant, répondit Amalia. Nous qui habitions Vienne, nous devions supporter Karl Lueger, le maire élu en 1895, qui considérait que les juifs exerçaient « un terrorisme sans précédent ». Puisque leur nombre avait augmenté, depuis l'édit d'émancipation de 1867, il dit : « Nous nous refusons à ce que les chrétiens soient opprimés, à ce que l'antique royaume chrétien d'Autriche cède la place à une nouvelle Palestine. » Je m'en souviens comme si j'y étais. Il acceptait mal le fait que trente pour cent des étudiants fussent juifs, ainsi que près de la moitié des avocats, des médecins et des banquiers, sans compter un bon nombre d'artistes. Baptisés ou assimilés lui importaient peu puisqu'il affirmait que « l'ordure, c'était la race ». Et il a été réélu.

Amalia raconta qu'à Vienne, le mélange d'angoisse sourde et de superficialité la déconcertait. Comme bon nombre de ses concitoyens, elle se passionnait pour l'art. On s'écharpait pour savoir qui, de Arnold Schoenberg ou de Gustav Mahler, était le plus talentueux et on se prêtait les derniers livres de Schnitzler et d'Hofmannsthal pour les commenter avec passion.

– Mais la politique était oppressante, on vous faisait bien sentir que vous étiez illégitime, poursuivit Amalia. Sigmund a attendu dix-sept ans son titre de professeur. Pourtant il avait publié d'innombrables articles scientifiques et une demi-douzaine de livres. Il avait exposé la preuve de l'hystérie masculine, inventé la méthode des « libres associations », développé la théorie de la séduction qu'il rejettera plus tard, décrit le complexe d'Œdipe et découvert l'importance des rêves. Malgré tout cela, il n'était que « chargé de cours » et il en était mortellement blessé.

– Était-ce par antisémitisme ou ses théories sexuelles choquaient-elles ?

– Un peu des deux, mais il faut reconnaître qu'il a négligé de s'occuper de sa nomination au début de sa carrière car il pensait qu'elle allait de soi. Il a fini par contacter des amis haut placés, ce qui ne l'a pas empêché d'attendre soixante-quatre ans pour devenir officiellement professeur, au moment même où il ne donnait plus de cours.

Mina parut, habillée d'un tailleur rose clair particulièrement joli. Elle semblait presque rajeunie et proposa de sortir. Elle en avait assez de rester assise toute la journée. L'activité physique lui manquait.
– Sortir ? Mais où ? demanda Rebecca.
– Vous aimez la forêt ?
Rebecca la suivit dans un bois très dense de chênes et de hêtres. Heureuse de marcher au milieu des arbres, elle eut du mal à écouter Mina, concentrée sur son récit.
– Je ne voudrais pas abusivement rapprocher Romain et Sigmund, mais mon fils a aussi souffert de l'antisémitisme ambiant, car il a été le seul de sa promotion à ne pas avoir été nommé sous-lieutenant sous prétexte qu'il avait été naturalisé trop récemment. Il n'a jamais osé me l'avouer. Il avait peur que cela me fasse de la peine, à moi qui avais imaginé une France mythique. Mon fils me ménageait.
– Qu'est-ce qu'il vous a dit ? Qu'il avait échoué ?
– Non, cela n'était pas possible non plus, étant donné que je me faisais une trop haute idée de ses capacités. Donc il a inventé qu'il avait séduit la femme du lieutenant, qui l'avait recalé par jalousie. Il savait que cela me plairait, une histoire d'amour !

Amalia ralentit son allure pour tenter d'évoquer avec précision l'antisémitisme virulent d'avant guerre en évitant les clichés qui avaient été répandus sur ce sujet.
– De mon temps, nous vivions ce danger imminent au-dessus de nos têtes dans une angoisse diffuse

puisque de nombreux juifs fuyant les pogroms de Russie s'arrêtaient à Brody. Comme la grêle et les orages, nous l'acceptions avec fatalisme, comme tous ceux des ghettos d'Europe de l'Est, je suppose. Mais cette situation était intolérable à Sigmund. Il avait été ébranlé par l'histoire que lui avait racontée son père : « Une fois, quand j'étais jeune, dans la ville où tu es né, je suis sorti dans la rue un samedi, bien habillé et avec un bonnet de fourrure tout neuf. Un chrétien survint, d'un coup il envoya mon bonnet dans la boue en criant : "Juif, descends du trottoir !" » « Et qu'as-tu fait ? » avait demandé Sigmund. « Je suis descendu sur la chaussée et j'ai ramassé mon bonnet », fut la réponse tranquille de Jacob. Cette réponse l'avait horrifié, il n'a jamais pardonné à son père de s'être rabaissé.

– Peut-être est-ce pour cette raison qu'il s'est identifié plus tard à Hannibal, qui avait juré de venger son père des Romains ; il a voulu réparer l'humiliation subie par Jacob, dit Rebecca.

Elles suivirent un ruisseau qui serpentait à travers les bois. Rebecca prit un grand plaisir à sa promenade, se laissant éblouir par les jeux de lumière entre les feuilles. Cela lui rappela les rêveries qu'elle se permettait lorsque ses élèves rédigeaient leur devoir et qu'elle contemplait le soleil qui se réfléchissait contre la vitre. Comme elle avait envie alors de s'échapper et de s'allonger dans l'herbe !

– Et qu'en est-il de nos jours ? demanda Mina.

– Aujourd'hui, pour moi, être juif, c'est une caractéristique, rien de plus, répondit Rebecca. D'ailleurs, je n'ai rien transmis à Nathan : ni tradition, ni religion. Sauf son nom, Nathan Rosenthal.

– Il ne vous a jamais parlé de son identité juive ?
– Si, je sais qu'il la vit très différemment de moi au même âge. Lorsque j'étais jeune fille, il me semblait que le fait d'être juive me donnait une aura que les autres ne pouvaient partager. Je m'identifiais à ce « juif imaginaire » défini par Alain Finkielkraut et je tirais gloire du passé de mon peuple, du « Juif errant », au « détenu famélique au pyjama rayé » en passant par le « torturé de l'Inquisition ». Je savourais mon état naturel d'héroïne. C'est autre chose pour Nathan. Il ne nie pas ses origines, mais le sujet l'ennuie passablement. Alors il tente de trouver sa place entre les antisémites qu'il rencontre, les antisionistes qui vous lancent Israël et le conflit israélo-palestinien comme un crachat à la figure et ses camarades juifs qui lui reprochent de ne pas être assez impliqué dans la communauté.
– Romain était comme lui, intervint Mina. Lorsqu'on lui a demandé ce qu'il pensait d'Israël, il a répondu : « J'aime beaucoup l'Italie aussi. »
– Je croyais qu'il tenait à son identité juive, dit Rebecca. N'a-t-il pas été furieux, après avoir répondu au questionnaire d'un annuaire des personnalités juives dans le monde, de voir refuser son inscription dans le *Who's Who in World Jewry* ? Il me semble même qu'il a été jusqu'à accuser les éditeurs de l'ouvrage de s'arroger le droit de décider qui avait « droit à la chambre à gaz ». On ne peut pas faire beaucoup plus violent comme commentaire !

Amalia semblait ne rien écouter, tant elle était concentrée sur sa marche. Elle filait à vive allure et Mina avait peine à la suivre. Elles arrivèrent dans une clairière et s'assirent sur des bancs qui formaient un cercle. Amalia reprit son souffle.

— Sigi se définissait comme un juif incroyant et il s'étonnait d'avoir été fêté en héros juif bien que son seul mérite se soit limité au fait de ne pas avoir renié sa judaïté.

Mina précisa que Romain s'était senti juif à cause de l'antisémitisme : il écrivit qu'il avait fallu la Shoah pour que la plupart des juifs assimilés s'aperçoivent qu'ils l'étaient.

— N'est-ce pas la théorie de Sartre ? C'est l'antisémite qui fait le juif, remarqua Rebecca.

Amalia l'interrompit :

— C'est vrai, mais Freud l'a dit avant Sartre : il se considérait comme allemand de langue et de culture mais, à cause des préjugés antisémites, il préférait se dire juif.

— Le fait d'être juive était-il juste pour vous une identité à assumer ou vous étiez vraiment croyante ? demanda Rebecca.

— J'étais croyante autant par habitude que par tradition et j'avais pensé qu'il en serait de même pour mes enfants.

— Moi, je me suis donnée beaucoup de mal pour que Romain soit catholique, intervint Mina.

— J'en ai assez de marcher, dit Amalia. Vous m'avez épuisée. Je n'en peux plus. Allons voir Louise Cohen qui adore les fêtes religieuses.

Louise était en train de planter un rosier lorsque Mina, Amalia et Rebecca la rejoignirent. Elle portait un tablier à fleurs et ses cheveux attachés. Cela lui donnait un aspect plus doux qu'à l'ordinaire. Rebecca l'interrogea aussitôt sur les détails des célébrations.

— J'adorais *Pessah*[1], dit Louise. Toute la famille était réunie. Nous étions nombreux puisque l'usage voulait que l'on invite des passants le temps du repas.

Non loin de là, sous une tonnelle où Louise les invita, Rebecca découvrit, posés sur une table, des gâteaux, un alignement de verres et de bouteilles, du thé, des fruits… On aurait dit un goûter champêtre paisible et intemporel. Louise s'essuya les mains et se servit de l'eau avant d'en proposer aux autres.

— Je me souviens du grand nettoyage de la maison, laissant place à un appartement immaculé, comme neuf, qui sentait bon le frais. Mon beau-père était assis en bout de table et lisait l'histoire de l'exode des juifs d'Égypte. Pour lui, c'était un grand moment. Il prenait une voix psalmodiante et surveillait tout le monde.

— Et chez vous ? demanda Rebecca à Amalia.

— Nous fêtions évidemment *Yom Kippour*[2], de temps à autre *Roch Hachana*[3], et aussi Noël. Nous étions moins pratiquants que les Cohen, mais cela n'a pas empêché Sigi de garder toute sa vie la Bible illustrée que lui avait offerte son père.

— C'était peut-être sentimental.

— C'est toujours un peu plus compliqué avec mon Sigi, j'en ai peur. Jacob, son père, a été le premier à rompre avec le judaïsme traditionnel car son père était orthodoxe et très pieux. Il a fui le *shtetl*[4] familial et, pour s'assimiler, il a abandonné le caftan et le bonnet de fourrure pour ne porter que des vêtements occidentaux, mais, ce faisant, il s'est senti très coupable. Et il

---

1. La Pâque juive.
2. Le jour du Grand Pardon.
3. Nouvel An juif.
4. Bourgade juive d'Europe de l'Est.

a donné à Sigi la Bible de Philippson pour qu'il maintienne une tradition qu'il avait rejetée.

Puis, elle s'adressa à Rebecca :

— Et vous, vous êtes croyante ?

— « Je ne sais pas si Dieu existe. Mais, s'il existe, j'espère qu'il a une bonne excuse. » C'est de Woody Allen, et je suis d'accord avec lui.

Une fois encore, Rebecca demanda à voir la mère de Woody Allen qui aurait, elle en était sûre, des révélations à faire au sujet de son fils. Ce fut Minnie Marx qui surgit dans le jardin pour pester :

— Nettie n'a aucun besoin d'être là. Après tout, Woody n'a-t-il pas piqué son humour à mon Groucho ?

— Mais que vous a-t-elle fait ?

— Je crois qu'elle n'aimait pas notre petit groupe.

Nettie était-elle paranoïaque, d'une sensibilité à fleur de peau ou était-ce vrai ? Minnie refusa d'en dire plus et décréta qu'elle préférait parler de Woody Allen que de sa mère.

— J'adore pour ma part cette citation de Woody : « L'homme n'est pas responsable de son propre malheur, et, si nous souffrons, c'est par la volonté de Dieu, bien que je n'arrive pas à comprendre pourquoi il se croit obligé de tellement en rajouter. »

— Et Groucho, était-il croyant ? demanda Rebecca.

— « Mon associé l'est », a-t-il répondu à un journaliste qui lui avait posé cette question.

Rebecca tenta le tout pour le tout et demanda à nouveau ce qui s'était produit avec Nettie. N'était-elle pas elle aussi une mère juive, comme les autres ?

— J'adorerais par exemple qu'elle m'explique pourquoi Woody Allen est intarissable sur le sujet de la religion.

– Parce que vous croyez que sa mère comprendrait mieux que nous le genre de phrases qu'écrit Woody ; « Si je crois en Dieu ? J'ai déjà assez de mal à croire en ma propre existence. »

– Je ne sais pas. Vous avez toutes l'air obsédé par vos fils, alors pourquoi pas elle ?

– Parce que c'est comme ça.

L'évocation de Nettie Königsberg mettait Minnie Marx de mauvaise humeur.

– Au fond Albert était le seul sérieusement juif, constata Louise Cohen car il a même rajouté un *h* à son nom de famille (originellement Coen) pour « faire plus juif ». Il ne plaisantait ni avec la religion ni avec la communauté.

– Et Einstein ?

– Décidément, on ne vous suffit plus, protesta Minnie Marx.

Rebecca tenta de se défendre. Il lui semblait que l'histoire d'Einstein était passionnante : juif athée, élevé dans la religion catholique…

– Ils ont tous été plus ou moins catholiques, sauf nous, les Marx, répliqua Minnie, mais c'est parce que nous étions américains.

– Vous avez raison, dit Mina. J'ai fait baptiser Romain pour qu'il puisse être entièrement français. C'était l'usage à l'époque. Et il se définissait comme un catholique non croyant.

– Même Albert a été dans une école catholique lorsque nous sommes arrivés à Marseille, dit Louise Cohen. C'était la meilleure école, nous n'avions pas le choix. Les bonnes sœurs lui enseignaient le « Notre Père » et comme il était mignon, elles se lamentaient de ne pas pouvoir le convertir au catholicisme. Cela ne l'a pas empêché de rester juif toute sa vie.

Rebecca se tourna vers Amalia :

— Sigi n'a pas été élevé dans la religion catholique, lui !

— Non. Enfin… Il a tout de même été à l'église pendant son enfance avec Monica Zajic, sa nounou tchèque et catholique fervente.

— Et vous l'avez laissé ?

— Je n'étais pas au courant.

Rebecca sursauta car elle entendit qu'on l'appelait : « Rebecca, Rebecca !!! » Elle suivit le son de cette voix qu'elle ne connaissait pas derrière une porte qui s'éloignait à mesure qu'elle s'approchait. Elle finit par l'atteindre et entra dans une pièce austère en boiseries sombres avec deux fauteuils haute époque de chaque côté d'une immense cheminée sans feu. Où était-elle ? Elle eut l'impression d'être une intruse. Une femme aux cheveux gris, aux yeux bleus profonds où transparaissaient la bonté et la sincérité, se présenta : c'était Pauline Einstein.

— Je voulais vous rencontrer, vous parler, seule à seule. Vous semblez vous intéresser à l'éducation, à la religion, et sur tous ces sujets, Albert est fascinant.

Pauline Einstein était en tous points semblable aux photos que Rebecca avait vues d'elle : un visage carré, un chignon strict et une robe noire sans prétention qui allait jusqu'aux chevilles.

— Chez nous non plus, il n'y avait pas de rites, pas de fêtes, pas de synagogue, pas d'aliments casher, raconta Pauline Einstein. Hermann, mon mari, un peu comme Jacob Freud, avait décidé que la religion était de l'ordre de la superstition. Et Albert, lui aussi, avait été dans une école catholique à Munich. Nous étions très libéraux. Mais, lorsqu'il eut dix ans, j'ai fait venir un parent à la maison pour lui enseigner les principes du judaïsme afin qu'il connaisse la foi de ses ancêtres. Il est devenu croyant et ne mangeait plus de porc. Il s'était épris de Dieu, comme de la musique ou de la nature qui l'émerveillait. Il avait une foi irrationnelle et profonde.

Elle s'arrêta, réfléchit, et reprit :

— Je crois que c'est le seul domaine où Albert a éprouvé une sorte de bonheur. Probablement proche de la joie que je ressens quand je joue du piano.

— Ça ne vous manque pas trop ?

— Je continue ici.

Pauline sourit comme une petite fille qui avoue avoir volé un gâteau car elle en a le visage barbouillé et désigna à l'autre bout de la pièce un immense piano à queue, couvert de partitions. Comment Rebecca ne l'avait-elle pas vu ? Avait-elle été à ce point captivée par cette femme ? Pauline l'intriguait. Elle avait gardé l'air bougon et l'allure touchante et presque gauche de l'adolescente qu'elle avait dû être.

— Alors quand est-ce qu'Albert est devenu athée ?

— Vers treize ans puisqu'il a refusé de faire sa *Bar Mitzva*[1], ce qui était révolutionnaire. À force d'étudier les mathématiques, il en est arrivé à la conclusion que la Bible ne pouvait pas être une science exacte. Il a dit : « Je crois au Dieu de Spinoza, qui se révèle dans l'ordre harmonieux de ce qui existe, et non en un dieu qui se préoccupe du sort et des actions des êtres humains. » Bref, à partir de ce moment-là, il s'est fermement opposé à la religion et à la tradition. Et il n'a

---

1. Cérémonie par laquelle le jeune garçon juif marque sa majorité.

plus changé d'avis puisqu'il a laissé des instructions pour ne pas être enterré religieusement.

– Vous devriez revenir parmi nous, lui dit Rebecca. Les autres parlent de vous, vous leur manquez.

– Cela fait très longtemps que j'attends des excuses de Minnie. Et je n'arrive pas à lui pardonner. Non, non, il faut que je me calme encore. Il me semble que tout le flegme que j'avais acquis s'est enfui pour laisser place à une colère qui me pousse à des réactions violentes. Je ne me ressemble plus.

– Peut-être qu'au contraire vous êtes plus naturelle après la mort que dans la vie ?

– Je ne suis plus la femme que j'étais, que nous avons toutes été : à la fois épouse, mère, femme de ménage, cuisinière, psychanalyste, aide-soignante, pleine d'amour, de compassion et d'entrain, tout cela en restant bien coiffée et bien habillée. J'étais exténuée mais je savais faire front et je garde une nostalgie de la personnalité que j'avais lorsque j'étais vivante.

Rebecca au contraire s'était apaisée dans ce paradis tout à fait spécial. Curieusement, rien ne lui manquait de sa vie, ni ses amis ni ses amants. Elle ne s'énervait plus, ne s'inquiétait plus continuellement pour Nathan. Vivante, elle pensait qu'elle devait diriger la vie de son fils, se sentir responsable de tout ce qui le concernait, alors qu'il lui manquait les ingrédients essentiels pour être une bonne mère : la confiance et la bienveillance. Ici, elle avait fini par s'accepter. Et elle espérait que, livré à lui-même, Nathan s'en sortirait. Peut-être même mieux que si elle avait continué à le surveiller.

Pauline Einstein la prit par la main.

– Venez, vous m'êtes sympathique, je vais vous jouer quelques *partitas* de Bach.

Pendant ce temps, dans le jardin, Louise avait entrepris de tailler les buis et Amalia somnolait, mais cela n'empêcha pas Jeanne Proust, qui avait revêtu une robe d'été à volants, de leur expliquer que leurs trois enfants avaient été éduqués de la même manière : entre deux cultures.

– Sigmund était à la fois juif et germanique, tout comme Albert Cohen, déchiré entre son passé de juif traditionnel et son présent, occidental et laïque. Marcel aussi, étant le fils d'un catholique provincial et d'une juive très parisienne, moi. Mes enfants avaient été baptisés catholiques, mais nous ne parlions jamais de religion, et c'est à peine s'ils avaient conscience d'être juifs.

Rebecca s'installa dans une chaise longue et les écouta distraitement avant de demander pourquoi Pauline Einstein préférait rester seule.

– C'est idiot, elle me manque, avoua Jeanne.

– Que s'est-il passé ? Vous vous êtes fâchées ? Je n'ai pas eu le temps de lui poser la question.

– Vous l'avez donc vue ! s'exclama Amalia.

– Et elle n'a pas demandé de nos nouvelles ? demanda Jeanne d'une voix plus triste qu'elle ne l'aurait souhaité.

– C'est votre faute, lança Minnie à Amalia. À force de dire que Freud a été plus important qu'Einstein parce qu'il a inventé une nouvelle discipline à lui tout seul...

– Oh ! ça vous va bien, c'est vous qui l'avez fait fuir, Minnie, souvenez-vous.

Les voix montèrent, crescendo : elles s'accusaient les unes les autres du départ de Pauline Einstein. Mais Rebecca mit fin à une dispute qu'elle jugeait inutile et demanda :

– Pourquoi n'y a-t-il pas d'autres femmes ici ? Comment se fait-il que les mères de Isaac Bashevis Singer et de Philip Roth ne soient pas parmi nous, par exemple ?

Minnie Marx répondit scandalisée :

– Savez-vous qu'Isaac n'a pas écrit une fois à sa mère, à partir du moment où il a émigré à New York ?

– Je croyais qu'il l'adorait ? dit Rebecca.

– Oui, Besheve était une femme de tête douée et attachante. Pour lui rendre hommage, il a choisi un pseudonyme dérivé du prénom de sa mère auquel il a ajouté une terminaison possessive : Bashevis.

– Alors ? Pourquoi ?

– Il était dans un profond désarroi et se sentait vide, sans talent, sauf pour souffrir. Il était complexé vis-à-vis de son frère Israël, un écrivain renommé et brillant qui lui avait sauvé la vie en lui payant son voyage pour le rejoindre en Amérique. Perclus de remords, perdu dans ce monde inconnu, épouvanté par les nouvelles traumatisantes de l'Europe, il était paralysé. Pas une ligne en huit ans, ce qui pour un écrivain est une réelle performance.

– Rien ?

– Il a fallu que son frère meure pour qu'il ose enfin écrire. Mais c'était trop tard, sa mère était morte.

– Je comprends qu'elle n'ait pas voulu parler de son fils avec vous. Et la mère de Philip Roth ?

– Bess a préféré retourner avec son mari, dit Amalia.

– Elle est venue et repartie ?

– C'est une femme et une mère parfaite. Lorsque son mari a pris sa retraite, il n'a pas cessé de la critiquer. Il lui en voulait de prendre toutes les décisions, ce qu'elle avait fait pendant trente ans de leur vie commune, sans qu'il s'en mêle. Et le fait de rester cloîtré dans la maison avec elle l'a rendu neurasthénique. Il s'en est sorti en lui criant des ordres, en l'injuriant, elle qui avait toujours été si douce. Elle n'en pouvait plus, et elle est morte.

– Comment ça elle est morte ?
– Cela arrive à tout le monde.
– Je sais… Comment cela s'est-il passé ?
– Elle était déjà malade, mais elle souhaitait lui faire plaisir en acceptant de sortir dîner dans un restaurant qui se situait à quelques mètres de chez eux. Bien qu'épuisée, elle n'a pas voulu annuler de peur de froisser leurs amis et de décevoir son mari. À peine a-t-elle commandé le repas qu'elle est morte.
– Vous voulez dire que sa dernière phrase a été : « Je voudrais une salade mixte » ?
– Je ne sais pas ce qu'elle avait demandé. Cela n'a jamais été évoqué avec elle.
– Comment était-elle ?
– La plus gentille de nous toutes, la plus franche. C'était un cœur pur. Philip, son fils, décrit une petite femme d'une quarantaine d'années avec des cheveux noirs grisonnants et des yeux bruns expressifs. Elle était mince, séduisante et totalement américanisée. En parlant d'elle, Roth évoque l'importance qu'elle attachait à sa maison bien tenue où elle perpétuait les traditions juives par fidélité à sa famille : elle cuisinait *casher*[1], allumait les bougies du *shabbat*[2], obéissait à toutes les règles diététiques de *Pessah*. Il raconte qu'elle ne se sentait vraiment à l'aise que parmi les juifs et sortait rarement de son quartier à Newark.

---

1. Nourriture conforme aux rites religieux.
2. Jour de repos sacré du vendredi soir au samedi soir.

Rebecca remarqua que Jeanne tortillait une mèche de ses cheveux avec nervosité.

– Vous ne partagez pas cet avis ?

– Elle était parfaite, mais ennuyeuse. Petite bourgeoise à mort, très matérialiste.

– Vous n'êtes qu'une snob.

– Je préfère intellectuelle, dit-elle en souriant, mais je vous l'accorde.

Quelques instants plus tard, Jeanne ajouta :

– Moins que Marcel.

– Vous le lui avez transmis.

Jeanne Proust raconta que Bess Roth était terrifiée que ses enfants lui échappent. Philip allait à l'université, rencontrait des *goys*[1] et risquait de se « déjudaïser », de s'assimiler, d'oublier d'où il venait au point d'avoir confiance dans l'avenir. Pour un ashkénaze, c'était impensable !

– Il se sentait juif à la maison et citoyen au-dehors comme la plupart de ses contemporains, ajouta-t-elle. Nous voulions avoir des enfants intégrés, assimilés, cultivés et influents dans leur pays et, en même temps, nous craignions qu'ils deviennent différents au point d'oublier leur origine. J'aurais été très abattue si mes fils avaient été antidreyfusards. Je les aurais pris pour des traîtres.

– Heureusement qu'ils ont créé des doubles d'eux-mêmes dans leurs romans pour parler du judaïsme, lança Louise Cohen.

C'est dans une synagogue néomauresque qu'elles décidèrent de continuer leur discussion. Étaient présentes Rebecca, Amalia Freud, Louise Cohen, Jeanne

---

1. Mot hébreu pour désigner les non juifs.

Proust et Minnie Marx. Le lieu était sombre malgré les douze fenêtres qui symbolisaient les tribus d'Israël. Il y avait une galerie pour les femmes en haut, mais elles se tenaient en bas, assises près de la travée centrale et semblaient enchantées de parler de littérature et de judéité. Puisqu'elles connaissaient parfaitement l'œuvre de leurs fils, elles pouvaient objectivement se vanter d'être de bonnes mères : rien de leur vie ni de leurs pensées ne leur avait échappé.

– Bien qu'Albert s'en défende, Solal est son double fictionnel, affirma Louise. Il est présent dans au moins quatre de ses romans, et mon fils trouve le moyen de le faire mourir dans *Solal* et de le ressusciter dans *Belle du Seigneur* ! Leur vie est similaire : Solal se donne du mal pour intégrer la haute société genevoise et devenir haut fonctionnaire à la Société des nations. Vous remarquerez l'importance de la hauteur, de la grandeur, soit dit en passant, pouffa-t-elle.

Puis elle reprit :

– Solal est magnifique et il prend son poste et sa femme à son patron, Adrien Deume. Il est tiraillé entre le monde occidental où il ne se reconnaît pas mais où il est le « Seigneur » et le monde oriental qu'il aime surtout de loin. Il est ambitieux et sûr de lui, en même temps qu'il se déteste et se méprise. Il se plaint d'« être ce qu'il n'est pas et n'être pas ce qu'il est ». Il falsifie son identité pour se faire aimer et il tourne le dos à la société dès qu'il a réussi. Il oblige la belle Ariane à tenir des propos antisémites pour mieux lui en vouloir.

– Un vrai malaise identitaire, commenta Jeanne Proust.

– Comme Gilberte Swann qui devient Gilberte S. de Forcheville ! Ce nom de Swann n'apparaît plus que par une majuscule, comme si elle voulait renier l'héritage juif qui lui vient de son père, dit Rebecca.

— À l'époque, soit un juif se revendique comme tel et les portes lui sont fermées, soit il se nie comme juif et il s'élève dans la « bonne » société, comme Charles Swann, le père spirituel du narrateur, raffiné, élégant, mondain et aimé des Guermantes, renchérit Jeanne.

— Mais Swann change. Est-ce sa maladie mortelle, l'affaire Dreyfus ou la propagande antisémite qui ont fait que le dandy roux aux yeux verts se souvienne à la fin de sa vie qu'il était juif ? demanda Rebecca.

Jeanne marcha à travers les allées et prit un ton sentencieux comme si elle prêchait dans ce lieu saint.

— Marcel regroupe sur Bloch l'essentiel de ses attaques antisémites. Il le présente en écrivain de deuxième ordre, gaffeur et mal élevé, dans *Du côté de Guermantes*. Ayant posé son chapeau sur le tapis à côté de sa place dans le salon de Mme de Villeparisis, il avertit ceux qui entrent dans la salle qu'ils fassent attention à son chapeau haut de forme. Quelques moments plus tard, il renverse un vase de fleurs, brise le verre et renverse de l'eau sur le tapis. Il est prompt à rassurer son hôtesse : « Cela ne présente aucune importance... car je ne suis pas mouillé. » Il représente le juif d'Europe de l'Est gauche et excentrique qui parle le yiddish, et pis encore, ne s'intègre pas à la bonne société française. Il a honte de ce qu'il est.

Minnie bâilla et avoua qu'elle n'avait jamais pu lire Proust.

— Ce n'est pas faute d'avoir essayé, se défendit-elle. Mais il manque cruellement d'action ! Désolée Jeanne.

Celle-ci ne daigna pas répondre et se tourna vers Rebecca :

– Vous vous souvenez de la scène sur la plage à Balbec ? Le narrateur entend par hasard un torrent d'imprécations contre les juifs, qui ont envahi la station balnéaire : « On ne peut faire deux pas sans en rencontrer… On n'entend que "Dis donc, Abraham, *chu fu* Chakop", on se croirait rue d'Aboukir. » Et le narrateur, en se retournant, s'étonne de découvrir que c'était son ancien camarade Albert Bloch, qui tenait le discours de ceux qui le calomniaient. Il en conclut que Bloch était « mal élevé, névropathe et snob ». Et comme il appartenait à une famille peu estimée, voire méprisée, il devait chercher un moyen rapide pour s'élever dans la société. « Percer jusqu'à l'air libre en s'élevant de famille juive en famille juive eût demandé à Bloch plusieurs millions d'années. Il valait mieux chercher à se frayer une issue d'un autre côté. » Du côté de Guermantes, précisément, où Bloch finit par être reçu, sous le nom de Jacques du Rozier et l'apparence d'un aristocrate anglais. C'est le parcours inverse de celui de Swann.

– Personne n'a traité Proust d'antisémite, dit Rebecca.

– Oh si, rougit Jeanne, encore horrifiée de ces attaques abominables et injustes.

Louise Cohen s'assit lourdement au fond de la synagogue pour parler de son fils si injustement critiqué.

– Au moment de la sortie d'*Ézéchiel*, il a été attaqué à cause des deux personnages de la pièce. Il y a Jérémie, un minable petit magouilleur qui a accepté la mission d'annoncer à Ézéchiel la mort de son fils, poussé par le besoin d'argent, mais qui ne sait pas comment s'y prendre. Et Ézéchiel, un riche banquier de la communauté de Céphalonie, l'archétype de l'usurier juif dans toute son avarice. Albert nous le présente plongé dans des calculs d'économies de bouts de chandelle : le chandelier à sept branches est la ruine du peuple élu, un chandelier à trois branches aurait tout aussi bien fait l'affaire. Qu'est-ce qu'il n'a pas entendu ! Lorsque la pièce fût montée pour la première fois à la Comédie-Française en 1933, elle s'attira les foudres à la fois d'associations antisémites qui y voyaient l'apologie de la « culture juive », et d'une bonne partie de la communauté qui trouvait que la pièce tournait en dérision cette même « culture juive ».

– Et lorsque *Ézéchiel* fût rejouée au milieu des années 1980, ajouta Rebecca, la pièce suscita les mêmes réactions outrées à propos de la « question juive » sans qu'on sache très bien à quoi elles faisaient référence puisqu'il me semble que Cohen s'intéresse à « ses frères humains » toujours vulnérables.

Jeanne, perdue dans ses souvenirs exclusivement proustiens, expliqua toute guillerette que le personnage de l'oncle de Bloch, Nissim Bernard, était très intégré dans la société française mais pas assimilé car il revendiquait son identité juive.

– Votre Nissim Bernard représente exactement ce qui se passait en Amérique, intervint Minnie. Les différentes communautés se côtoyaient sans jamais se mélanger mais tous se sentaient américains. De mon temps, il y avait Little Italy, Chinatown, Yorkville, le quartier allemand dans l'Upper East Side, près de la rivière. On se regroupait entre nous…

– Cela vous rend nostalgique, ne put s'empêcher de constater Rebecca.

– Je me souviens d'un vieil homme qui ne parlait que yiddish. Un jour, je lui demande comment se passe son déménagement, pensant qu'il venait d'arriver. Lorsqu'il me répond qu'il va fêter sa dixième année à New York, je m'étonne de ce qu'il ne parle toujours pas anglais. Et savez-vous ce qu'il me réplique ? « Pour quoi faire ? »

– Tous les auteurs qui parlent du judaïsme n'ont-ils pas été accusés d'être des antisémites ? demanda Jeanne.

Rebecca pensa à Philip Roth à qui l'on avait reproché de représenter les siens de façon caricaturale. Il s'en était défendu ; il avait décrit « des voleurs et des prostituées juifs, mais aussi des rabbins et des étudiants honnêtes ». Fallait-il qu'il parle d'un voleur espagnol ou chinois ? S'il était juif, le lecteur penserait-il que tous les juifs étaient des voleurs ? Absurde.

Mais, soudain, Minnie Marx se leva, tapa du pied et cria : « Silence. »

– Vous m'assommez avec vos livres, tous ces personnages compliqués... Vos fils ont beau avoir noirci des pages d'écriture pour savoir comment ils sont juifs, moi je vous dis que le judaïsme passe par la nourriture.

9
Je sais ce qui est bon pour toi

> « Maîtrise de soi, sobriété, sanction, telles
> sont les clefs d'une vie humaine, proclament
> toutes les innombrables règles diététiques. »
>
> Philip Roth, *Portnoy et son complexe*

L'aspect suranné de la cuisine du paradis ne laissait pas soupçonner qu'on pouvait l'utiliser et, pourtant, à y regarder de plus près, elle était équipée de façon professionnelle. Non seulement il y avait deux grands fours, plusieurs plans de travail et des casseroles en cuivre pendues au mur par ordre de taille, mais aussi des ustensiles de toutes sortes rangés avec soin : sauteuses, moules à pâtisserie, éplucheurs, mandolines, râpes et hachoirs… Rien ne semblait manquer. Minnie, Louise, Mina, Amalia et Jeanne en avaient pris possession. Et comme souvent, lorsqu'elle n'était pas interrompue, Minnie avait monopolisé la conversation.

– La grande obsession de ma mère était de nous nourrir, se rappelait-elle. Je n'ai compris que plus tard qu'elle nous surveillait et nous empêchait d'ingurgiter des aliments interdits par la religion. Mais elle en profitait pour nous infantiliser. C'était elle qui décidait de ce que nous allions manger, à quelle heure, et elle se montrait terrible si nous ne finissions pas notre assiette. Elle nous culpabilisait ! Elle disait que nous ne l'aimions pas assez. À chaque repas éclatait une crise, car mon frère, Al, résistait à sa domination. Aussi recrachait-il dans sa serviette la nourriture qui, à force d'être mâchée, devenait infecte. Et lorsque ma mère trouvait des restes dans la serviette, les rares fois où il n'avait pas eu le temps de faire disparaître les traces de son délit dans les toilettes, elle s'emportait et l'obligeait à rester assis à table, toutes lumières éteintes. Parfois mon frère retrouvait son assiette intacte au petit déjeuner. Alors que moi, j'avalais tout.

— C'était elle, la harpiste ? s'enquit Rebecca.
— Oui, et elle ne plaisantait pas, je vous assure. C'est sa faute si je n'ai jamais appris à faire la cuisine ; elle voulait tout faire, tout contrôler.

Les névroses alimentaires chez les Schönberg (les parents de Minnie) rappelèrent à Louise un roman de Philip Roth qu'elle idolâtrait et dont elle avait lu tous les livres. Au début de *Goodbye Columbus*, tante Gladys sert un dîner à son neveu et ne fait que se plaindre : pourquoi ne veut-il pas de pain ? Elle l'a coupé pour lui ! Il se bourre de pain pour lui faire plaisir, mais n'a pas la paix pour autant, puisqu'elle lui demande aussitôt si la viande est bonne. Il acquiesce. Mais elle lui reproche de ne prendre que les pommes de terre et le pain pour lui faire de la peine, car il veut l'obliger à jeter la bonne viande qu'elle venait d'acheter. Elle énumère ainsi les petits pois et les carottes laissés de côté, comme des exemples de sa mauvaise volonté. Et cela pouvait durer des heures. Un calvaire pour Neil Klugman qui se sentait obligé de nettoyer son assiette.

Minnie n'avait pas lu ce livre ; elle avait d'ailleurs fort peu lu, faute de temps et d'habitude. Elle estimait qu'elle était bien trop occupée pour avoir envie de vivre d'autres vies que la sienne. Et il lui suffisait d'ouvrir un journal pour s'assoupir, où qu'elle se trouve : chez elle ou dans un train. Depuis qu'elle avait raté plusieurs fois son arrêt, elle avait décidé de regarder le paysage et était persuadée qu'elle avait appris plus de choses en observant son environnement qu'en lisant des opinions toutes faites de journalistes dont les idées lui importaient peu. Les seuls livres qui trouvaient grâce à ses yeux étaient les manuels de cuisine qu'elle avait collectionnés avec passion, ne serait-ce que pour les donner à son mari qui était fin cuisinier.

Louise Cohen ouvrit méthodiquement tous les placards à la recherche d'inspiration. Qu'allait-elle préparer ? Elle ne savait plus ce qu'elle aimait manger puisqu'elle s'était toujours adaptée au goût d'Albert, à qui elle préparait avec amour toutes sortes de mets aussi riches et alambiqués que possible. Parce qu'il frisait l'anorexie, elle se donnait beaucoup de mal pour lui.

Rebecca remarqua l'importance que Cohen donnait aux repas dans ses romans.

– Il invente ce personnage boulimique : Mangeclous, dont le nom même révèle le côté ogre de sa personnalité. Sa naissance a été marquée par le refus de sortir du ventre maternel.

– « Vous savez que je ne quitte pas volontiers une salle à manger. En conséquence, on a dû me faire sortir avec des tenailles », cite Louise. C'est drôle, non ?

– Oh ! vous pouvez rire avec ces caricatures de mères nourricières, s'énerva Mina, excédée. C'est facile quand on peut manger à sa faim ! Romain a été touché, lui, par mes sacrifices. Il a compris que lui donner un bifteck tous les jours avait été pour moi une victoire sur l'adversité. Ma journée n'était pas perdue si Romain avait bien mangé. Il a été secoué lorsqu'il m'a surprise dans la cuisine en train de saucer le jus de sa viande dans la casserole. Il a compris que, loin d'être végétarienne, comme je le lui avais expliqué, je me privais pour sa santé. Il a fui, désespéré. Il le raconte dans *La Promesse de l'aube*.

Louise commença la préparation de boulettes avec tout l'amour dont elle était capable tandis que Mina se lança dans le *gefilte fish*, la carpe farcie, le plat mythique de la cuisine juive. Elles rivalisèrent dans l'attention qu'elles portaient à ce qu'elles faisaient, heureuses de retrouver une activité manuelle et consolatrice. Les autres ne savaient pas faire la cuisine. Jeanne Proust affirma être une experte en menus équilibrés. Quant à Rebecca, elle avait toujours considéré la nourriture comme un poison : cela faisait grossir.
— J'ai toujours cru que j'étais obèse, dit Rebecca.
— Vous ?
Elles s'esclaffèrent car Rebecca leur semblait plutôt menue pour leur époque où l'on se devait d'être bien en chair.
— Albert n'arrêtait pas de me dire que j'étais grosse, intervint Louise, en malaxant la pâte. Pourtant il m'incitait à manger en m'affirmant qu'une envie non assouvie faisait grossir parce qu'il se doutait que c'était mon seul plaisir. N'est-ce pas que c'était cruel ?
— Gros, mince, ce n'était pas le sujet chez nous, dit Jeanne. Seule comptait la propreté car Adrien était spécialiste de l'hygiène, une nouveauté à l'époque. Et

il nous obligeait, avant et après les repas, à nous laver les mains. Robert résistait, ce qui lui a valu de nombreuses fessées.

– Ma mère était persuadée que l'alimentation avait un rôle décisif sur la santé, raconta Amalia Freud. Nous étions nombreux à la maison et mes frères dévoraient tout ce qu'ils pouvaient à l'adolescence. Il ne s'agissait pas seulement pour ma mère de nous nourrir, elle voulait nous donner ce qui était le meilleur pour nous.

– C'est comme la nourriture casher qui vous protège, lança Louise.

Rebecca n'osait pas intervenir, trop intéressée par ce vif échange sur la nourriture, qui semblait beaucoup plus complexe que l'art de faire cuire des aliments.

Mina poussa un cri :

– Du sucre, vous ne pouvez pas mettre du sucre !

Et se tournant vers nous, affolée, elle répéta :

– Elle ne peut pas mettre de sucre dans ses boulettes !

L'air de rien, Mina avait tout observé : la viande hachée, les oignons émincés, les œufs entiers crus, le sel et... le sucre. Elle retint le bras de Louise.

– Les Russes mettent du poivre, jamais de sucre ! C'est une hérésie.

– Qu'est-ce que vous croyez ? Tout le monde sait que les Russes et les Litvaks[1] ne sont pas des gens civilisés, s'emporta Louise.

– Gardez-les vos boulettes de sépharade !

Avant que le discours s'envenime, Jeanne intervint :

– Certaines personnes ajoutent de la poudre d'amande. Pourquoi ne feriez-vous pas les deux recettes et nous départagerons ?

1. Juifs de Lituanie.

– Vous aimez les concours, Jeanne, car vous êtes compétitive, mais vous savez comme moi qu'il n'y a aucune objectivité en matière de goût, dit Minnie. Chacune campera sur ses positions puisqu'on aime ce que l'on connaît. Pis encore, on veut retrouver son enfance dans un plat. Vous connaissez l'histoire de cette jeune mariée qui ne sait comment faire plaisir à son mari, puisqu'il critique tout ce qu'elle prépare ? Elle a beau chercher les meilleurs produits à l'autre bout de la ville, étudier toutes les recettes, rien ne lui plaît. Un jour, lassée de s'être donné tant de mal, elle oublie la choucroute sur le feu. Et son mari s'écrie : « Voilà ! C'est exactement comme cela que Maman la faisait. »

– N'est-ce pas à peu près l'idée de la madeleine de Proust ?

– Marcel a été surpris de retrouver – à travers ce gâteau – le souvenir de sa tante Léonie et par extension, son enfance à Illiers, dit Jeanne.

– Oh, vous pouvez me retrouver ce passage ? demanda Rebecca. Il y a longtemps que je ne l'ai pas lu.

Et tandis que Jeanne tendait à Rebecca le livre chéri qui ne la quittait jamais, elle lut : « Quand d'un passé ancien rien ne subsiste, après la mort des êtres, après la destruction des choses, seules, plus frêles mais plus vivaces, plus immatérielles, plus persistantes, plus fidèles, l'odeur et la saveur restent encore longtemps, comme des âmes, à se rappeler, à attendre, à espérer, sur la ruine de tout le reste, à porter sans fléchir, sur leur gouttelette presque impalpable, l'édifice immense du souvenir. »

– N'est-ce pas magnifiquement écrit ? dit-elle la larme à l'œil.

Tout le monde en convint, même Minnie qui admit que Proust lu à haute voix était plus digeste.

— Marcel était très difficile et il ne mangeait pas grand-chose, dit Rebecca. Céleste Albaret, sa femme de chambre, raconte qu'il ne prenait que du café et un croissant, en se réveillant au milieu de l'après-midi.

— Moi qui ai tout fait pour qu'il ait une alimentation saine à des heures normales de repas ! s'écria Jeanne.

— Ce qui est intéressant, c'est qu'il achetait parfois une sole ou un sorbet, là où vous faisiez vous-même vos courses, par tradition familiale. Il en prenait juste ce qu'il fallait pour retrouver le souvenir de ce goût qu'il avait aimé autrefois. Était-ce pour son roman ou pour lui-même ? Je me le demande.

— Peut-être pour les deux.

Souvenir d'enfance, goût ou répulsion, la nourriture n'a décidément que peu de rapport avec ce que l'on ingurgite, pensa Rebecca. C'est un moyen de désobéissance et de transgression qui peut se transformer en véritable tyrannie : rien n'est plus contrariant pour une mère que de voir son enfant refuser obstinément le repas qu'elle a préparé avec soin. Nathan avait cette particularité de ne pas supporter de manger la viande et les légumes dans la même assiette. Il allait même jusqu'à changer de couverts, dégoûté lorsque les divers aliments s'étaient touchés.

Louise Cohen ne put s'empêcher d'évoquer *Portnoy et son complexe* :

— Philip Roth décrit Alex en train de se régaler avec du homard, qui est un plat proscrit par la Loi, tout en fantasmant sur une *shikse*[1], tout aussi interdite, juste pour échapper à l'emprise de sa famille.

---

1. Femme non juive.

Lorsque les boulettes furent prêtes, les mères se disputèrent pour déterminer lesquelles étaient les meilleures. En deux minutes, elles les avaient avalées sans pouvoir trancher. Minnie finit par susurrer que s'il fallait vraiment choisir, ce qui était discutable, elle préférait la version salée, autrement dit celle de Mina.

Affreusement vexée, Louise Cohen se leva sans un mot et se réfugia aux toilettes.

Jeanne et Mina tambourinèrent à la porte pour la faire sortir. Rien n'y fit. Minnie s'embrouilla dans les explications : ses boulettes étaient délicieuses aussi. Albert aurait été fier d'elle.

– Laissez-la, dit Jeanne. Elle imite son fils qui écrit dans *Ô vous frères humains* qu'il aurait été capable de donner une fortune à la tenancière des toilettes de la gare pour qu'elle le laisse en paix. Car il ne parvenait pas au calme qu'il était venu chercher au « petit coin ». La femme était indignée : était-ce pour aujourd'hui ou pour demain ? Comment pouvait-il y rester si longtemps ? Ce n'était tout de même pas un lieu de prière !...

Louise parut enfin en riant d'aise.

– J'avais oublié cet épisode des toilettes ! Cela me rappelle, une fois de plus, Sophie Portnoy qui poursuivait son fils jusqu'à la porte des toilettes où il s'enfermait longuement pour se masturber. Alex hurlait à travers la porte qu'il était malade alors qu'il éprouvait un sentiment de liberté jubilatoire. Elle l'exhortait à ouvrir. Il ne répondait pas. Sophie fut obligée de devenir plus spécifique : avait-il mangé des frites ou, horreur des abominations, un hamburger ? Elle demandait cela avec le ton qu'elle employait pour parler de Hitler. Elle lui défendit alors de tirer la chasse d'eau pour en vérifier le contenu et elle tenta de le culpabiliser en lui faisant promettre de ne plus manger en dehors de chez eux. Son père, constipé, chercha à son tour à avoir un peu de tranquillité dans les toilettes, mais Sophie, hystérique, continua à vitupérer.

– On pourrait écrire un traité des toilettes dans la littérature, suggéra Rebecca.

Puis elle se tourna vers Jeanne : Proust avait lui aussi décrit « le petit cabinet sentant l'iris » dans *Du côté de chez Swann* comme lieu favorable à la masturbation. Marcel devait sortir au milieu des cassis sauvages pour trouver une intimité impossible.

– Vous étiez toujours là à surveiller ses faits et gestes, lui reprocha Rebecca.

– Ne me dites pas que vous n'avez pas agi de la même manière avec Nathan.

– Non, certainement pas. Je n'ai jamais surveillé le temps qu'il passait dans sa salle de bains et, lorsqu'il partait pour quelques jours, je ne l'obligeais pas à m'écrire et encore moins à me décrire le détail de sa vie quotidienne. Il n'aurait jamais écrit, comme Marcel : « Mon exquise petite Maman, laisse-moi d'abord te dire que mon estomac est divin. »

– Vous ne pouvez pas comprendre. Mon fils était malade, et nous nous écrivions même quand nous vivions dans le même appartement.

– Est-ce que vous n'étiez pas un peu tyrannique et possessive ?

– Vous croyez cela alors que c'était l'inverse : Marcel m'épuisait. Il me faisait des scènes de jalousie. Tenez, par exemple, dans une de ses fameuses lettres, il m'exhorte à ne pas attendre qu'il rentre de son dîner tout en me disant qu'il serait si content de m'embrasser. Mais il ajoute : « Ne viens pas, puisque, hélas ! tu t'es précipitée vers ma tante avec une ardeur que je n'ai jamais excitée. »

— Nathan ne me sollicitait pas autant, je l'avoue. Il cherchait au contraire à affirmer son indépendance, et il s'en voulait de dépendre de moi.

— Peut-être n'était-il pas toujours malade comme mon pauvre chéri ?

10

Tous malades

> « Tant que l'homme sera mortel, il ne pourra pas être totalement décontracté. »
>
> Woody Allen

– Marcel a raconté dans *La Recherche* sa première crise d'asthme au bois de Boulogne, la plus terrifiante, la plus marquante pour lui. Je m'y vois encore, raconta Jeanne : il avait dix ans, il ne pouvait pas reprendre sa respiration, il suffoquait, se battait pour trouver de l'air, pris de convulsions. Tout cela devant son père et le professeur Duplay, l'un comme l'autre, parfaitement impuissants. Imaginez la panique de mon petit loup qui se sentait mourir devant son père et cet ami chirurgien qui était avec nous. Imaginez mon angoisse de découvrir que loin d'être la mère toute-puissante que j'avais cru être jusque-là, puisque je venais à bout de ses frayeurs nocturnes, je pouvais le perdre ! Car ce n'est qu'au bout d'un temps infini qu'il s'est mis à tousser. Il a repris des couleurs et retrouvé son souffle. Depuis lors, nous avons vécu dans la crainte que cela le reprenne, n'importe où, n'importe quand.

– Pourtant son père nie sa maladie. Proust écrit : « Papa dit à tout le monde que je n'ai rien et que mon asthme est purement imaginaire. »

– On a beaucoup glosé sur la maladie de Marcel. On a dit qu'il exagérait, que c'était psychologique, et que tout était ma faute. Quelle absurdité ! Marcel a continué à être malade après ma disparition. Son mal avait fini par prendre possession de son corps au point de gouverner son existence. Il avait parfois du mal à se remettre de ses crises, et il était grelottant, transpirant, à court d'air. Je vous rappelle que c'est son asthme qui a entraîné sa mort, à cinquante et un ans.

– Je croyais qu'il était mort des conséquences d'une pneumonie ?

– Il avait les poumons en mauvais état à cause de son asthme.

Jeanne, femme et mère de médecin, estimait l'être un peu comme si elle avait acquis leur savoir par osmose. Dès qu'il s'agissait de maladie, elle imposait ses vérités sur un ton d'autorité. Mais Rebecca ne voulait pas se laisser impressionner :

– Ce n'est pas moi qui ai inventé sa réputation de malade imaginaire ! Marcel n'a-t-il pas écrit en toutes lettres : « Je préfère avoir des crises et te plaire que te déplaire et n'en pas avoir », comme s'il avait tout pouvoir sur son corps ?

– Ces insinuations sont pénibles. J'aurais aimé qu'il n'écrive jamais cette phrase qui a été très citée et commentée. Le fait que j'ai été affolée n'a eu aucune incidence sur sa guérison. Malheureusement ! Car il aurait été dans une forme olympique si cela avait été le cas. Qui peut supporter son enfant souffrant ? Personne à ma connaissance.

– Pourtant Marcel semble utiliser sa maladie comme moyen de pression. Peut-être avait-il constaté que vous étiez moins sévère avec lui lorsqu'il se sentait mal ? Il écrit : « La vérité, c'est que, dès que je vais bien, la vie qui me fait aller bien t'exaspérant, tu démolis tout jusqu'à ce que j'aille de nouveau mal. » Et il ajoute : « Il est triste de ne pas avoir à la fois affection et santé. » Cela donne l'impression qu'il n'est mal portant que pour vous faire plaisir, pour que vous puissiez le choyer comme lorsqu'il était petit.

– Vous pensez vraiment que l'on peut choisir de guérir ? Je déteste cette théorie moderne qui insinue que c'est la faute du malade s'il va mal ; il n'a pas su exprimer ses souffrances, il n'a pas su être assez heureux, il s'est laissé aller, il a manqué de volonté. Il a laissé la neurasthénie, la dépression, les virus ou le cancer envahir son corps comme une mauvaise herbe sur un gazon parfaitement sain.

Jeanne laissait exploser sa colère lorsqu'elle se sentait impuissante. Et parce qu'elle vociférait, Rebecca se rendit compte que personne, avant elle, n'avait osé la questionner sur ce sujet sensible de la maladie de son fils. Pour lui laisser le temps de se calmer, elle ouvrit la thèse de Robert Proust sur la chirurgie de l'appareil génital féminin, auquel elle ne comprit pas grand-chose.

Jeanne se pencha sur le livre :

– C'est très ennuyeux. Je n'ai jamais réussi à le finir et je suis sa mère. Ne vous forcez pas, Rebecca.

– Comment Robert était-il avec son frère ?

– Adorable et préoccupé. Évidemment, il n'a pas su le soigner, mais il faut dire qu'il n'y avait rien à faire contre l'asthme à l'époque. Pourtant il a essayé tout ce qui était en son pouvoir pour en venir à bout. Il a été moins interventionniste qu'Adrien, qui se torturait en se demandant à quoi lui servait son métier de médecin s'il ne parvenait pas à guérir son propre fils. Il se sentait impuissant devant la maladie de Marcel et il se l'est reproché un temps avant de l'accuser d'être un patient impossible à guérir, puisqu'il sortait trop, buvait trop, veillait trop tard et n'en faisait qu'à sa tête. Il tenta indirectement d'influer sur son comportement lorsqu'il écrivit *Hygiène du neurasthénique* où il condamnait la vie mondaine, « cause possible du surmènement ». Adrien ajouta en prenant l'exemple de Marcel : « La neurasthénie est souvent la légitime mais regrettable rançon de l'inutilité, de la paresse ou de la vanité. »

– Marcel a-t-il commenté ce livre ? demanda Rebecca.

– Il n'a jamais été publié, mais mon petit loup était très sceptique sur les pouvoirs de la médecine et n'écoutait personne. Il préférait dépenser l'argent qu'il ne gagnait pas, ce qui rendait son père fou de rage.

– Et vous aussi ?

– Qu'il soit dispendieux ? Indéniablement. Quel besoin avait-il de donner des pourboires exorbitants aux serveurs ? Était-ce pour impressionner ses amis ou pour inciter le serveur à bien le placer au restaurant ?

– Vous en faites un être intéressé. Cela ne vous a pas traversé l'esprit qu'il ait pu être altruiste et généreux ?

– Vous n'avez pas à me critiquer, répliqua-t-elle sèchement. J'en ai assez d'être traitée de pingre.

Rebecca s'excusa ; elle ne savait pas pourquoi elle prenait instinctivement la défense de Marcel. Jeanne n'avait certainement rien à se reprocher ; elle avait simplement essayé de l'éduquer.

Mais Jeanne était fatiguée et ne cherchait plus à se battre.

– Au fond, c'est vrai, j'ai été de mauvaise foi, tout le monde le sait ici : j'ai reproché à Marcel son mode de vie, sa dépendance, ses poudres de fumigation qui empestaient et son homosexualité sans jamais le lui dire explicitement car il était sensible et émotif. Mais il savait ce que je pensais.

Jeanne prit son ouvrage, décidée à ne plus parler de son fils, ni de sa maladie, car cela l'affectait beaucoup.

Rebecca quitta la pièce pour laisser Jeanne tranquille et elle déambula jusqu'à une chambre à coucher tendue d'une toile de Jouy bordeaux dans laquelle Amalia Freud était couchée sur un lit à baldaquin recouvert d'un damas épais. Malade et fatiguée, elle n'avait plus aucune force et se laissait aller. Ses cheveux défaits s'étalaient sur de nombreux oreillers. Elle fermait les yeux de temps en temps, somnolente et dolente. À son chevet se trouvait Louise Cohen qui lui donnait de l'huile de foie de morue pour la fortifier. Elle semblait prendre plaisir à « jouer à la maman » comme les petites filles avec leurs poupées. Et Amalia était une patiente admirable, puisqu'elle avait l'habitude de s'aliter souvent. Huit accouchements suffisent à vous affaiblir.

Rebecca s'éloigna sur la pointe des pieds, ne voulant pas les déranger. Elle avait l'impression d'être dans un des films de Woody Allen avec ses personnages névrosés, infantiles, narcissiques et obsédés par la maladie. Elle passa en revue tous les héros du cinéaste. Il y a Mickey, dans *Hannah et ses sœurs*, producteur d'émissions de radio, déprimé chronique, qui pense se suicider lorsque surgit le moindre bobo. Puis il croit avoir une tumeur au cerveau. C'est la panique. Mais, en apprenant qu'il n'est pas atteint, Mickey éprouve d'abord de l'euphorie avant de retomber dans la neurasthénie la plus totale, puisqu'il ne peut plus mettre un nom sur son angoisse existentielle. Pis encore, il sait maintenant qu'il peut tomber mortellement malade. L'attente et l'incertitude de la mort lui font plus peur que le plus terrible des maux. Dans *Broadway Danny Rose*, Danny, imprésario d'artistes improbables, est hypocondriaque et a peur de la nature, de l'eau et de la mort. Dans *Hollywood Ending*, Val Waxman, un réalisateur qui a connu son heure de gloire dans les années 1980, a fini par filmer de simples spots publicitaires. À Hollywood, certains le traitent de maniaque, tandis que d'autres le considèrent comme un fauteur de troubles, un nombriliste et un incurable hypocondriaque. Encore un ! Sans parler de Ike, dans *Manhattan*, pour lequel tout est source de cancer et du héros de *Whatever Works*, un physicien russe qui rate son mariage, son prix Nobel et même son suicide. Tous ses héros peuvent tenir les propos de Tolstoï que Woody Allen cite d'ailleurs dans *Hannah et ses sœurs* : « La seule vérité absolue qui peut atteindre l'homme, c'est que la vie n'a pas de sens. » Ce qui n'empêche pas Woody Allen d'avoir peur de tout, car il ne sort pas sans une boîte remplie de pilules pour son cœur, ses artères, son ulcère, ses angoisses... Il a cessé de manger de la viande rouge, terrifié à l'idée de devenir cardiaque. Il n'achète pas une chemise sans consulter son psy. Et dans l'interview qu'il a donnée à Eric Lax, Woody Allen avoue qu'il se sent déprimé « comme si la lampe témoin était toujours allumée ».

Louise fit signe à Rebecca de s'asseoir à côté du lit où se reposait Amalia.

– Comment vous sentez-vous ? se sentit obligée de demander Rebecca.

– Pas si mal, comme toujours. Figurez-vous que je n'ai jamais eu le droit de me plaindre car Sigi détestait que je sois malade.

– Parce qu'il ne l'était jamais, sauf à la fin avec son horrible cancer à la mâchoire.

– Je ne sais pas ce qu'il vous faut ! Il souffrait de dépressions, de fatigue et d'apathie, qu'il a su, non pas guérir, mais gérer grâce à son autoanalyse. Je crois qu'il était son patient le plus important. Lorsqu'il a travaillé sur la cocaïne, il a affirmé que cela lui procurait une énergie et une euphorie qui « chez une personne en bonne santé n'est autre que l'état normal d'un cortex cérébral bien nourri ». Il ne se jugeait donc pas bien portant.

– Votre fils se droguait ? s'indigna Rebecca.

– Cela a été une histoire douloureuse.

– J'imagine !

– Vous n'imaginez rien du tout.

Amalia se redressa d'un bond. Elle avait tout oublié de sa fragilité momentanée. Et c'est en robe de chambre qu'elle défendit son fils adoré.

– La cocaïne, à l'époque, n'était pas illégale, elle était méconnue et considérée comme un stimulant du système nerveux. Je vous signale qu'il y avait de la cocaïne dans le Coca Cola jusqu'en 1903. Et c'est un article du Dr Aschenbrandt, en 1883, qui a éveillé la curiosité de mon remarquable Sigi. Il expliquait que les soldats bavarois, à qui était distribuée cette plante miraculeuse, étaient nettement plus résistants que les autres. Il s'en procura et observa qu'il devenait insensible à la fatigue, à la faim et à la douleur. Il espéra que cette découverte lui apporterait gloire et fortune, ce dont il avait besoin pour se fiancer à Martha. Il dut attendre quatre ans. Mais ce n'est pas l'histoire dont nous parlons.

– Il est devenu dépendant ? Je n'en reviens pas !

– Pas du tout. Persuadé que cette drogue ne provoquait aucune accoutumance, il en a donné à Martha et l'a conseillée à tous ses proches. On l'a traité de charlatan. Et l'ophtalmologue, à qui il en avait parlé, qui l'utilisa pour l'anesthésie locale des yeux. Carl Koller a recueilli tous les lauriers possibles pour le développement thérapeutique de la cocaïne.

— Ah ! C'est une blessure d'amour-propre.

— Non, le pire pour lui a été de perdre son ami Fleischl, à qui il avait donné de la cocaïne pour le guérir de sa morphinomanie. Son état se détériora et Fleischl augmenta les doses de cocaïne sans jamais vaincre sa douleur. Il en est mort. Sigmund se sentit coupable et cette catastrophe a affecté sa carrière.

— Il est resté déprimé longtemps ?

— Il l'a toujours été. Vous savez, Sigmund était spécial. Il fallait qu'il maîtrise tout, du détail le plus insignifiant — l'utilisation d'une certaine tasse à café par exemple — au travail, exagérément important pour lui, qui l'obligeait à tenir des rituels d'horaires immuables. Tout événement inattendu était source de malaise. Il était angoissé par tout un tas de choses.

Assise devant le bureau de l'autre côté de la chambre, Jeanne, qui avait écouté silencieusement la conversation, intervint :

— Sigmund n'était pas vraiment malade, il vivait normalement, alors que Marcel devait rester cloîtré dans sa chambre, loin des fleurs, de la poussière, des microbes.

— C'est que Sigmund a dominé son mal ! rétorqua Amalia. Ainsi, sujet à des migraines incessantes, il a expliqué que, plutôt que de combattre la douleur, il cherchait à s'identifier à elle pour qu'elle plane au-dessus de lui. Un jour, alors qu'il avait une sciatique et qu'il vit sa barbe en désordre dans le miroir, il fut horrifié de s'être laissé aller et décida de renoncer au luxe d'être malade et de retrouver l'apparence d'un homme civilisé.

– Mais en matière de volonté, on ne peut pas dire que Marcel en manquait ! Comment sinon aurait-il écrit *La Recherche*, affaibli comme il l'était ?

Comme Amalia était debout, revigorée par les attaques contre son fils, Louise en profita pour tapoter les coussins et refaire le lit en chantonnant.

– Albert Cohen, lui, au moins, avait une bonne santé.

Rebecca l'espérait, car elle était à la fois découragée et fatiguée par Jeanne et Amalia, qui rivalisaient d'importance à propos de la gravité du mal dont leur fils était atteint.

– Abominable au contraire.

Louise s'assit sur le lit qu'elle venait de faire et croisa ses jambes, prête à détailler les malheurs physiques d'Albert. Pourquoi pensaient-elles toutes que la maladie de leurs fils les valorisait ?

– J'ai été témoin de sa santé déplorable lorsque sa femme Élisabeth habitait chez nous à Marseille et attendait qu'il gagne suffisamment d'argent pour le rejoindre à Alexandrie. Elle m'a montré les lettres déchirantes qu'Albert lui envoyait : il était brisé et déprimé.

– C'est normal qu'il ait été souffrant à ce moment-là, loin et seul, il y avait de quoi avoir le cafard. Il n'avait pas de maladie chronique comme Marcel.

– Et comme Sigmund, ajouta Amalia.

– Albert a souffert de dépression nerveuse, d'insomnie et d'angoisse toute sa vie, déclara Louise, comme si l'honneur de son fils était en jeu. Étudiant, il souffrait déjà d'obsessions bizarres. L'une d'elles lui défendait de mâcher ses aliments ; il ne pouvait se nourrir que de purées et de liquides. Il ne voulait pas se servir de ses mâchoires, comme si mâcher était aussi terrible que de tuer quelqu'un.

– Voilà un cas intéressant pour Freud, dit Rebecca. Je me demande ce qu'il aurait pensé de cette frayeur particulière.

– Oh, il y aurait vu l'influence délétère de sa mère, répliqua Amalia, qui s'était entre-temps rhabillée et maquillée.

– J'étais affolée, se souvint Louise.

– Je me suis inquiétée pour Marcel, plus encore que vous pour Albert, dit Jeanne.

– Qu'est-ce que vous en savez ? Albert était aussi asthmatique que Marcel, et dépressif en plus. Jusqu'à sa mort, il a eu des périodes qu'il appelait ses « séries noires ». Sa fille, qui a écrit *Le Livre de mon père*, raconte que, pendant les longs mois où il n'écrivait pas, il s'isolait dans sa chambre, ne voyant personne, ni sa femme ni elle-même. Elles lui parlaient derrière la porte et y déposaient ses repas sur un plateau.

– J'imagine qu'il est normal de s'inquiéter pour ses enfants, même de façon démesurée, dit Rebecca. On s'est donné tant de mal pour qu'ils soient heureux.

Louise Cohen observa que Philip Roth avait fait une description désopilante de Sophie Portnoy qui était effrayée par les symptômes anormaux qu'elle avait diagnostiqués chez Alex.

– Je vous lis un extrait, dit Louise en sortant de sa poche un exemplaire de *Portnoy et son complexe* : « Ouvre la bouche, pourquoi as-tu la gorge rouge ? Est-ce une migraine dont tu ne m'as pas parlé ? Tu as le cou raide ? Alors pourquoi le bouges-tu comme ça ? Tu manges comme si tu avais mal au cœur ; as-tu mal au cœur ? (…) Tu as mal à la gorge n'est-ce pas ? » Et cela continue…

– En ce qui concerne Marcel, je n'ai rien inventé.

Jeanne se sentit agressée comme si l'évocation de la caricaturale Sophie Portnoy constituait une critique personnelle de son attitude envers Marcel.

Tous avaient été « malades » : Marcel Prout, asthmatique, Woody Allen, névrosé, Romain Gary déprimé, Freud, neurasthénique et Cohen, angoissé, insomniaque et obsessionnel. Nathan ne l'avait jamais été. Rebecca détestait qu'il soit en mauvaise santé, contrairement aux autres. Ce n'était pas de la bienveillance, c'est juste qu'elle n'aurait pas supporté qu'il se plaigne. Le moindre de ses gémissements était un affront personnel, comme si la douleur qu'il ressentait était la preuve de son incapacité à être une bonne mère.

Pourquoi tous ces génies étaient-ils malades ? Les mères étaient-elles partiellement responsables ? Était-ce d'origine psychologique ? Mina, narcissique comme d'habitude, était persuadée que tout était sa faute, même la dépression de Romain.

– Nous avons une influence, mais il ne faudrait tout de même pas vous vanter d'avoir tous les pouvoirs, dit Rebecca.

– Pourtant Romain s'inquiétait pour moi parce que j'étais diabétique et que je risquais de mourir faute d'insuline. Alors il me protégeait. Ainsi, les rôles s'étaient inversés : il s'occupait de moi comme d'un enfant.

– Ce n'est pas pour autant qu'il est devenu dépressif.

– Les rares fois où je l'ai vu malade, il s'efforçait de l'ignorer pour ne pas m'angoisser. Et cela lui est resté. Lesley Blanch, sa première femme, raconte qu'un jour, en proie à une rage de dents, elle lui demanda ce qu'il comptait faire, et il répliqua : « Ça m'est égal. Je me déteste tellement que j'accepte douleur et malheur. » N'est-ce pas effrayant ? Pourquoi se détestait-il tant ? Je lui ai donné confiance en lui, mais aucune indulgence envers lui-même.

– Je pense que personne n'est vraiment en bonne santé, remarqua Amalia.

– Je n'ai jamais été malade, affirma Rebecca fièrement.

– Et ça vous a servi à quoi ? Vous êtes morte à trente-huit ans, alors que moi, j'ai été malade… jusqu'à quatre-vingt-quinze ans, rétorqua Amalia.

La conversation s'était poursuivie dans le salon où Minnie Marx apparut avec un plateau rempli de vin et de victuailles, déclarant que personne n'avait jamais été malade chez elle, ni elle ni ses fils.

– Être la mère de cinq fils était si difficile que je n'aurais pas pu m'occuper de l'un d'entre eux, comme Jeanne qui était à l'écoute de Marcel en permanence. Du coup, ils ont coupé le cordon.

– Vous voulez dire que les autres sont malades exprès, pour rester dépendants de leur mère ?

– Mais c'est l'inverse ! répliqua Jeanne avec humeur. Les enfants font tout pour nous échapper. Dès la naissance, on sait qu'on les a perdus, et chaque étape de leur vie vient nous le confirmer.

– Croyez-vous ? Vous leur avez refusé le droit d'exister sauf s'ils acceptaient d'être une projection de vous-mêmes ou de vivre sous votre contrôle. S'ils faisaient mine de s'affranchir, vous vous affoliez, les préférant en mauvaise santé. Marcel l'avait compris, dit Rebecca.

Cela provoqua un tollé.

– Comment osez-vous dire cela ? s'indigna Amalia.

Jeanne aussi regarda Rebecca avec dureté : elle exagérait. Elle était indéfendable. Elle ne méritait pas leur affection. Quitte à être mal vue, Rebecca cita Portnoy, cet adolescent en totale rébellion contre sa mère : « Ma bite était tout ce que je pouvais considérer comme vraiment à moi. »

– Et je peux le comprendre, ajouta-t-elle.

Consciente d'avoir été trop loin dans ses critiques envers ces femmes qui tenaient à avoir toujours raison, Rebecca s'enfuit et découvrit une pièce contemporaine : murs blancs, meubles bas, peu de couleurs, style épuré très loin de cette mode de la fin du XIXe aussi étouffante que sinistre. Elle appela Pauline Einstein, qu'elle devinait son alliée, son amie, puisqu'elle savait mieux qu'elle combien les autres mères pouvaient être éprouvantes. Et lorsque Pauline parut, elle lui parla de décoration avec le sentiment tenace d'être bas-bleu et vaguement ennuyeuse. Elle parlait pour oublier ses soucis, pour faire le vide et tâcher de ne pas se laisser aller à sa terreur de rester seule pour l'éternité. Elle se lamentait, et Pauline l'écouta avec bienveillance.

– Venez, on y retourne, lui dit-elle.

Pour la première fois depuis que Rebecca était arrivée au paradis des mères juives, il n'y avait pas un bruit dans le salon où elles étaient réunies. Rebecca fit le tour de la pièce : Jeanne lisait, Louise cousait, Minnie semblait endormie, les mains croisées sur son ventre, Amalia se maquillait, Mina essayait différents chapeaux. Elles ne parlaient pas. Pauline Einstein entra dans la pièce et toussa pour signaler sa présence.

– Pauline ? dit Minnie timidement.

Amalia se jeta dans ses bras.
– Comme vous nous avez manqué !
Et ce fut un brouhaha. On entendait des éclats de voix, des exclamations heureuses, des cris de joie et de surprise. Tout le monde parlait en même temps. Cette confusion permit à Pauline d'observer ses vieilles amies qui n'avaient que peu changé. Si Minnie avait rajeuni et Jeanne vieilli, Louise ne bougeait pas.

Rebecca demanda l'origine de leur brouille. Personne ne lui répondit. Pis, elles continuaient à se parler comme si elle n'existait pas. Étaient-elles blessées par ses propos qu'elles avaient jugés aussi déplacés que malfaisants ? Ou était-ce l'arrivée de Pauline qui avait modifié son statut ? Serait-elle renvoyée de ce club fermé ?

– Pardon Pauline, couina Minnie en une sorte d'aboiement contrarié.
– J'ai été trop susceptible, dit Pauline gentiment.
– En tout cas trop longtemps.
– Ici le temps passe vite, répliqua Pauline.
– Pas tant que ça, s'inquiéta Rebecca, en faisant référence au temps infini dont elle allait disposer et semble-t-il occuper à jouer éternellement au concours de fils.
– Mais, lorsque vous étiez en vie, est-ce que vous ne répétiez pas toujours les mêmes choses ? remarqua Jeanne. Est-ce que vous ne pensiez pas toujours plus ou moins de la même manière ? Est-ce que vous ne voyiez pas les mêmes gens, a priori ceux avec lesquels vous vous entendiez bien ? Vous ne sortiez pas de vous-même. Même si vous évoluiez un peu, cela restait infiniment monotone. Comme ici.
– Sauf qu'ici, on n'est pas obligés de rester entre nous, dit Minnie en regardant fixement Rebecca.

Minnie et Pauline, les deux Allemandes, s'embrassèrent à nouveau. Minnie en pleura d'émotion.

– Je n'aurais jamais dû insinuer qu'Albert, le grand Einstein, n'aurait pas réussi sans sa femme. D'autant que vous détestiez Mileva et que je n'avais aucune preuve.

– C'est donc pour ça que vous vous êtes fâchées ! s'exclama Rebecca.

Minnie lui fit signe de se taire : pas question de prendre le risque d'un nouveau départ de Pauline. Elle en avait assez souffert la première fois.

– J'ai bien réfléchi, répliqua Pauline. C'est la faute d'Albert si l'on a surestimé le rôle de Mileva. Dans ses lettres, il l'associe à son travail scientifique : « notre théorie des forces moléculaires », écrit-il avec ce pronom possessif fautif. « Comme nous serons fiers et heureux lorsque nous aurons réussi ensemble notre travail sur la théorie de la relativité. »

– Elle était mathématicienne ? demanda Rebecca.

– Excellente, une des rares femmes de son temps à avoir été admise à l'École polytechnique de Zurich. Mais Albert réussit brillamment tous ses examens alors qu'elle échoua et laissa tomber ses études. Pourtant, il n'était pas envisageable pour cette ambitieuse de laisser tomber sans prendre sa revanche. Et elle a alors essayé de se mesurer à Albert, de devenir son égale.

– Elle l'a été ?

– Si l'on veut. Mais personne n'a jamais entendu parler d'un article scientifique publié par Mileva après son divorce.

– Il y eut le drame de Lieserl, leur petite fille. Vous avez su finalement ce qui s'était passé ? demanda Jeanne.

— Lieserl, la pauvre enfant, naquit en Serbie en 1902 et disparut en 1903, chuchota Minnie à l'oreille de Rebecca pour la tenir au courant.

— Je ne l'ai jamais vue, et Albert ne m'en a jamais parlé. N'étant pas encore mariée, Mileva partit chez ses parents pour accoucher secrètement ; un enfant illégitime pouvait nuire à la carrière d'Albert. Personne ne sut ce qui s'était passé : Lieserl a-t-elle été confiée à un orphelinat ? Est-elle morte à la suite d'une scarlatine ? Les rumeurs ont circulé sur le fait qu'elle était née handicapée mentale. Oh ! ma belle-fille ! Quel poison, cette Serbe boiteuse ! Dieu sait ce qu'elle a fait !

Et c'est alors que, pour tenter d'égayer cette assemblée de femmes en deuil d'un bébé mort en 1903 que personne n'avait connu, Rebecca proposa de raconter la vie amoureuse de Nathan.

— Comment avez-vous pu nous cacher cela ? s'écria Jeanne.

Comment expliquer à ces mères obsessionnelles qu'il lui était difficile de tout commenter, exposer, expliquer, disséquer, analyser... Même si Rebecca se donnait du mal pour leur plaire, elle avait parfois l'impression d'être entrée dans une secte. Elle l'acceptait car elle aimait leur compagnie, et, qui sait, peut-être prendrait-elle bientôt le même plaisir que les autres à tout détailler de la vie de Nathan ?

11

Et leur vie amoureuse ?

> « Je ne suis qu'un fils. Jamais je ne saurai être un père ou un mari. »
>
> Albert Cohen

> « Avec l'amour maternel, la vie vous fait une promesse qu'elle ne tient jamais. »
>
> Romain Gary

> « L'amour n'est entretenu que par l'anxiété douloureuse. »
>
> Marcel Proust

Comment voit-on, sans doute aucun, que quelqu'un est amoureux ? Il est différent, il rayonne, il semble présent alors que l'on sait qu'il brûle de l'intérieur. Il paraît successivement calme puis agité sans que cela corresponde aux événements qu'il subit presque à regret. Sa vie, aussi banale que d'ordinaire, le passionne soudain. Pourtant, il n'écoute plus rien de ce qui se dit. Il a du mal à faire attention. Sa parole devient hésitante car il suit un dialogue imaginaire mouvementé entre lui-même et l'autre, l'aimé, dont il se demande sans cesse ce qu'il pourrait penser, réagir, dire ou faire... Comme un schizophrène, l'amoureux vit dans deux temporalités différentes.

Nathan n'avait pas dérogé à la règle. Rebecca avait tout de suite vu que son fils était en proie à la passion la plus intense, même s'il ne lui en avait pas parlé. Elle n'avait pas osé le questionner, et s'était renseignée sur l'élue. Elle était un peu honteuse de son indiscrétion mais elle ne regrettait pas sa curiosité. Qu'aurait-elle fait s'il y avait eu lieu de s'inquiéter ? Elle n'en savait rien, puisqu'elle était morte peu après sans savoir grand-chose d'Eva.

– Qui est-elle ? demanda Minnie Marx.
– Est-elle juive ? questionna Pauline Einstein.
– Est-elle belle ? dit Amalia Freud.
– Élégante ? interrogea Jeanne Proust.

Chacune d'entre elles avait un critère personnel et une histoire différente avec leurs belles-filles, ce qui excita la curiosité de Rebecca. Les voyaient-elles souvent ? Les évitaient-elles ? Les aimaient-elles ? Les jalousaient-elles ? Les questions de Rebecca étaient infinies... Elle ne savait pas comment elle se serait comportée. Aurait-elle joué à la meilleure amie, complice et amicale ? Aurait-elle parlé ouvertement de Nathan ou au contraire se serait-elle effacée pour sauvegarder son intimité ? Se serait-elle mêlée de leur histoire ? Aurait-elle donné tout un tas de conseils inutiles ou laissé sa bru gérer sa vie et celle de sa famille ? Impossible de savoir. La belle-fille idéale existe-t-elle ? Comment ces mères si possessives avaient-elles réagi ? Elle se tourna vers Pauline Einstein.

– Mileva savait-elle que vous ne l'appréciiez pas ?
– Évidemment. Je n'en ai fait aucun mystère. Et j'ai découvert, lorsque j'ai écrit à ses parents, qu'eux non plus n'étaient pas heureux de cette liaison.

– Et ils se sont mariés malgré tout ?

– Oui, mais ce mariage était condamné dès le départ. Après la réception, lorsqu'ils arrivèrent chez eux, dans leur appartement à Berne, Albert avait oublié ses clefs. N'est-ce pas un signe de résistance à la vie en commun ? Un acte manqué, comme aurait dit Sigmund ?

– Peut-être était-il distrait ?

– Certes, répliqua Pauline avec un mouvement d'humeur.

Rebecca allait-elle encore se mettre quelqu'un à dos en étant trop directe, trop critique ? Devait-elle cesser de les interroger parce qu'elles étaient susceptibles ? Devait-elle se retenir de dire ce qu'elle pensait ? Mais elle ne saurait jamais rien d'Albert Einstein et de ses amours si elle n'insistait pas.

– Vous vous entendiez mieux avec la deuxième femme d'Albert ?

– Elsa, un amour ! dit Pauline avec un grand sourire. Elle faisait partie de la famille : son père était un cousin d'Hermann, et surtout elle était ma nièce chérie, la fille de ma sœur.

– Ils étaient cousins germains ? s'étrangla Rebecca.

– Je l'aimais presque autant que ma propre fille. C'était un ange, dit Pauline, perdue dans ses souvenirs.

– Et leur mariage fut heureux ?

– Peut-être, mais Albert était difficile et le cocon bourgeois qu'elle avait confectionné avec goût flottait sur lui comme un vêtement informe. Il était perpétuellement absent, dans ses chiffres. J'ai plaint sa femme.

C'est alors que Jeanne changea brusquement de sujet au risque de froisser Pauline.

– Rebecca, vous ne voulez pas nous raconter l'histoire de Nathan ?

– C'est vrai, qui donc est son amoureuse ? renchérit Pauline, pour signifier à Jeanne qu'elle ne lui en tenait pas rigueur.

Quelle différence entre Pauline Einstein et Jeanne Proust ! Avant de les connaître, Rebecca se serait trompée sur leur compte. Pauline l'aurait intimidée avec son air sévère alors qu'elle était avant tout maternelle et protectrice. Simplement, sa vie rude avait déteint sur ses traits et elle s'était laissé épaissir avec les années. Et elle se serait sentie proche de Jeanne Proust, cultivée et distrayante, sans se douter qu'elle était – en fait – intraitable. Son acuité la faisait juger sans ménagement les êtres qui l'entouraient et sa courtoisie laissait croire, parfois à tort, que vous comptiez pour elle et qu'elle vous appréciait. Mais l'une comme l'autre semblaient s'intéresser à Nathan comme l'un des leurs. Rebecca se sentit donc acceptée.

– Eva a l'âge de Nathan. Elle étudie dans une école de commerce, et se passionne pour la finance, les fusions-acquisitions, les affaires… Elle a la réputation d'être intelligente, indépendante, joyeuse, énergique et j'ai entendu dire qu'elle adorait mon Nathan. Je ne m'attendais pas à être aussi heureuse pour lui.

– Vous ne savez même pas si elle est juive, dit Pauline.

– Cela m'est parfaitement égal.

Pauline Einstein aimait Elsa parce qu'elle était de sa famille, mais détestait l'étrangère. Exactement comme Mrs Millestein, dans *Œdipus Wrecks* de Woody Allen, qui ne supporte pas la petite amie de son fils parce qu'elle n'est pas juive et qu'elle la juge incapable de s'occuper de son chéri. Elle leur rend la vie impossible, jusqu'à ce qu'une gentille fille juive la remplace. Alors, elle change radicalement et devient charmante avec sa future belle-fille car elles s'extasient ensemble devant les photos de Sheldon : de sa naissance à l'âge de sa première moustache, elle n'a cessé de l'immortaliser. Exclu de leur conversation, le fils adoré n'a rien à faire dans ce salon où, paradoxalement, il n'est question que de lui. Sa mère se pâme devant sa beauté à cinq ans, mais elle le critique et l'humilie constamment. Qu'il ait réussi brillamment sa carrière d'avocat ne change rien. Elle le traite mal, mais elle aime contempler ses portraits, qui n'ont que peu de rapport avec la réalité.

— N'est-ce pas la définition même de l'amour ? dit Pauline. Est-ce qu'on ne tombe pas amoureux de l'idée de quelqu'un qu'on ne connaît pas ? C'est bien ce que pense Marcel, n'est-ce pas Jeanne ?

Jeanne grommela car elle n'avait pas envie de parler de la vie amoureuse de son fils. Et c'était bien la première fois qu'elle évitait le sujet de Marcel. Elle préféra s'étendre sur Eva, qu'elle désapprouvait.

— Vous ne connaissez même pas son nom. Si ça se trouve, elle est arriviste, ambitieuse et égoïste. Nathan n'aurait-il pas besoin d'une femme plus lascive et voluptueuse ?

— Pourquoi êtes-vous aussi pessimiste ? S'il l'a choisie, c'est qu'elle lui convient. J'aime imaginer qu'ils ont une grande complicité et qu'ils se complètent, s'amusent et se respectent.

Rien ne pouvait ébranler l'optimisme de Rebecca. Elle, qui avait commencé son séjour dans ce paradis désespérée par la nonchalance de Nathan, avait appris à lui faire confiance, grâce aux interminables discussions qu'elle avait eues avec les autres. Elle était désormais persuadée qu'il serait heureux et que sa femme l'aimerait…

– Vous croyez donc aux contes de fées ? demanda Pauline incrédule.

– Qu'est-ce qui vous prend d'être aussi sûre de vous ? dit Jeanne presque en même temps.

Rebecca se souvint comme un flash de son fils qui, un soir, alors qu'elle rentrait, était assis sur une chaise dans sa chambre et s'étirait, les jambes étendues, les bras au-dessus de la tête. Il riait, souriait, badinait, simplement heureux. Sa voix chaude l'avait transportée plus encore que si un amant lui avait chuchoté des mots tendres après l'amour. Elle était béate d'admiration devant lui.

– Mais tout de même, insista Pauline, vous ne pouvez pas vous réjouir qu'il fréquente une *goy* !

– Il ne serait pas le seul, dit Louise. Albert avait lui aussi une fascination pour elles. Ce n'est pas un hasard si son héros, Solal, cherche à séduire les Adrienne, Aude et autres Ariane, qui sont toutes de magnifiques créatures élégantes, cultivées et raffinées alors que les femmes juives sont toutes décrites comme laides et grosses.

Louise Cohen évoquait Philip Roth dès qu'elle en avait l'occasion parce qu'elle reconnaissait en lui les préoccupations d'Albert concernant les femmes et le judaïsme.

– Portnoy couchait compulsivement avec des *wasp*[1], pour conquérir l'Amérique, exactement comme un jeune homme préférerait une maîtresse locale pour apprendre sa langue plutôt que d'étudier dans un livre de grammaire.

– Il est criminel de ne pas rester fidèle à ses origines, s'enflamma Pauline Einstein. Il s'agit de la survie de notre peuple.

---

1. White Anglo-Saxon Protestant (BCBG).

Plutôt que de répondre à Pauline et de défendre Nathan, Rebecca décida de s'intéresser à la vie amoureuse d'Albert Cohen.

La fraîcheur de l'air les surprit lorsqu'elles sortirent dans le jardin. C'était un carré entouré de murs crénelés où les quatre saisons étaient présentes : au nord, des arbres nus et secs, au sud, un foisonnement d'arbres fruitiers, à l'est, un parterre de feuilles couleur d'automne, à l'ouest, des roses de printemps. Et, au milieu, il y avait un labyrinthe de plantes et de fleurs, d'herbes et de feuillages, qui rappela à Rebecca le *Roman de la rose* où la rose incarne la femme aimée par le poète qui va s'efforcer de la mériter par un épineux apprentissage de l'amour.

Des coussins ayant été posés sur l'herbe fraîchement coupée, Rebecca s'y installa avec les autres, formant un cercle.

– On ne peut pas choisir pour nos fils, dit Rebecca. Il y a des limites à l'intrusion maternelle. Vous m'accorderez que, sur ce point, ils sont libres.

– Albert l'a été, dit Louise. Sa première femme, Élisabeth Brocher, était la fille d'un pasteur protestant. Elle est morte trop tôt d'un cancer du système lymphatique. Je m'entendais bien avec elle, mais j'essayais de rester discrète, même lorsqu'elle habitait chez moi. Je n'ai jamais parlé d'Albert. Cela m'aurait paru inconvenant.

– Il a eu combien de femmes ?

– Trois. Après Élisabeth, il y eut Marianne Gross dont il divorça, puis Bella Berkovitch. Seule la dernière était juive. Il l'a épousée après ma mort. Et il a fini par trouver le bonheur. Il a déclaré lors de son dernier interview : « J'ai quatre-vingt-cinq ans et je vais mourir bientôt. Mais je suis heureux d'aimer ma femme en ma vieillesse et d'être aimé par elle en ma vieillesse, et seul cet amour donné et reçu m'importe. » Il a aimé Bella, à laquelle il a dédié *Belle du Seigneur*.

Dans les jardins du Moyen Âge, l'amant devait conquérir l'élue de son cœur, parée de toutes les vertus. L'amour était exclusif et indiscutable. Peu importait aux amoureux, seuls au monde, enfermés dans leur passion, d'être bien vus de leurs parents ! A priori, on ne pense à personne lorsqu'on tombe amoureux, pas même à sa mère.

Mina avoua avoir été autoritaire, même sur le chapitre amoureux. Il faut dire que Romain avait trouvé *la* femme idéale. C'était Ilona, celle dont il parlait dans *La Promesse de l'aube* et qu'elle appréciait beaucoup.

– On se comprenait. Nous venions du même coin, enfin pas très loin. Elle était hongroise, les yeux verts, juive, cultivée et aisée et elle avait quatre ans de plus que Romain. Il l'aimait à la folie et il était infiniment plus amoureux qu'elle au point qu'il la demanda en mariage avant qu'elle ne rentre chez ses parents pour les vacances de Noël. Elle n'est jamais revenue. Pis encore, il n'en a plus entendu parler, jusqu'en 1960 : il apprit alors qu'elle était devenue folle. Enfermée dans un asile psychiatrique pendant le reste de sa vie.

– Il l'a échappé belle, dit Rebecca.

– Toujours est-il que c'est à partir de ce moment-là qu'il a multiplié les conquêtes, dit Mina.

– Vous adoriez qu'il soit un séducteur, non ?

– Évidemment. Les succès féminins sont un des aspects essentiels de la réussite. Romain écrit d'ailleurs que cela va de pair avec « les honneurs officiels, les décorations, les grands uniformes, le champagne, les réceptions à l'ambassade… » Il avait raison.

– Mes fils aussi multipliaient les conquêtes, en particulier Chico, raconta Minnie. Non pas que je l'aie particulièrement poussé mais il lui suffisait de sourire pour emballer les filles. Et c'était un amateur compulsif. Groucho l'enviait.

– Il devait être plus timide, dit Rebecca.

– Groucho a écrit une autobiographie dont le titre : *Mémoires d'un amant lamentable* vous donne l'idée qu'il se faisait de lui-même. Je crois qu'il n'a jamais été heureux en amour, et ce n'est pas faute d'avoir essayé : il s'est marié trois fois.

– Comment étaient ses femmes ?

– Je ne les ai jamais critiquées, mais je préférais les voir le moins possible.

– Diviser pour mieux régner, peut-être est-ce cela que vous cherchiez, Mina comme Minnie ? C'est un moyen de ne jamais perdre vos fils. Vous restez la plus importante, la seule, l'unique, osa Rebecca.

– Je ne comprends pas, dit Mina avec toute la mauvaise foi dont elle était capable.

– Moi non plus, déclara Minnie. Tout ce que j'ai voulu de mes fils, c'étaient des petits-enfants.

– Classique. Étiez-vous comme les parents d'Alex Portnoy ?

Ce livre de Philip Roth devenait pour Rebecca aussi une référence ultime. Le jeune héros, trop surveillé, n'avait qu'une idée en tête : fuir cette famille de névrosés. Entre une mère castratrice et hystérique et un père coincé et littéralement constipé, il tient à découvrir le monde, c'est-à-dire un autre quartier que le New Jersey où tous se ressemblent. Il cherche donc des *shiksa*, mange de la nourriture défendue, se masturbe constamment et peine à trouver la liberté tant désirée. Car sa famille lui reproche tout, notamment son célibat considéré comme de l'égoïsme. Il n'a aucune autre raison de ne pas contenter ses parents qui sont « des gens si merveilleux » et qui ont tout fait pour lui. Pourquoi ne leur donne-t-il pas des petits-enfants ? Pourquoi n'a-t-il pas une fille sérieuse en vue, lui demande son père à chacune de leurs rencontres, en lui rappelant qu'il ne va pas vivre éternellement... Il aimerait connaître ses petits-enfants : au cas où il l'oublierait, il porte son nom de famille.

– Étiez-vous aussi culpabilisatrice ?

– Peut-être, répliqua Minnie en riant, mais jamais aussi caricaturale.

Vouloir une descendance, vouloir que sa famille se perpétue, n'était-ce pas là encore une réaction égocentrique ? Et ce d'autant plus si, tout en réclamant des petits-enfants, elles préféraient éviter la femme, rivale insupportable.

– Il devait vous être pénible de penser qu'ils étaient béats devant leur femme, loin de vous, dit Rebecca.

– Comment auraient-ils pu nous remplacer ? s'exclama Minnie.

Personne ne remplace une mère, surtout pas des mères de cette trempe, Rebecca aurait dû s'en douter. En bougonnant, elles se levèrent. Elles préféraient se plaindre des crampes qui les gagnaient à force d'être assises en tailleur sur l'herbe, plutôt que de l'éloignement des enfants lorsqu'ils quittaient le nid. Elles allèrent s'asseoir sous une tonnelle installée dans la partie estivale du jardin. Un arceau de roses les protégeait du soleil. Et, comme dans un tableau de Monet, un bassin de nénuphars reflétait les fleurs.

– Nos fils ne sont jamais vraiment partis, dit Minnie.

– Normal. Seule une mère peut prévoir les moindres désirs de son fils, commenta Mina. Elle seule peut ressentir ses humeurs au moment même où elles apparaissent, le soutenir quel que soit son état, ne jamais perdre confiance en lui, l'aimer sans condition. Est-ce mal ?

– « Ça donne des mauvaises habitudes », dit Rebecca citant Gary. Il ne cache pas que l'amour de sa mère a gâché sa vie amoureuse : « On croit que c'est arrivé. On croit que ça existe ailleurs, que ça peut se retrouver. On compte là-dessus. On regarde, on espère, on attend. » Mais c'est impossible. « Vous passez votre temps à attendre ce que vous avez déjà reçu. »

– Vous croyez qu'il se plaint lorsqu'il écrit cela ? demanda Mina, soudain inquiète.

– Mais qu'est-ce qui vous prend ? s'écria Jeanne Proust. Est-ce que vous auriez pu agir différemment ? Vous étiez dans une situation impossible et vous vous êtes montrée héroïque. Fallait-il vous retenir d'aimer votre fils ? Aurait-il été plus heureux ?

– Je ne sais pas, dit Mina un peu abattue.

– Et puis tout cela est absurde, s'offusqua Jeanne. Comment aurions-nous pu cesser de les aimer ?

Mina s'était rabougrie à la perspective d'avoir pu être nuisible à son fils sans même s'en être rendu compte.

– Vous ne lui avez pas saboté sa vie amoureuse comme vous semblez le croire, dit Rebecca, et pas seulement pour la rassurer. Il vous adorait, vous étiez au centre de ses pensées. Il vous a obéi en devenant écrivain et ambassadeur et il aurait aimé avoir votre approbation. « Si ma mère me voyait là », dit le héros de *Lady L* en admirant l'appartement somptueux dans lequel il se tient. C'est dire !

– Est-ce que, si vous aviez été en vie, vous auriez approuvé son épouse, Lesley ? demanda Jeanne.

– Romain était fasciné par sa liberté, sa culture et son assurance de « grande dame ». Elle avait quarante ans et lui trente. Mais leur mariage était voué à l'échec puisqu'ils vivaient un malentendu ; elle avait une passion pour la Russie, et Romain pour la France. C'est-à-dire qu'ils aimaient chacun un pays imaginaire et fantasmé et pas le même. La Russie de Lesley était faite de passions dévastatrices, de moujiks romantiques, de musique triste, de tissus sombres, de littérature tragique, de nobles seigneurs. Rien de ce qu'a connu Romain qui a fui les pogroms dans une pauvreté bien peu romanesque. Elle a cru épouser un Russe alors qu'il n'aspirait qu'à être français. Et la France de Romain était héroïque, élégante, fière, belle et digne d'être aimée comme une femme alors qu'elle intimidait l'Anglaise qu'était Lesley. Une fois le mythe tombé, Lesley a fini par devenir un substitut de mère, en moins autoritaire. Elle l'a éduqué, c'est avec elle qu'il a appris les bonnes manières pour sortir dans le « grand monde » qu'elle connaissait bien. Elle n'aurait pas dû lui laisser autant de liberté. C'était déraisonnable.

– Peut-être tenait-elle à son indépendance ? Elle n'allait pas commencer une vie de femme au foyer à quarante ans.

– Elle ne s'attendait sûrement pas à ce qu'il ait tant de maîtresses.

– Mais si elle avait aussi des amants, pourquoi se sont-ils quittés ? Ils avaient une vie amusante ensemble, à Londres, Paris, Sofia, Los Angeles.

– L'arrivée de Jean Seberg a tout détruit. Romain a quitté sa « mère » pour sa « fille ».

Le jardin s'assombrit à mesure que le soir tombait. Sous la tonnelle, des lanternes s'allumèrent ainsi que des projecteurs au pied des statues, le long des plantes grimpantes et des bosquets.

— Le premier amour d'Albert Cohen n'était-il pas pour une femme plus âgée, comme Romain ?

— Amélie Costa avait vingt-six ans alors qu'il en avait quinze, dit Louise Cohen. C'était une jolie cantatrice qui sut lui donner une affection protectrice. Albert était jeune et fier de pouvoir se vanter auprès de ses camarades, car elle venait le chercher au lycée en voiture tirée par deux chevaux.

— Je croyais qu'il s'agissait d'une comtesse hongroise ? dit Rebecca.

— Ah ! Vous voulez parler de Béla Fornszek ? C'était une liaison plus sérieuse qu'Amélie, et elle aussi était plus âgée puisqu'elle avait trente-cinq ans lorsqu'elle est tombée amoureuse d'Albert qui en avait vingt. Il se comportait avec elle plus comme un fils que comme un amant et elle l'a traité comme tel : elle l'a aidé à publier ses premiers essais et l'a présenté à des gens importants.

— Exactement comme Romain avec Lesley, n'est-ce pas ? s'émerveilla Mina.

Louise réfléchissait en faisant les cent pas. On voyait bien qu'elle voulait s'exprimer, mais qu'elle prenait son temps. Minnie, Mina, Rebecca, Amalia et Jeanne se regardèrent en silence, attendant avec plus ou moins de patience qu'elle se décide. Louise soupira très fort.

— Si nos fils – tous autant qu'ils sont – ont été attirés par des femmes plus âgées, n'est-ce pas un peu notre faute ? Soit parce qu'ils nous aimaient trop ou pas assez ? C'est pour cela que j'hésitais. On ne peut pas dire qu'ils aient souffert d'un manque affectif.

– Ah non ! s'enflamma Mina.

Rebecca n'osa pas dire ce qu'elle pensait. Elle aurait été bannie à jamais de ce paradis. Car sa théorie (elle en avait toujours une) était que ces femmes n'avaient pas su donner à leur fils l'autonomie suffisante pour qu'ils se sentent adultes. Ils recherchaient tous un regard éperdu d'amour, un miroir qui reflétait leur être magnifié. Ils pouvaient obtenir cela d'une femme plus âgée protectrice, asexuée et fidèle. Rien à voir avec les « ogresses » trop sexuées dont se plaignait Solal qui se réjouissait d'être malade. Car, dès qu'il guérissait, la vie d'amour recommençait, « la prêtresse aux muscles maxillaires remplaçant la gentille mère. Adieu tisanes, chères compresses… ».

– Freud n'est jamais tombé amoureux d'une « vieille », remarqua Rebecca.

– Pensez-vous ! dit Amalia. Lorsque Sigi avait seize ans, nous l'avons envoyé se reposer à Freiberg, sa ville natale, et il s'est amouraché de la mère de Gisela Fluss contrairement à ce qu'il a prétendu. Comme Albert Cohen et Romain Gary, il a voulu une amante mère.

– Mais elle n'est pas devenue sa maîtresse ?

– Détail, répliqua Amalia. Ce qui est important dans cette histoire, c'est sa volonté de cacher l'intérêt qu'il a porté à Éléonore Fluss en se déclarant amoureux de sa fille qui avait seize ans. Éléonore était une intellectuelle, le contraire de moi, une femme au foyer dont il avait honte. J'ai compris.

– Pourquoi êtes-vous si sévère avec vous-même ? Sigmund vous admirait et considérait votre pouvoir comme infini puisqu'il raconte que vous lui aviez démontré, lorsqu'il avait six ans, que l'homme était « fait de terre » et devait retourner à la terre. Pour ce faire, vous vous êtes frotté les mains, paume contre paume, comme si vous fabriquiez des *knödel*[1], et vous lui avez montré les pellicules d'épiderme « qui se détachaient sous l'effet du frottement comme un échantillon de cette terre ». Cela l'a fasciné.

– Peut-être, mais je crois que je n'étais pas la mère qu'il aurait voulu avoir. Il n'a eu de cesse de tomber sous le charme de femmes très différentes de moi.

– Marcel ne m'a jamais remplacée. Mais je dois avouer qu'il était moins compliqué que Sigmund.

– Plus introverti aussi, répliqua Amalia.

– Qu'est-ce que vous voulez dire par là ? Est-ce que vous voulez parler de son homosexualité ? dit Jeanne avec susceptibilité.

– Non, je voulais parler de sa timidité, de sa grande sensibilité. Mais ses tendances sexuelles ne sont un secret pour personne. Vous ne devriez pas en prendre ombrage.

– Ce n'est pas cela qui me chagrine, mais le fait que mon petit loup n'ait jamais été heureux en amour. Marcel savait qu'il fallait me quitter pour aimer quelqu'un d'autre. Et donc prendre le risque d'être lui-même abandonné. Impossible. Il avait trop peur. Il préférait s'accrocher à moi. Il affirme d'ailleurs dans son fameux questionnaire que son plus grand malheur aurait été de ne jamais me connaître.

Amalia Freud était écœurée de la mauvaise foi teintée d'angélisme de Jeanne.

---

1. Boulettes de pommes de terre – spécialité autrichienne.

— Vous l'avez incité à rester dépendant. Il était incapable de supporter une histoire d'amour. Il ne voulait pas risquer de vous déplaire en étant différent de celui que vous vouliez qu'il soit.

— Je ne comprends rien à votre charabia, dit Jeanne furieuse. Que vous me jugiez mauvaise mère, je peux le concevoir, vous ne seriez pas la seule ici. Mais si vous voulez me faire porter la culpabilité de son homosexualité, dites-le franchement. Vous savez, la « race des tantes » est étendue quoique dissimulée. Et je ne parle pas seulement de son œuvre où l'on trouve Vaugoubert, Jupien et Morel, le prince de Foix, tous ceux qui gravitent autour de Charlus, Nissim Bernard, le prince de Guermantes et Saint-Loup... Je vous rappelle qu'il explore longuement l'amour chez les femmes avec Albertine et les jeunes filles de Balbec. Comment peut-on reprocher à une mère d'avoir un enfant inverti ? Elle n'y peut rien.

— Au fond, il me semble que vous vous cachez derrière ses écrits, mais vous n'arrêtiez pas de le surveiller. Il n'avait aucune liberté.

— Il m'avait, moi.

Pauline Einstein était assise dans un coin reculé du jardin. Elle écoutait mais à distance. Étant restée longtemps seule, elle préférait les tête-à-tête. Rebecca la rejoignit.

— Albert n'était pas aussi compliqué que les autres et ce n'est pas uniquement parce qu'il se passionnait pour les équations mathématiques, dit-elle. Il savait profiter de son bonheur, sans être accablé par l'image négative de l'amour que les fils de nos amies partagent tous.

Devant l'étonnement de Rebecca, elle précisa :

– Proust comme Cohen me paraissent pessimistes et torturés. Ils ne croient ni au couple ni à l'amour entre deux êtres, ni même à l'amitié.

Rebecca se souvint des passages si révélateurs de *La Recherche du temps perdu* où l'amour n'est que source de tourments puisqu'il vous fait osciller entre l'ennui et la souffrance, aussi pénibles l'un que l'autre. Les exemples sont aussi nombreux que malheureux : Swann se consume de jalousie pour Odette. Il parle de sa passion comme d'une maladie dont il a bien fallu guérir. Et il finit par avouer avoir gâché sa vie pour une fille « qui n'était même pas son genre ». Pour elle, il change ses goûts, ses amis, ses habitudes. Cela en vaut-il la peine ? Saint-Loup ment à Gilberte, qu'il aime pourtant, et le narrateur a perdu la raison en cherchant à enfermer Albertine. Les seuls heureux sont la marquise de Villeparisis et le marquis de Norpois qu'il évoque beaucoup moins. « Il faudrait choisir, ou de cesser de souffrir ou de cesser d'aimer », écrit Proust.

Petit à petit, le groupe les rejoignit. Une table était dressée pour dîner aux chandelles. Il régnait une atmosphère romantique comme si un filtre d'amour avait été pulvérisé dans les arbres. Louise Cohen voulut parler de *Belle du Seigneur*. Et personne ne l'en empêcha.

– Solal, comme son auteur, veillait à maintenir allumé le feu de la passion. Car l'amour véritable, celui qui se construit et qui dure, est une contradiction dans les termes. Mon fils le dit : « Devenus protocole et politesses rituelles, les mots d'amour glissaient sur la toile cirée de l'habitude. » Solal surnommait Adrien Deume le « mari à laxatif » dans *Belle du Seigneur*. Il n'avait pas une haute idée de l'amour, vous avez raison, Pauline.

— Je ne suis pas d'accord, dit Jeanne. Il se méfiait du couple, mais il prend plaisir à raconter la passion flamboyante de Solal et d'Ariane.

— Leur amour finit mal puisqu'ils se suicident, se désola Louise. « Le délire sublime des débuts » devient une « prison d'amour ». La rencontre, le désir, l'attente, l'exaltation, tout cela ne dure pas. Solal dévoile à Ariane son plan de séduction, en dix étapes. Et elle tombe amoureuse de lui, comme il l'avait prévu et prévenue. C'est un désastre ; il doit maintenir la pression, susciter la jalousie, créer des problèmes pour ne pas sombrer dans la neurasthénie.

— Cohen était un merveilleux peintre de l'amour. Personne ne pourrait dire le contraire, la contredit Jeanne avec fermeté.

Pour la première fois, Jeanne soutenait un autre que Marcel. Serait-elle romantique à ses heures ? se demanda Rebecca. Sans doute car elle défendait l'amour comme le plus sublime des sentiments et s'enflammait à mesure qu'elle parlait. Sa robe était froissée, car dans son emportement, elle ne cessait de la chiffonner.

— Vous parlez de Cohen comme d'un cynique alors que c'est un idéaliste. Tout le début de *Belle du Seigneur* m'a bouleversée. C'est vraiment la plus belle déclaration que j'aie jamais lue, et je l'ai relue une dizaine de fois. Solal veut vivre un amour pur, unique et total avec Ariane, la bien-aimée, qu'il enlève. Il voudrait même qu'elle l'aime « vieux et laid ». Pour cela, il noircit ses deux dents de devant, se déguise en « vieillard édenté » avant de lui déclarer son amour. Il y croit, il fait tout pour y croire. Il espère qu'Ariane sera différente des autres. Il l'aime, il est convaincant, voire admirable. Il a même une seconde d'espoir lorsqu'elle s'approche de lui, mais c'est pour lui jeter une pierre car elle a peur de ce vieillard édenté.

– Et il s'étonne que « deux grammes de dents » conditionnent l'existence d'un grand amour, dit Rebecca. C'est peut-être absurde mais c'est un fait. Est-ce si décevant ? Je me pose la question. À part ses enfants que l'on aime inconditionnellement, on choisit un homme. L'amour ne vous tombe pas du ciel, contrairement à ce que prétend Anna Karénine qui justifie ainsi son adultère avec le beau Vronski. Elle déclare que son amour vient de Dieu, qu'ils sont destinés l'un à l'autre, qu'il était écrit qu'elle tromperait son mari. Albert Cohen, lui, refuse la théorie d'Anna Karénine : si Vronski avait été laid, ou s'il avait été beau mais éboueur, elle ne l'aurait pas regardé, dit-il. C'est une évidence. Mais comment Cohen peut-il être assez naïf pour être horrifié par cette évidence ? Telle Anna Karénine et la plupart des femmes, Ariane aime les hommes beaux et forts. Pas les « vieillards édentés ».

Louise Cohen était médusée par la fougue de leur discussion, par l'acharnement qu'elles mettaient chacune à défendre leur point de vue et elle suivait les arguments que Jeanne et Rebecca se lançaient comme la balle imaginaire d'un match de tennis. Mais Minnie coupa court à leur conversation :

– Groucho, plus réaliste, ne se faisait aucune illusion sur l'amour. Écoutez plutôt une de ses histoires favorites, très révélatrice de son état d'esprit : « Est-ce que vous le penseriez si j'étais pauvre ? » demanda-t-il à une femme qui lui avait dit : « Je vous aime », ce à quoi elle avait répliqué : « Oui, mais je ne vous le dirais pas. »

Dans le feu de leur conversation, elles continuaient à vider des verres qu'elles avalaient sans même s'en rendre compte.

– Regardez les films de Woody Allen, dit Rebecca. Il y a toujours un problème de communication entre les individus. Ennui, sexe, estime de soi, tout est compliqué. Le couple est par essence malheureux et menteur.

Dans *Annie Hall*, il y a cette scène sur le balcon de l'appartement d'Annie où Alvy parle avec elle alors qu'ils reviennent d'un match de tennis. Les sous-titres, prenant le spectateur à témoin, montrent le décalage entre ce que les personnages pensent et ce qu'ils disent : alors qu'Alvy parle des photos qui couvrent les murs de l'appartement, il ne cesse de se demander comment elle est toute nue. Annie, qui raconte ses cours de photographie, s'affole de passer pour une imbécile qui ne dit que des banalités. Mais il ne l'entend pas car lui-même est séduit. Puisqu'ils sont en train de tomber amoureux, ils ne s'écoutent pas !

– Vous savez ce que Woody Allen dit de l'amour ? demanda Minnie. « Docteur, mon frère est fou, il se prend pour une poule. » « Eh bien, faites-le interner », répond le médecin. « Ce n'est pas que je ne veux pas, mais j'ai besoin des œufs », renchérit l'homme. Voilà, c'est comme ça que je vois les histoires d'amour. On sait pertinemment que c'est irrationnel, dingue, absurde. Mais je suppose qu'on s'accroche parce que la plupart d'entre nous ont besoin des œufs.

Rebecca rêvassait. Si elle n'avait pas l'occasion de rencontrer Nettie, elle allait rester avec l'image qu'elle s'était faite de Woody Allen, à la fois drôle et pessimiste, alors que sa vision de Freud, d'Einstein, de Proust et des autres avait évolué à force d'écouter leurs mères.

Louise Cohen ne cessait de boire, mais cela ne la rendait pas gaie.

– Woody Allen et Marcel Proust sont pessimistes, mais Albert atteint les sommets du malheur, dit-elle. Il gagne haut la main ce concours-là : il s'ennuyait. Et jamais il ne s'est défait de cet état d'esprit. Vous vous rendez compte que pour avoir quelque chose à dire à sa femme, pour alimenter un suspense difficile à maintenir dans une vie à deux, il dicte à sa femme ce qu'il a écrit dans la journée. Telle Shéhérazade, il sait que sa vie ne tient que par les histoires qu'il invente. Il a imaginé *Solal* pour Yvonne Imer et *Belle du Seigneur* pour Bella. Le rituel s'est installé avec Élisabeth, sa première femme. Car il tenait au sérieux de leurs rapports : il était le Seigneur et elle devait le vénérer. Et comme il l'empêchait d'être drôle et enjouée, elle cessa de parler. Il prit la relève.

– Et elle a accepté ? demanda Rebecca.

– Écoutez plutôt une de ses lettres où elle évoque son amour respectueux : « Mon maître et mon ami, est-ce que vraiment vous me choisissez pour me créer à votre image ? C'est un honneur si grand et trop fort pour moi qui ne suis rien. » Elle l'admirait de façon inconditionnelle. Qu'aurait-elle pu faire d'autre ? Il l'empêchait de s'intéresser à quoi que ce soit en dehors de lui. Même leur vie sexuelle était pauvre. Il dit – à travers Solal : « Il était las de toutes ces lèvres et langues de femmes. Toujours la même sale humidité. » Écrit-on ce genre de chose si on ne les ressent pas du tout ?

– Vous êtes dure avec Albert ! Était-il aussi égoïste que vous le décrivez ?

– Il est obnubilé par les horreurs de la conjugalité : la familiarité, les brosses à dents, les chasses d'eau, continua Jeanne. Il n'est pas le seul à détester cela.

– Il n'y aurait pas songé s'il avait été amoureux de sa femme, répondit Louise. Moi je me souviens encore du plaisir que j'avais à me coller de tout mon long contre le corps chaud de mon mari et à calquer ma respiration sur la sienne. Rien ne m'a autant apaisée.

– Oui, enfin, une bouillotte fait tout aussi bien l'affaire, constata Jeanne.

Louise se transformait physiquement, à mesure qu'elle parlait du comportement de son fils ; ses traits se creusaient, des cernes se formaient, son teint se brouillait.

– Albert Cohen était incapable d'aimer, dit-elle. Une de ses maîtresses, Jane Fillion, le décrit : « Albert Cohen n'a jamais aimé qu'Albert Cohen. Alors lui, oui, il s'aimait tendrement. » Il n'était prêt à aucun sacrifice ni compromis d'aucune sorte, car l'autre n'existait pas. Sa seconde femme était du même avis. Elle avoue : « On n'a aucun droit auprès de lui à être un être humain. » Elle s'est épuisée à force d'être soumise et elle l'a quitté. Les êtres qu'il a aimés n'étaient pas réels à ses yeux, c'étaient des « figures de rêve », comme le dit Solal.

– Au fond, le titre même de *Belle du Seigneur*, dit Rebecca en réfléchissant à haute voix, indique que l'aimée doit être belle et appartenir au Seigneur. Elle n'a pas d'identité, pas d'essence, pas d'intériorité.

– C'est sans doute ma faute si Albert a été invivable, se lamenta Louise, puisque je ne lui ai pas appris à composer avec autrui, dans la mesure où je le considérais comme un trésor si inestimable que je me suis effacée pour lui laisser toute la place.

Jeanne rangeait compulsivement les bouteilles qui traînaient encore sur la table. Rebecca l'aidait tout en se demandant à quel point ces mères étaient réellement responsables du destin de leur fils. Pourquoi avaient-ils tous été malheureux en amour ? Comment expliquer la tyrannie de Cohen, la solitude de Proust, la détresse de Romain Gary et les complexes de Woody Allen ? Ils voulaient être aimés et rassurés. Ils désiraient être confrontés aux mêmes, à eux-mêmes pour ne pas être remis en question. Aussi, seul l'amour fusionnel était-il possible puisqu'il ne laissait aucune place à l'autre.

Amalia se servit un verre de whisky.

– Sigi ne cessait de réclamer à Martha de nouvelles assurances de son amour dont il n'était pas sûr. Maladivement jaloux, il était très attaché à sa femme à qui il prêtait un ascendant qu'elle n'avait probablement pas. Figurez-vous qu'il la comparait à Mélusine, une femme serpent qui a tout pouvoir sur son mari. Il la craignait parce qu'il avait l'impression qu'elle l'affaiblissait et l'infantilisait en même temps. Aussi, il n'hésitait pas à la tyranniser pour mieux la délaisser dès qu'il se sentait à nouveau en confiance. Elle vivait un enfer car il exigeait qu'elle adopte ses opinions, ses idées, ses sentiments. Sa famille ne devait plus compter afin qu'elle s'occupe exclusivement de lui. Non seulement elle devait critiquer son frère et sa mère, mais il voulait qu'elle cesse de les aimer. Si elle ne partageait pas tout avec lui, il considérait qu'elle n'était pas digne d'être sa femme. Il était égocentrique au dernier degré. J'ai retrouvé une lettre qu'il a écrite à sa fiancée : « Je n'avais pas de plaisir avant de te connaître, et maintenant que tu es mienne, du moins en principe, te posséder entièrement est le but que je me fixe dans l'existence. Sans quoi, j'attache peu de prix à la vie. » Sous couvert d'une lettre d'amour, il ne s'agissait que de son moi. Dommage qu'il n'ait jamais pris le temps de voir Martha telle qu'elle était : dévouée, passionnée, organisée et aimante. Il ne la regardait pas.

Rebecca se souvint que Freud passait ses vacances avec sa belle-sœur, Minna Bernays, alors que Martha restait à la maison pour s'occuper de leurs enfants. Il disait avoir besoin de ces escapades et de ces voyages pour se reposer. Cette intimité a été commentée maintes fois : leurs lieux de villégiature ont été décrits ainsi que les hôtels où ils descendaient. Les biographes ont glosé sur le fait qu'elle habitait – chez les Freud – une chambre contiguë à celle du couple, ce qui n'était pas du goût d'Anna, leur fille, qui n'aimait pas sa tante.

– Tout a été disséqué et analysé, dit Rebecca. Mais oui ou non avait-elle été sa maîtresse ?

Cette question énerva Amalia.

– Ces rumeurs furent colportées par Jung à un moment où il était brouillé avec mon fils. Sigi a été fidèle à sa femme, il a eu six enfants avec elle et je vous assure qu'il n'avait rien à se reprocher. Il venait déjeuner tous les dimanches, je m'en serais aperçue.

– Il a cessé sa vie sexuelle à quarante ans, remarqua Rebecca.

– Et alors ? Il était dépressif, cela ne l'intéressait plus.

Amalia s'installa à l'autre bout du jardin, sur une chaise longue. Elle était lasse, fatiguée et se sentait isolée. Mais Rebecca et Jeanne la rejoignirent. Elles tenaient à explorer avec elle les rapports compliqués que Freud entretenait avec ses proches. Elles n'allaient pas abandonner un sujet aussi passionnant. Jeanne voulait tout savoir des amitiés de Sigmund.

– Freud avait des rapports très étroits avec ses amis. C'est peut-être pour cette raison qu'il délaissait sa femme. Il a écrit deux cent quatre-vingt-quatre lettres à Wilhelm Fliess en dix-sept ans.

– Et nous n'en saurions rien si Marie Bonaparte n'avait pas racheté cette correspondance, remarqua Amalia pour éviter de commenter l'importance inhabituelle de ce courrier.

– Il multiplie ces amitiés passionnelles et successives, dit Jeanne : Breuer, Jung, Adler, Rank, Ferenczi, avec lesquels il part régulièrement en voyage et dont il ne peut pas se passer.

– Il avait commencé une correspondance avec Martha pendant les quatre ans de leurs fiançailles. Puis, lorsqu'il l'a épousée, il a cherché ce type de relations avec d'autres. Il aimait écrire, se confier, cela l'aidait à penser, à mettre au clair ses théories, le défendit Amalia.

– Martha était très jalouse de Wilhem Fliess, avec lequel Sigmund a reproduit le rapport passionnel qu'il entretenait avec vous. Il suffit de lire sa correspondance pour être conscient de l'intensité de ses sentiments : « Des êtres comme toi ne devraient jamais disparaître », écrit-il. Il le remercie « pour la consolation, la compréhension, l'encouragement » qu'il lui apporte dans sa solitude. Il ajoute : « Tu m'as fait saisir le sens de l'existence. » C'est une déclaration d'amour ! Surtout de la part d'un psychanalyste. Et il est transparent puisqu'il avoue que rien n'est plus important pour lui que les amis : « C'est un besoin qui répond à quelque chose en moi, peut-être à quelque chose de féminin. » Il partage avec Fliess le même fantasme de bisexualité et se brouille avec lui sur ce sujet.

– Il rompt avec chacun de ses amis, remarqua Rebecca. Breuer n'avait pas été convaincu de l'importance qu'il accordait aux facteurs sexuels, Brücke refusa d'adhérer à ses théories sur l'origine sexuelle des névroses, Adler rejeta l'importance du complexe d'Œdipe, Jung, en qui il voyait son successeur, s'était engagé dans une liaison amoureuse avec une patiente, ce qu'il ne put accepter.

Amalia s'emporta :

– Ça vous fait plaisir de parler de l'homosexualité latente de mon Sigi en or ?

Elle jugeait ces attaques excessives. Et même si elle aimait que l'on s'intéresse à Sigi, comme une amoureuse qui ne se lasse jamais d'entendre parler de l'objet de sa passion, ces critiques l'attristaient. Pourquoi lui rappelait-on que son fils était rigide et qu'il ne supportait pas le moindre désaveu ? Pourquoi tenaient-elles à éclairer des penchants homosexuels dont il s'était écarté ? Il avait écrit à Ferenczi qui lui reprochait son manque de souplesse lors de leur séjour en Sicile en 1910 : « Une partie de l'investissement homosexuel a été retirée et utilisée pour l'accroissement de mon moi propre. »

– Martha est restée avec lui toute sa vie, ajouta-t-elle. Elle ne lui reprochait rien, si ce n'est sa pratique de la psychanalyse qu'elle considérait comme immorale. Pour une puritaine comme elle, c'était pire que de se montrer nue.

– Je la comprends, dit Jeanne.

Silencieuses, elles contemplaient le ciel. Était-ce une trêve dans leur dispute ? Elles ne voulaient pas risquer de se brouiller.

– Il me semble que la fin d'une amitié est aussi difficile à supporter que la rupture amoureuse, dit Jeanne.

– Ah non ! Vous n'allez pas continuer à critiquer mon fils tout de même ! dit Amalia.

— Je pensais à Marcel qui dénigrait l'amitié. C'était une perte de temps pour lui qui devait finir son roman. Pourtant il avait besoin de s'entourer de gens et il s'en voulait, car l'amitié, disait-il, nous fait sacrifier une partie de nous-mêmes « à un moi superficiel, qui ne trouve pas comme l'autre, de joie en lui-même ».

— Il faut dire que dans son cas l'homosexualité brouille les pistes, lança Amalia, puisqu'il est difficile de rester en dehors de tout soupçon avec le meilleur de ses amis.

— Vous dites n'importe quoi ! Il était adoré. Certains acceptaient de passer le voir au milieu de la nuit ! C'était un honneur pour eux.

Et elles reprirent leur discussion... Qui aurait le dessus ? Elles se lançaient des citations de leurs fils comme autant de flèches empoisonnées. Jeanne finit par conclure :

— Le vrai ami est celui qui ne vous juge pas, qui est toujours là pour vous, en un mot : une mère.

12
Ils veulent se débarrasser de nous

> « Très peu de gens survivent à leur mère. »
> Woody Allen

> « Il la chérissait comme une mère, et elle lui répugnait comme une mère. »
> Albert Cohen

> « Il ne suffit pas de venir au monde pour être né. »
> Romain Gary

Le salon était si sombre que, pour la première fois, Rebecca hésita à entrer. Les stores avaient été baissés et les rideaux tirés comme avant un départ en vacances. Elle fit un pas de plus et découvrit Amalia Freud et Jeanne Proust prostrées, figées, accablées, chacune dans un fauteuil ; Jeanne avait les mains jointes et Amalia fixait le mur devant elle. Le silence était total, l'immobilité glaçante. Que leur arrivait-il ? Que pouvait-il leur arriver ? Rebecca les observa, oscillant entre la curiosité de savoir ce qu'il en était et la crainte que ce petit monde dans lequel elle avait fini par se sentir chez elle puisse être menacé. Elle était dans la situation de celui à qui l'on annonce une grave maladie. Il veut à la fois tout savoir : le protocole, le traitement, sa durée, sa pénibilité et il se précipite sur Internet pour connaître les statistiques, ses chances de survie et, pourtant, il veut aussi ne rien savoir et croire encore qu'il s'agit d'une erreur, contre toute vraisemblance.

Aussi s'éloigna-t-elle, avec une boule d'angoisse dans le ventre, en direction d'un vestibule majestueux. Elle retrouva Pauline Einstein qui jouait sur un piano à queue l'aria en *ut* mineur du concerto italien de Bach, avec une énergie et un enthousiasme un peu contradictoires avec la mélancolie inhérente du morceau. Elle l'écouta bouleversée pendant quelques minutes, avant que Pauline l'aperçoive.

– Je n'arrive toujours pas à trouver le bon tempo, après tout ce temps, dit-elle en se levant.

Rebecca lui demanda de continuer à jouer.

– Voulez-vous que je vous apprenne ?

– Je crois malheureusement n'avoir aucun talent.

– C'est ce que pensait mon fils, qui est pourtant devenu un bon violoncelliste. Il faut dire que je ne l'ai pas lâché ; je lui ai imposé des exercices tous les jours. Je reste persuadée que la musique est essentielle. Et, pour Albert, il était vital qu'il pense à autre chose qu'à ses problèmes.

– Vous ne voudriez pas jouer quelque chose de gai pour les autres ? Elles sont sinistres.

– Je pense que vous les avez secouées.

– Comment ça ?

– Vos questions leur ont fait prendre conscience qu'elles se sont comportées de façon excessive avec leurs enfants.

– Et c'est maintenant qu'elles le découvrent ?

Rebecca éclata de rire, ce qui la libéra. Mais Pauline, consternée par sa réaction, la gronda :
– Qu'y a-t-il de si drôle ? Personne ne s'est moqué de vous lorsque vous êtes arrivée avec votre insécurité comme unique bagage.
– Vous avez raison, c'est si difficile d'être une mère.
– Oui, il faut être indulgente. Vous avez ébranlé ces pauvres femmes.
– Mais la différence entre elles et moi, c'est qu'elles n'ont jamais douté d'elles-mêmes, tandis que moi je me suis toujours sentie une mauvaise mère. Lorsque je vivais avec Nathan, j'avais l'impression d'être coupable de tout. Je me souviens d'avoir été acariâtre, exigeante, impatiente. J'ai été paniquée de ne pas être à la hauteur. Débordée comme toute mère célibataire, j'ai eu le sentiment de ne pas être assez présente pour mon fils, même quand je m'occupais de lui. J'avais juste le temps de régler les problèmes pratiques toujours trop nombreux : pourquoi le lait manquait-il dans le frigidaire le dimanche soir ? Pourquoi était-il urgent de trouver une photocopieuse disponible pour l'exposé de mon fils lorsque tout était fermé après le dîner ? Comment avait-il pu perdre son manteau au mois de février lorsque les boutiques ne vendent plus que des maillots de bain ? Comment ses pieds avaient-ils grandi si vite qu'il fallait toujours acheter d'autres chaussures ? Je ne dormais pas de la nuit si je l'avais obligé à se coucher et que je n'étais pas revenue le voir quatorze fois après avoir fermé sa porte. Je me sentais responsable de sa future névrose qui me semblait inéluctable chaque fois que je lui disais non, et même lorsque je lui disais oui. C'était effrayant et traumatisant. Du coup, il me semble qu'enfin je peux me reposer.

– Oui, vous avez changé, vous êtes devenue plus sûre de vous.

– C'est grâce à elles, à ces mères, à leur détermination, à leur optimisme que je me sens mieux. Et je me rends compte qu'elles sont plus fragiles que je ne le pensais. Je n'imaginais pas leur avoir fait de la peine.

Rebecca tourna les talons et se précipita dans le salon pour ouvrir en grand les rideaux et les fenêtres avant de s'adresser à Jeanne et à Amalia, qui n'avaient pas bougé.

– Je tenais à m'excuser. En vous assaillant de questions, j'ai cherché surtout à me rassurer. Nathan me semblait trop jeune pour se passer de mère, comme si l'âge avait une importance quelconque. Et j'ai découvert, grâce à vous, que je lui ai transmis l'essentiel et qu'il a tout pour réussir sa vie, quelle que soit sa carrière. Nathan est généreux, gai, curieux et attentionné. Je ne m'inquiète plus. Et, si j'ai continué à vous interroger, ce n'était pas dans l'intention d'être indiscrète, mais pour comprendre les rapports que vous aviez avec vos enfants. Je dois avouer que le fait d'entrer un peu dans l'intimité de vos fils que j'ai tant admirés de mon vivant m'a enchantée. Loin de moi l'idée de vous critiquer et encore moins de vous déprimer.

Amalia Freud sortit de son abattement.

– Je ne vous en veux pas, Rebecca. Mais vous avez fait ressurgir de mauvais souvenirs. Vous n'y pouvez rien. Tout d'un coup, je me suis rappelé avec chagrin l'anniversaire des soixante-dix ans de Sigi.

– Que s'est-il passé ?

– Eh bien, mon fils avait tout fait pour me dissuader de venir à la réception qu'il organisait chez lui avec tous ses amis, ses collègues, ses enfants et petits-enfants alors qu'il était au faîte de sa gloire. Je pensais qu'il voulait m'éviter une fatigue, je ne pouvais pas imaginer qu'il avait décidé de m'exclure de sa vie. J'étais si fière de lui et si flattée par les hommages que je recevais grâce à sa célébrité que je n'ai pas pu m'empêcher de m'y rendre. Je suis même arrivée la première. Mais j'ai compris qu'il ne plaisantait pas car, lorsque j'ai proclamé : « Je suis la mère », à la fin de son discours grandiose, il a eu l'air gêné, voire furieux. Encore aujourd'hui, je n'arrive pas à supporter qu'il m'ait ainsi repoussée et désavouée publiquement.

Le teint gris d'Amalia effraya Rebecca qui se sentit coupable. Elle essaya d'arranger la situation. Mais comment remonter le moral d'une forte tête, redoutable d'intelligence ?

– Sigmund vous admirait et vous craignait. Haine ou amour, ce n'est pas si simple. Forcément passionnel.

– Vous avez raison. Mon fils, dans plusieurs de ses textes, décrit une mère archaïque, terrifiante, à coups d'Œdipe, de castration et de Gorgone où il n'est question que de fusion, d'engloutissement, de dévoration. Comment ne serais-je pas à l'origine de cette théorie ?

– Mais il parle aussi de l'amour d'une mère comme « la plus parfaite, la plus dénuée d'ambivalence de toutes les relations humaines » en idéalisant ce lien mère-fils, dit Rebecca.

– J'ai malheureusement l'impression que Sigi a idéalisé l'image de la mère pour dissimuler la haine qu'il me vouait. Il avait avec moi une relation si conflictuelle ! Vous savez, je ne suis pas dupe. D'ailleurs il a écrit à mon propos : « Ma mère vit encore et elle me barre le chemin vers le repos tant désiré. » Comme si je l'empêchais d'être en paix ! En fait, tout simplement, il souhaitait ma mort.

— Peut-être avait-il peur de vous faire de la peine en mourant avant vous ?

— J'ai déjà entendu cette théorie mais j'ai le regret de dire que je n'y crois pas tellement. Il avait peur de moi, d'être prisonnier de mon emprise. J'étais la figure œdipienne, séductrice, dangereuse, jalouse, possessive... Savez-vous que Sigmund a eu un rêve similaire à celui de Léonard de Vinci – qu'il décrit dans *Souvenirs d'enfance de Léonard de Vinci* – où un personnage à bec d'oiseau fait intrusion dans sa chambre, le réveille dans son berceau et « lui ouvre la bouche avec sa queue » ? Or, dans l'Égypte ancienne, le pictogramme sacré représentant la mère est une image de vautour. Ne décrit-il pas là le fantasme d'une mère sexuellement menaçante ? Oh ! Que tout cela me fatigue.

Amalia s'effondra sur le canapé et ferma les yeux. Des larmes lui coulèrent le long des joues.

— Je viens de relire *Inhibition, symptôme et angoisse*. Je ne sais pas quoi penser de cette phrase. Écoutez : « Lorsque l'écriture, qui consiste à faire couler d'une plume un liquide sur une feuille de papier blanc, a pris la signification symbolique du coït ou lorsque la marche est devenue le substitut symbolique du piétinement sur le corps de la terre mère, alors écriture et marche sont toutes deux abandonnées, parce que c'est comme si l'on exécutait l'acte sexuel interdit. »

Rebecca était abasourdie par ce rapprochement entre le coït et l'écriture, la marche et la mère.

— Freud n'écrivait-il pas tout le temps ? Il accumulait notes, biographies, fragments d'autobiographies, conférences, cours, préfaces, traductions, essais, environ vingt mille lettres, et il passait son temps libre à marcher ! Cela en dit long sur son Œdipe !

– Alors pourquoi n'est-il pas venu à mon enterrement ?

– Comment l'avez-vous su ? s'étonna Rebecca.

– Il a eu de bons biographes, vous savez. Ils racontent qu'il a envoyé à sa place ma petite-fille Anna, prétextant qu'il était trop occupé pour me rendre un dernier hommage. Est-ce que je comptais si peu pour lui ?

– Non, sûrement pas, il devait avoir peur. Non pas de vous, mais de lui. Peur de découvrir quelque chose d'inavouable. Paniqué de comprendre pourquoi il vous en voulait, pourquoi il vous aimait trop. N'oubliez pas qu'il qualifie d'« événement capital » la mort d'une mère.

– Peut-être, mais il a été prolixe sur son père, l'importance de son père, la mort de son père qu'il a considéré comme le fait le plus important de sa vie ! Il l'a toujours défendu alors qu'il aurait été heureux de me voir disparaître.

Rebecca, qui avait maintenant intégré les coutumes de ce paradis si particulier, apporta du chocolat chaud et des tartines qu'elle posa sur la table basse. Amalia se mit à manger de bon cœur en la remerciant et, après avoir avalé tout le contenu de l'assiette, expliqua avec calme :

– C'est ma faute. Nous étions aussi autoritaires l'un que l'autre. Mais il allait loin, beaucoup plus loin que moi et il était traité en véritable patriarche alors que j'étais taxée d'un caractère difficile.

– Vous auriez un exemple ?

Amalia ferma les yeux pour mieux se concentrer, puis se mit à sourire.

– Sigi était terrible avec Esti, sa belle-fille, la femme de son fils, Martin. Savez-vous qu'elle n'a pas pu choisir le prénom de ses enfants, ni son pédiatre qui pourtant s'était occupé d'elle pendant son enfance et qu'elle adorait ? Sigi le désapprouvait et il n'y eut rien à faire.

– Elle n'a pas pu choisir le prénom de ses enfants ?

Rebecca n'osa imaginer sa réaction si son père avait choisi le prénom de Nathan, elle se serait sentie dépossédée de son rôle de mère. À la moindre remarque, elle fulminait.

– Je n'ai pas eu le choix non plus pour Sigismund, puisque le père de Jacob venait de mourir quelques mois plus tôt et qu'il semblait normal de reprendre son prénom. C'était la tradition. C'est plus tard qu'il a choisi de s'appeler Sigmund. Toujours est-il que Sigi tenait à ce que son petit-fils s'appelle Anton, comme Anton von Freund, le mécène hongrois, qui avait fait don d'une somme considérable pour la construction d'un institut de psychanalyse à Budapest... Esti et Martin ont cédé. La tyrannie de Sigmund était incontestée. Son deuxième petit-enfant, une fille, fut prénommée Miriam Sophie. On utilisa le second prénom, le seul qui importait à Sigi car c'était celui de sa fille, qui était morte en 1919.

– Il était comme ça avec tous ses enfants ?

– Il est devenu moins dictatorial avec son dernier fils, le petit Ernst. Les filles avaient, bien entendu, un statut à part. Mais il les surveillait de près et leur avait interdit de travailler. Seule la dernière, Anna, a su lui tenir tête.

– Je n'arrive pas à croire que vous ayez été considérée comme plus redoutable que lui ?

– Mais si ! Ma petite-fille, Judith Heller, jugeait que j'étais impérieuse, souvent de mauvaise humeur et autoritaire. Et mon petit-fils, Martin, a évoqué ma dureté et mon manque d'empathie. Il faisait allusion à ma prétendue froideur au moment du suicide de ma petite-fille, Mausi qui, à vingt-trois ans, était belle, impressionnante, et qui faisait des études de médecine car elle voulait suivre la voie de son oncle Sigmund. Mais, en fait, elle était dépressive, ce que personne n'avait vu. Ni Sigi ni Anna, sa cousine avec laquelle elle était très liée ! Nous avons tous été aussi surpris que bouleversés par sa mort. L'année d'après, son frère qui avait dix-neuf ans se noya dans un lac. J'ai été pétrifiée par cet acharnement du malheur ! Je me suis sentie impuissante, je n'ai pas su comment venir en aide à Rosa, ma fille qui venait de perdre ses deux enfants, et je n'ai rien fait. Je sais qu'elle m'en a voulu, mais moins que Dolfi, ma dernière fille, qui a vécu avec moi jusqu'à la fin de mes jours et m'a rendue responsable de toutes ses difficultés, notamment son célibat. Bref, tout le monde me prenait pour un dragon insensible alors que je pleurais intérieurement.

Jeanne s'approcha, les yeux rougis par les larmes qu'elle avait du mal à retenir. Elle se versa une tasse de chocolat, comme pour se donner du courage.

– Marcel a rêvé de me tuer, lui aussi, bégaya-t-elle. Je n'ai jamais osé vous en parler.

Elle se leva, arpenta le salon, de long en large, trop nerveuse pour se tenir tranquille.

– Mais c'est impossible ! dit Rebecca, après tout ce qu'il a dit sur vous, tout ce qu'il a écrit sur son amour immense.

Jeanne Proust soupira :

– Mon grand loup a pris la défense d'un matricide, lui qui ne pouvait pas se passer de moi ! Heureusement que j'étais déjà ici lorsque j'ai lu un article à propos de cette histoire invraisemblable. Je connaissais bien la mère d'Henri Van Blarenberghe. C'était une femme discrète, un peu coincée, grande et laide, à la bouche pincée. Elle avait, elle aussi, une passion pour son fils unique, mais elle ne s'aventurait pas dans des conversations intimes et ne parlait que de sujets superficiels comme la mode, la coût de la vie, la politique vue par le petit bout de la lorgnette…

– Et c'est elle qui a été tuée ?
– Eh oui, paix à son âme.
– Pourquoi Marcel en fait-il un article ?
– Poli avant tout, il avait envoyé une lettre à son ami Henri pour lui faire part de ses condoléances pour la mort de son père. Il parle même de la tristesse que nous en aurions éprouvée, Adrien et moi, si nous avions encore été en vie. Marcel écrit qu'Henri était bienheureux d'avoir toujours sa mère auprès de lui. Et, quelques jours plus tard, il reçoit la réponse d'Henri « empreinte d'amour filial » que Marcel relate dans son article.

– Rien ne laissait supposer qu'Henri en voulait à sa mère ou qu'il voulait la supprimer ?
– Rien. Au moment où Marcel s'apprête à lui écrire à nouveau, il lit dans le journal qu'Henri Van Blarenberghe, peu de temps après l'enfermement de son père, a tué sa mère avant de se poignarder.

– Mais il me semble normal qu'il traite de ce sujet, car il est choqué de voir un de ses amis se transformer en criminel, cela ne veut pas dire qu'il l'approuve.

– C'est vrai, mais il ne le condamne jamais. Ce qui me trouble c'est que Marcel évoque froidement ce fait divers atroce comme s'il ne s'agissait pas de quelqu'un de proche. Il cite les derniers mots de Mme Van Blarenberghe à son fils alors qu'il est en train de la tuer à coups de poignard : « Qu'as-tu fait de moi ! Qu'as-tu fait de moi ! » Puis il en parle savamment, en comparant Henri à Œdipe qui se crève les yeux après avoir tué sa mère et au roi Lear étreignant le cadavre de sa fille Cordelia.

– Marcel explique que tous les fils sont des criminels. « Nous tuons tout ce qui nous aime par les soucis que nous lui donnons. »

Jeanne, bouleversée, n'entendait rien.

Rebecca apporta un nouveau plateau rempli de viennoiseries posées sur une jolie porcelaine car elle savait que Jeanne se souciait de la beauté des objets. Elle avait pris l'habitude de vivre au milieu de belles choses et rien ne la chagrinait autant que le laisser-aller.

– J'aurais été plus vexée par *La Confession d'une jeune fille*, si j'avais été vous, remarqua Rebecca.

– Pourquoi voulez-vous que je sois vexée par cette histoire de jeune fille qui, la veille de son mariage, se fait embrasser par un vulgaire séducteur. C'est une pure fiction, dit Jeanne.

Rebecca ne voulut pas la détromper. Mais ce texte lui paraissait autobiographique. Même si le personnage principal était une narratrice qui parlait à la première personne, il fallait être obtus pour ne pas y voir Marcel. Et la description de la mère dans la nouvelle préfigurait celle de *Jean Santeuil* et de *La Recherche* : aimante et inquiète, elle prodigue à son enfant « des tendresses dont habituellement, pour l'endurcir et calmer sa sensibilité maladive, elle était très avare ». N'était-ce pas le portrait de Jeanne avec toute son ambivalence et sa maladresse, son admiration sincère et ses critiques permanentes ? Marcel avoue dans *La Confession d'une jeune fille* que ce qui désolait la mère de l'héroïne était « son manque absolu de volonté », comme Jeanne se désolait de celui de Marcel. Et il écrit aussi : « La réalisation de tous mes beaux projets de travail, de calme, de raison, nous préoccupait par-dessus tout, ma mère et moi, parce que nous sentions [...] qu'elle ne serait que l'image projetée dans ma vie de la création par moi-même et en moi-même de cette volonté qu'elle avait conçue et couvée. » Ambition par procuration, lien fusionnel, identification pathologique, tout est dans cette phrase.

Mais Jeanne ne voulait pas se laisser ébranler.

– Cela ne tient pas debout. La mère de l'héroïne est tombée du balcon (d'où elle l'espionnait) en la voyant embrasser son amant et s'est tuée. Tout cela me semble bien excessif, surtout si l'on songe que la jeune fille, à vingt-six ans, savait ce qu'elle fait !

Rebecca n'osa pas dévoiler ses pensées à Jeanne car la mise en scène de ce passage lui semblait annoncer l'épisode de *La Recherche* où le narrateur surprend par la fenêtre Mlle Vinteuil et son amie profanant l'image du père de la jeune fille. Mais Rebecca se rappela surtout que, dans la nouvelle, la mère était morte de saisissement d'avoir vu quelque chose qu'elle n'aurait pas dû voir et que la jeune fille voulait cacher : « des yeux brillants aux joues enflammées et à la bouche offerte, une joie sensuelle, stupide et brutale ». Proust fait encore dire à son héroïne : « Je pensais à l'horreur de quiconque m'ayant vue tout à l'heure embrasser ma mère avec une mélancolique tendresse me verrait ainsi transfigurée en bête. » Marcel ne parlait-il pas de lui-même ? S'il avait avoué, montré, révélé son homosexualité à sa mère de quelque manière que ce soit, elle en serait morte ! Et c'était le sujet de cette *Confession*.

Pour égayer l'ambiance qui émanait de ce sombre salon, Rebecca proposa de regarder le court-métrage de Woody Allen, *Œdipus Wrecks*.

– Ce film ne pourra que vous distraire, car le héros avoue à son psychanalyste qu'il ferait n'importe quoi pour se débarrasser de sa mère envahissante et va jusqu'à souhaiter sa mort. Mais le ton qu'il emploie est si léger et décalé que l'on rit aux éclats.

– Impossible, dit Jeanne.

– Je vous raconte le début de l'histoire, dit Rebecca pour mieux les convaincre.

Sheldon, en fils attentionné, emmène sa mère à un spectacle de magie. Elle y est appelée sur scène, entre dans un coffre et disparaît. Le magicien est le premier stupéfait, car il connaît son numéro par cœur et une telle aventure ne s'est jamais produite. Sheldon rentre chez lui et ne tarde pas à se réjouir : il n'a plus de mère et ce n'est même pas sa faute. Mais à peine s'habitue-t-il à son bonheur que sa mère envahit le ciel de Manhattan, intervenant constamment tout en lui reprochant de se comporter comme un petit garçon. Elle le culpabilise aussi : comment peut-il se montrer aussi ingrat après tous les sacrifices qu'elle s'est imposés pour lui, son fils adoré ? Une caricature de mère juive.

– Quelle bonne idée. Regardons-le ! dit Amalia en se levant.

Elles se rendirent dans une salle de spectacle où il y avait à la fois un écran pour projeter des films, une vidéothèque impressionnante, des instruments de musique de toutes sortes et une scène digne d'un grand théâtre. Minnie, qui aimait particulièrement ce lieu où elle regardait, sans jamais se lasser, les films et les émissions de ses fils, était en train de jouer de la harpe, lorsque Rebecca, Amalia et Jeanne entrèrent sans frapper réveillant de sa sieste Mina, cachée par les rangées de fauteuils, et dérangeant Louise Cohen qui lisait avec concentration un livre de Philip Roth.

– Nous venons voir *Œdipus Wrecks*, dit Rebecca. Ça vous tente ?

Mina adorait ce court-métrage car il lui faisait penser à Romain qui avait écrit à propos de sa mère : « Je m'efforçais de me débarrasser d'elle, de son amour envahissant, de l'accablant poids de sa tendresse. » Et elle n'avait aucun problème à assumer son rôle de mère encombrante et fatigante.

– Romain raconte que j'étais toujours à ses côtés et qu'il sentait ma présence, ma surveillance, même lorsqu'il essayait de me chasser de son esprit, dit-elle. Lorsqu'il avait voulu tricher pour s'attribuer le galon de sous-lieutenant, il écrit que j'étais là, à le menacer de ma canne et que cela l'a empêché d'agir.

– Vous étiez son « témoin intérieur », son *dybbuk*[1], son ange gardien, dit Rebecca.

– C'est exactement ça ! répliqua Mina aux anges.

Louise Cohen posa son livre et s'affligea du comportement d'Albert.

– Albert, lui, a été le plus ingrat de tous nos fils, car s'il n'a pas tenté de me supprimer, il m'a maltraitée.

– Mais que faites-vous du *Livre de ma mère* ? s'écria Rebecca. C'est tout de même un livre qui a ému plusieurs générations de lecteurs.

---

1. Dans la tradition juive, c'est un esprit désincarné ou un fantôme prenant possession du corps d'un vivant.

Rebecca ne comprenait pas comment la plus admirable des mères, la plus aimée, celle à propos de laquelle Albert Cohen s'exclamait : « Amours de nos mères à nul autre pareil », avait pu éprouver des doutes sur les sentiments de son fils.

– Mais Albert ne parle que de lui ! dit Louise. Il passe pour un être admirable, et le but du *Livre de ma mère* n'est pas de me glorifier comme on peut le croire à la première lecture, non, il cherche à se débarrasser de ses remords. Il sait qu'il n'a pas été un assez bon fils lorsqu'il en avait la possibilité et qu'il aurait pu me voir facilement en prenant un train de Genève à Paris. Il était trop occupé et cela le fatiguait, le pauvre chéri, d'avoir à supporter mon regard adorant et quémandant quelques miettes de son attention. Il s'est énervé contre moi un soir parce que j'avais téléphoné à une comtesse chez laquelle il dînait pour lui demander s'il était là. Il était si tard que je m'étais inquiétée. Il aurait pu lui arriver un accident. Il a eu honte de moi et de mon accent, et il m'a fait une scène. Quelle humiliation ! J'ai imploré son pardon, alors Albert a cru que je me sentais coupable. Mais, au fond de moi-même, j'avais du mal à faire face à ma honte. Comment était-il devenu assez égoïste pour préférer de parfaits inconnus à sa mère ? Cet être insensible et snob était-il mon Albert ? Cela m'a tellement épouvantée que j'ai sangloté. Je ne pouvais plus m'arrêter. Je ne comprenais pas comment nous avions pu en arriver là, mon petit prince et moi.

– Comment pouvez-vous interpréter ce livre ainsi ? Il vous vénérait, dit Rebecca qui avait du mal à effacer de son esprit l'émotion procurée par cet amour filial mythique.

Mais Louise continuait à exposer sa version des faits.

– Je crois qu'Albert ne s'est intéressé qu'à la fiction. Il m'utilise pour faire un personnage de roman un peu pathétique en m'attribuant « une large face, un nez un peu fort, des chevilles un peu enflées » et en écrivant que je suis « un peu ridicule » lorsque je marche « péniblement, les bras en balancier ». Et puis je cite en vrac : « un peu carabosse, pas dégourdie, tête de linotte, empotée, malhabile, un peu nigaude ». Il va jusqu'à me traiter de « pauvre petite poire, pauvre roulée d'avance, un peu imbécile de malheur ». Or j'ai eu beau me regarder dans le miroir, je ne crois pas que tout cela ait le moindre rapport avec moi.

Jeanne ne put s'empêcher de parler de son fils.

– Marcel estimait que seuls les êtres d'imagination étaient désirables. Les autres n'étaient utiles que comme matière pour un roman. Il dit que l'artiste qui renonce à son travail pour bavarder avec un ami « sait qu'il sacrifie une réalité pour quelque chose qui n'existe pas ». On ne peut pas être plus radical. Et moi, sa mère, j'avais droit au même traitement, mais je ne suis pas la seule ici dans ce cas.

– Vous reprochez à vos fils de vous avoir transformées dans leurs livres, mais ce n'était plus vous, c'étaient des personnages de fiction ! s'énerva Rebecca.

– Vous plaisantez ! Ils ont même voulu nous éliminer dans leurs livres, rétorqua Louise Cohen. Pour prendre le cas d'Albert, il fait d'Adrien Deume un orphelin, et Solal a des parents qu'il refuse de voir tant il en a honte.

Louise parla à nouveau de *Portnoy et son complexe* :

– Et savez-vous quelle est l'explication donnée par Alex Portnoy au suicide de son ami Ronald Nimkin ? Je vous cite Philip Roth : « Parce que vous autres, les mères juives, vous êtes tellement chiantes qu'on ne peut pas vous supporter. »

Assise devant le piano, Jeanne massacrait les touches, dominant mal sa détresse. Mina vint la chercher car le son produit par l'instrument était intolérable, et elle la fit asseoir dans un des fauteuils profonds installés devant l'écran blanc.

– On pourrait regarder ce court-métrage de Woody Allen, dit Jeanne, qui se mit pourtant à parler. Nous avons toutes des raisons d'être bouleversées. Ainsi, moi, je suis effondrée que Marcel se soit débaptisé dans *La Recherche*. Il n'a pas de nom autre que le « narrateur », qui est si impersonnel qu'il ne le décrit même pas. C'est dire s'il a voulu s'affranchir de moi. Et cela lui complique la vie, à mon petit loup. Il tord ses phrases plutôt que de nommer son héros. Je vous cite un exemple : « Il ne me connaissait pas encore mais ayant entendu ses camarades plus anciens faire suivre, quand ils me parlaient, le mot de Monsieur de mon nom. »

– Albertine l'appelle Marcel, dit Rebecca.

– Et lui se nomme Marcel une fois, en plus de trois mille pages, ce n'est pas très concluant.

Rebecca savait combien Proust attachait d'importance aux noms : Albert Agostinelli, dont il avait été très amoureux, avait pris les traits d'Albertine.

– Eh oui, malheureusement, Marcel utilise la fiction pour masquer ce qu'il ne veut pas montrer : son judaïsme et son homosexualité. Et je trouve cela insupportable.

– Mais vous n'êtes pas la seule à être tracassée par une histoire de noms, intervint Mina. Romain adorait en changer.

— N'était-ce pas votre idée ? l'interrompit Rebecca. Si ce qu'il dit dans *La Promesse de l'aube* est vrai, vous lui avez affirmé qu'il ne pouvait pas être romancier français avec un nom russe. Et vous l'avez aidé dans ses recherches : Alexandre Natal. Armand de La Torre. Terral. Vasco de La Fernaye… Romain a expliqué que cela continuait ainsi pendant des pages et des pages. « Après chaque chapelet de noms, nous nous regardions, et nous hochions tous les deux la tête. Ce n'était pas ça – ce n'était pas ça du tout… »

— Peut-être, mais Roman Kacew a inventé, loin de moi, sans me demander mon avis, le nom de Romain Gary lorsqu'il était au service militaire. Je lui ai peut-être donné le mode d'emploi, mais il a été plus loin que moi en cherchant aussi à changer d'identité. Aviateur, diplomate et écrivain ne lui suffisaient pas. Il s'est créé deux ou trois vies sans jamais s'en contenter : « La vérité est que j'ai été très profondément atteint par la plus vieille tentation protéenne de l'homme : celle de la multiplicité… Je me suis toujours été un autre. »

— N'est-ce pas le cas de tous les écrivains, de vouloir se réinventer et explorer différentes vies ? dit Rebecca. Pourquoi le prenez-vous personnellement ? Je suis persuadée qu'ils n'y mettent aucune intention vis-à-vis de leur mère.

— Il y a deux sortes d'écrivains, déclara Jeanne, péremptoire : ceux qui suivent le mythe de Protée, comme Romain, et ceux qui sont plus proches de Narcisse. Marcel est de ceux-là.

Rebecca demanda des explications. Narcisse était tombé amoureux de lui-même et s'était noyé dans une mare en voulant attraper son image, mais elle ne se souvenait plus de Protée. Jeanne s'énerva comme s'il s'agissait de son fils qui n'aurait pas su ses leçons.

— Vous vous en souvenez forcément ! Protée voulait échapper à Ménélas qui l'obligeait à prédire l'avenir ! C'est pourquoi il s'est transformé successivement en lion, en serpent, en panthère, en sanglier, en eau courante, en arbre…

— Woody Allen a tourné un film sur le sujet : *Zelig*.

— C'est qui Zelig ? C'est ridicule comme nom.

— C'est surtout un bon film. Regardons-le ! Vous verrez !

— Et *Œdipus Wrecks* ? réclama Minnie.

— On le verra après, décida Jeanne.

Zelig commença mais il leur fut impossible de rester silencieuses. Jeanne ne cessait de faire des commentaires.

— Leonard Zelig ressemble à M. Tout-le-Monde, mais il se transforme comme Protée : il noircit lorsqu'il est avec un Noir, sent ses yeux se brider lorsqu'il rencontre un Asiatique, se proclame docteur en psychologie avec un psychologue… C'est un caméléon sans personnalité.

— Chut ! Taisez-vous, dit Minnie qui riait aux éclats. On n'entend rien.

— Ce M. Zelig est tout le contraire de Marcel qui reste au centre du monde qu'il se crée, celui de la haute société parisienne, dit Jeanne.

— Comme Albert dans la Céphalonie mythique, dit Louise Cohen.

— Ou Isaac Bashevis Singer dans la rue Krochmalna, ajouta Rebecca.

— Ça suffit ! cria Minnie.

Les lumières se rallumèrent. Rebecca poussa Jeanne à développer sa théorie, mais Minnie préférait parler de ses fils qui lui paraissaient un sujet autrement plus passionnant.

– Les Marx Brothers n'ont jamais été ni Narcisse ni Protée. Pourtant, ils avaient tous des surnoms. Et ce n'est pas pour cela qu'ils ont voulu changer de personnalité ou masquer leur véritable identité : ils souhaitaient se protéger. Tous les artistes ont un nom de scène.

– D'où viennent leurs surnoms ? demanda Rebecca.

– Harpo vient de sa passion pour la harpe, Chico, de sa réputation de coureur de jupons (on dit « *chicks* », en anglais, pour « poulettes »), Gummo, de ses semelles orthopédiques en gomme. Et Zeppo a été inventé par Chico sans grande raison, alors que Groucho, vient du sac « *grouch bag* » qu'il portait toujours sur lui lorsqu'il était comédien amateur car il ne se séparait jamais du maigre salaire qu'il avait reçu, de peur de se faire voler, notamment par Chico, qui en avait l'habitude.

– Groucho ? Je croyais que cela venait de grincheux.

– C'est vrai aussi, mais c'est désagréable de le dire. D'autant plus que leurs vrais noms ont purement et simplement disparu. On a fini par les oublier. Mes fils sont devenus leurs personnages. Tous les professeurs de harpe que Harpo avait engagés ont refusé de lui enseigner la « bonne » manière de jouer sous prétexte qu'un autodidacte comme lui ne se corrigeait pas. Tous préféraient le personnage de Harpo, tel qu'il apparaissait dans les films.

– Et Groucho ?

– À force de chercher des blagues à longueur de temps, il était le moins drôle de mes fils. C'était un intellectuel, pessimiste et angoissé.

– Comme Woody Allen, dit Rebecca.

– Vous n'allez pas nous énerver à réclamer encore sa mère ! rétorqua Jeanne. Allons nous coucher. Je vous propose de nous retrouver demain à la première heure.

Rebecca s'étonna de leur façon de vivre. Pourquoi respectaient-elles un emploi du temps digne d'un monastère dans un paradis où elles n'avaient nul besoin de calquer leur vie sur celles des vivants ?

— Par exemple, pourquoi voulez-vous aller dormir ? J'ai toujours considéré que c'était une perte de temps.

— Mais le temps, ce n'est pas ce qui nous manque ici, répliqua Jeanne.

— Ces règles ne demandent qu'à être bousculées, dit Mina. Jeanne n'a qu'à se coucher et je reste avec vous.

Louise Cohen se leva.

— Moi, je ne peux pas parler aussi longtemps.

— Et moi, j'adore mon oreiller, déclara Minnie en s'étirant. J'ai toujours aimé traîner au lit, et je ne le faisais pas assez de mon vivant.

Rebecca et Mina s'installèrent chacune à un bout de canapé, en s'enveloppant dans un plaid bien chaud. Et tels des enfants qui refusent d'aller se coucher, elles jubilèrent à la perspective de passer une nuit blanche à bavarder.

— Romain a eu plusieurs vies – pas uniquement dans ses romans. Kacew est devenu Gary avant d'incarner Émile Ajar. Mais il avait par sa naissance plusieurs identités : juif, catholique, français, russe, tartare, remarqua Mina. Il aimait « être » quelqu'un d'autre.

— N'avait-il pas écrit *Les Têtes de Stéphanie* sous le pseudonyme de Shatan Bogat, un auteur méconnu, en poussant l'audace jusqu'à lui inventer une biographie ? « Fils d'un émigré turc, c'était un homme de trente-neuf ans, originaire de l'Oregon, qui dirigeait une compagnie de pêche et de transport maritime dans l'océan

Indien et le golfe Persique. Le trafic des armes lui avait inspiré ce roman. Le prix Dakkan lui avait été décerné en 1970 pour un reportage sur le trafic international de l'or et des armements. » Et pour faire bonne mesure, il a même écrit une version anglaise différente du roman original, tout en attribuant cette traduction à Françoise Lovat, un personnage fictif.

— Mais il a fini par révéler que Shatan Bogat était un pseudonyme et qu'il avait voulu changer d'identité pour « se séparer de lui-même l'espace d'un livre ».

— Si vous permettez, Mina, je citerai *Les Trésors de la mer Rouge* où Romain écrit : « Jamais encore je n'avais éprouvé à ce point le sentiment de n'être personne, c'est-à-dire enfin quelqu'un. » Il a inventé les personnages qu'il incarnait. Il aimait brouiller les pistes et rester maître de lui-même.

— Oui, cela le distrayait. Et son système a marché jusqu'à *Gros-Câlin*, son premier livre signé Émile Ajar.

— Mais pourquoi a-t-il engagé son petit-neveu, Paul Pavlowitch, pour jouer le rôle d'Ajar ?

— C'était de la folie, dit Mina. Au début, je pense que cela l'a beaucoup amusé, il avait fait répéter à Paul sa première interview à la presse : il devait se faire passer pour Hamil Raja qui avait eu des ennuis avec la justice au Brésil et qui était parti en Suisse grâce à la fille d'un diplomate de sa connaissance avant d'écrire *Gros-Câlin* sous le nom d'Émile Ajar. Cela a marché un temps. Mais Paul a fini par faire éclater la vérité en révélant la supercherie. Et ça a mal tourné.

Rebecca se demanda pourquoi Romain Gary s'était donné la mort. Était-il empêtré dans ses mensonges ? Sa créature lui échappait-elle ? Se sentait-il dépossédé de la gloire qu'il méritait ? Car après que la critique l'a descendu en flammes à propos de son dernier livre *Au-delà de cette limite, votre ticket n'est plus valable*, qui évoquait un écrivain vieux et impuissant, Ajar fut acclamé en auteur moderne et génial. Compliments qu'il n'avait jamais recueillis sous le nom de Gary.

Mina s'assit et regarda le mur blanc sans même le voir. Puis elle se secoua et dit avec conviction :

– Romain a choisi de mourir. Il en avait le droit. Ce n'était pas forcément de la détresse ou une inaptitude à vivre, ainsi que tout le monde le pense. Il a voulu en finir avec la vie à l'heure qu'il avait choisie, et ce d'autant plus qu'il ne supportait pas l'idée de vieillir.

Elle passa la main dans ses cheveux pour se recoiffer, se leva et remit ses chaussures.

– De toute façon, à la fin, il n'était plus lui-même.

Mina avait l'air si triste que Rebecca avait l'impression de la voir en transparence. Rêvait-elle ou était-elle en train de devenir un fantôme comme les vivants se le représentaient ? Est-ce que chacune d'entre elles allait disparaître à son tour ?

Rebecca mima un entrain qu'elle n'éprouvait pas pour se défaire de cette idée angoissante, pour conjurer cette impression morbide et redonner paradoxalement un peu de vie à Mina ; elle proposa d'aller dans la cuisine où elles trouveraient certainement de quoi confectionner un gâteau.

Rebecca picorait des amandes, des dattes et des fruits secs, alors que Mina étalait de la pâte avec un rouleau à pâtisserie tout en cherchant une recette au miel. Rebecca avait du mal à se taire. Elle voulait comprendre et parler l'aidait à réfléchir.

— L'idée de Romain qui consiste à dire qu'«aimer c'est inventer», que chacun peut être la création de l'autre, me paraît intéressante. N'est-ce pas vous qui disiez que la vie manquait de talent ?

— C'est vrai. J'ai dû lui transmettre cela, mais comme d'habitude il a poussé la théorie et l'a mise en pratique, dit Mina attendrie. C'est comme ça qu'il s'est créé une légende, en inventant des histoires de toutes pièces, même si parfois elles se contredisaient. Ainsi, lorsqu'on lui demandait où, à Varsovie, il avait fait ses études, il répondait toujours : au lycée français bien qu'il n'ait pas pu y entrer parce que les études y coûtaient trop cher. Et pour justifier cette contrevérité, il ajoutait : «Ma mère avait fait de son mieux (pour que cela se produise), je ne vois pas pourquoi je la priverais du fruit de son labeur.» Il tient de moi cet art de l'affabulation. J'ai adoré l'idée de mes lettres dont il parle dans *La Promesse de l'aube* et qui ont ému tant de lecteurs.

— Quoi ? c'est inventé, ça aussi ? dit Rebecca, choquée.

— Et alors ? Cela donne une image de moi, telle qu'il l'a rêvée, telle que j'aurais aimé être : une héroïne. Il ment pour me faire plaisir.

Mais, aux yeux de Rebecca, cela changeait tout que cette histoire soit fausse. Car elle avait trouvé magnifique que Mina ait pris la peine d'écrire deux cent cinquante lettres qu'elle avait fait envoyer par une amie pour que Romain ne se doute pas de sa mort, pour qu'il ne s'effondre pas et qu'il contribue à sauver la France. Et au-delà, cet épisode lui aparaissait sous un autre jour. Inventée, cette histoire devenait le signe du malaise de Romain devant l'amour écrasant de sa mère, et ces lettres représentaient cette oppression suffocante.

– Mais alors comment a-t-il appris votre mort ? lui demanda Rebecca qui voulait cacher son désarroi à Mina, pour éviter de l'attrister.

– Il a reçu un télégramme.

Cette fois, c'était Rebecca qui avait besoin de prendre l'air. Cette longue conversation ininterrompue l'avait épuisée. Elle retourna dans la salle de projection pour regarder *Harry dans tous ses états* de Woody Allen. Elle rit du héros, un romancier qui se vante, avant d'admettre que son existence est un désastre. Lui qui a toujours nourri ses romans de ses expériences, n'arrive plus à inventer d'histoires. Et, plus grave encore, il est harcelé par les personnages qu'il a imaginés et qui viennent à tour de rôle lui donner des leçons de morale.

– Romain aurait pu écrire cette histoire, déclara Mina, qui l'avait suivie. Vous pouvez mettre un autre film de Woody Allen ? Je l'aime bien finalement.

– Ça vous irait *La Rose pourpre du Caire* ?

– Racontez-moi l'histoire, Rebecca. Je déteste les surprises. Je lis toujours la fin des livres avant de les commencer pour éviter d'avoir peur.

– Dans le New Jersey des années 1930, l'héroïne, jouée par Mia Farrow, oublie la grisaille de sa vie de couple et de la crise économique en allant plusieurs fois voir ce film au cinéma. Le héros, le magnifique héros, quitte l'écran pour venir lui déclarer son amour. Les autres protagonistes paniquent et les producteurs, plus énervés qu'étonnés se retrouvent avec un personnage en cavale. Le héros découvre le monde réel, où les voitures n'attendent pas leurs conducteurs le moteur allumé, où les gens font l'amour sans fondu enchaîné et où les femmes enceintes n'ont pas de coussins mais des ventres arrondis.

— Je ne voudrais pas me vanter, mais Woody n'a rien inventé. Romain, par exemple, a écrit : « Pour fuir le réel sur tous les fronts… je pris l'habitude de me réfugier dans un monde imaginaire que j'inventais, une vie pleine de sens, de justice et de compassion. »

Les lumières se rallumèrent après la projection de *La Rose pourpre du Caire*, découvrant Amalia Freud et Louise Cohen assises au dernier rang qui applaudissaient.

— Ce film me fait penser au concept du « roman familial » de mon Sigi, dit Amalia.

— Je ne vois pas le rapport, dit Mina.

— L'imagination n'est pas l'apanage des créateurs. C'est aussi la tendance de gens parfaitement ordinaires. Ainsi, il a mis au jour le fait que la plupart des enfants imaginent qu'ils ont été adoptés et que leurs vrais parents sont beaucoup plus jeunes, plus riches, importants… Bref, plus valorisants que ceux qui les éduquent.

— Mais les écrivains ont tout de même plus d'imagination. Romain n'a pas seulement éliminé de son roman familial son père, Arieh, lorsqu'il m'a quittée pour une femme plus jeune, mais il s'est aussi inventé beaucoup d'autres pères. Notamment Ivan Mosjoukine dont je lui ai tant parlé. Regardez plutôt ! C'est l'acteur de *La Dame de pique*.

Mina entreprit aussitôt de projeter le film. Il datait de 1916 et la copie s'en ressentait, ce qui ne l'empêcha pas de se pâmer devant la beauté des yeux d'Ivan.

— Il est beau mais le film est assommant, dit Rebecca.

— Taisez-vous un peu, se plaignit Mina. On n'entend rien.

— Vous trouvez qu'il ressemble à Romain, c'est ça ? demanda Louise.
— Évidemment, répliqua Mina.

Les lumières se rallumèrent. En clignant des yeux, Louise Cohen prit la parole :

— Albert aussi s'était inventé un père imaginaire. Il a écrit : « Je suis né par magie, un prince a arrangé ma naissance. » Il se sentait d'une espèce supérieure et n'acceptait pas d'être le fils d'un homme aussi ordinaire que Marco.

— Il était comme Romain qui refusait son patrimoine génétique. Savez-vous qu'il a dit qu'il avait des problèmes avec la peau qu'il avait « reçue en héritage », car elle n'est pas la sienne ?

Amalia avait envie de parler mais les autres ne cessaient d'imposer leurs histoires personnelles. Pourtant, elle avait amorcé le sujet, cela aurait dû lui donner un avantage. Elle songea à proposer un temps de parole pour chacune d'elles comme pour les hommes politiques dont la présence médiatique est mesurée au moment des élections.

— Quant à Sigmund, il s'est choisi pour père ni un héros de conte de fées ni un acteur célèbre, simplement un père plus jeune, son demi-frère, Philip, dit Amalia.

— Quoi !?

— Il s'est sérieusement demandé si Philip n'était pas son père. Car j'avais l'âge de ses demi-frères, Philip et Emmanuel, et Monica, la vieille gouvernante que nous avions engagée, avait l'âge de Jacob. Aussi, il était naturel à Sigi de penser qu'elle était son épouse légitime.

— Si je comprends bien, il se voyait comme le fils de demi-frère et le petit-fils de son père. Et c'est l'inventeur du complexe d'Œdipe qui imagine ce tableau familial ! Vous deviez être une mère très attirante pour qu'il vous « marie » avec ce jeune homme. Philip était-il assez autoritaire pour avoir une figure paternelle ?

– Il était plutôt absent en fait.

– Vous étiez donc libre pour votre fils et lui seul.

Rebecca se passionna pour ce roman familial.

– Amalia, Sigmund était-il bien le fils de Jacob ? osa demander Mina.

Amalia rougit et bégaya, sans répondre.

– Car il y a une rumeur à ce sujet, est-elle fondée ? continua Mina. N'avez-vous pas épousé Jacob parce que vous étiez obligée de vous marier le plus vite possible ? Autrement dit, vous étiez enceinte. Sinon, pourquoi une fille gaie, cultivée et belle, d'à peine vingt ans comme vous, aurait-elle choisi Jacob, un vieillard qui venait d'une province obscure et n'avait pas le moindre avantage financier ? Peut-être que Sigmund avait toutes les raisons de penser que son père n'était pas biologiquement le sien ?

– Certainement pas ! répliqua Amalia horrifiée. Et le fait qu'il nomme ce phénomène « roman familial » démontre sans ambiguïté qu'il s'agit d'une affabulation, d'une création *ex nihilo*. Ses doutes sur le sujet n'ont fait que révéler la haute opinion qu'il avait de moi, c'était une manière de me mettre en valeur puisque le marchand de textiles qu'était Jacob n'était pas assez bien pour moi à ses yeux.

– Vous voyez bien qu'il vous aimait ! dit Rebecca.

– Quels que soient les reproches de nos fils sur notre façon de les aimer, ils nous ont tout de même donné le beau rôle en nous immortalisant et parfois même en nous idéalisant en personnages de roman, dit Jeanne.

– Eh bien heureusement ! répliqua Mina. Après tout ce qu'on a fait pour eux !

– Et si on regardait *Œdipus Wrecks* finalement ? suggéra Amalia.

13

Nous ne mourrons jamais

> « L'absence n'est-elle pas pour qui aime la plus certaine, la plus efficace, la plus vivace, la plus indestructible, la plus fidèle des présences ? »
>
> Marcel Proust, *Confessions d'une jeune fille*

> « Les gens ont peur de la mort parce qu'ils ne se mettent pas dans la tête ce que ce serait de vivre éternellement. La mort, c'est une sorte de récompense. »
>
> Romain Gary

> « L'éternité, c'est long, surtout vers la fin. »
>
> Woody Allen

Après avoir coupé les cheveux en quatre, analysé sous tous les angles leur vie et celle de leurs fils adorés, les amies de Rebecca décidèrent qu'elles avaient réussi ! Sigmund Freud, Albert Einstein, Marcel Proust, Romain Gary, Albert Cohen et les Marx Brothers étaient célèbres. Ils étaient le résultat brillant de l'éducation qu'elles leur avaient prodiguée. Il fallait fêter cela dignement. Pourquoi ne pas donner un dîner comme autrefois ?

Si elles étaient d'accord sur le fond, il fallait tout préparer et elles ne s'accordaient pas en matière d'organisation. Jeanne était perfectionniste et avait des goûts de luxe ; il était inenvisageable à ses yeux de donner une réception sans fleurs ni couverts en argent. Pour Minnie, c'était la qualité de la musique qui importait tandis que Louise voulait un décor grandiose, elle qui n'avait pas été gâtée de son vivant. Quant à Amalia, elle souhaitait prendre le temps de se préparer pour être aussi belle que possible. Et Mina, elle, regardait nerveusement la nourriture stockée dans les placards de peur qu'il n'y en ait pas assez. Seule Rebecca n'avait aucune idée préconçue, tout l'amusait.

Le grand soir arriva. À mesure qu'elles entraient dans la salle à manger éclairée de bougies et décorée de fleurs d'un raffinement exquis, elles reprenaient le fil de leur conversation, savourant les histoires éternellement merveilleuses de leurs fils.

Rebecca avait revêtu une robe longue de taffetas bleu. Coiffée, maquillée, lumineuse et joyeuse, elle était belle et resplendissait. Elle pensait à Nathan avec sérénité et se sentait à sa place parmi ses amies. Elle commençait à bien les connaître, elles et leurs fils et les trouvait si amusantes qu'elle avait du mal à s'isoler pour lire et regarder les films qu'elle ne connaissait pas.

C'était un repas de fête. Elles se régalèrent d'une délicieuse chartreuse de perdreaux et abusèrent du champagne. Heureuses d'être immortelles de par leur présence dans ce paradis, elles l'étaient surtout sur terre où on continuait à parler d'elles. Et elles évoquèrent paradoxalement l'instant de leur mort et le terrible moment où elles avaient dû se séparer de leurs fils.

Jeanne, avec des pendentifs en diamant et un chignon très élaboré, était digne, comme toujours.

– Marcel avait si peur de me quitter, dit-elle. Toute notre vie, nous avons essayé de nous habituer à vivre séparément l'un de l'autre. Mais je sais qu'il ne faisait rien sans penser à moi, sans se demander comment j'aurais réagi à ce qu'il faisait ou disait. Marcel avait trente-quatre ans lorsque je suis morte et j'ai cru qu'il ne le supporterait pas. Il m'a pourtant survécu dix-sept ans. Je ne pensais pas qu'il vivrait si longtemps sans moi.

– Mais, le sachant si désarmé, comment l'avez-vous préparé à votre mort puisque vous étiez consciente d'être malade et que votre fin approchait ? demanda Rebecca. Vous avez dû vivre des moments atroces.

– Je n'ai pas eu le courage de lui dire la vérité. Il était si fragile, si sensible. Pour le rassurer, nous avons joué à notre vieux jeu de citations comme si tout allait bien. Et encore sur mon lit de mort, je lui ai dit cette phrase de Corneille : « Si vous n'êtes Romain, soyez digne de l'être, Et si vous m'égalez faites-le mieux paraître. » Et évidemment, sur le moment, je ne me suis pas rendu compte que j'étais cruelle en l'empêchant d'éprouver du chagrin et en l'exhortant à montrer du courage, comme si je ne le croyais pas capable d'être à la hauteur. Au fond, je n'avais pas confiance en lui et je me suis montrée blessante.

– Je suis sûre que Marcel n'a pas pris la citation de Corneille pour un reproche personnel. Vous n'avez pas d'inquiétude à vous faire. Il vous connaissait bien, il vous comprenait au-delà des mots puisqu'il avait l'habitude de se mettre à votre place, comme la mère du narrateur qui, dans *Sodome et Gomorrhe*, adopte les goûts et les façons de sa propre mère (la grand-mère si aimée du narrateur) dès l'instant où celle-ci meurt. Marcel remarque qu'elles se ressemblent. « C'est dans ce sens-là… qu'on peut dire que la mort n'est pas inutile, que le mort continue à agir sur nous. »

– C'est Albert Cohen qui écrit : « Ce que les morts ont de terrible, c'est qu'ils sont si vivants », dit Jeanne, et je crois bien que c'est vrai.

Louise Cohen rougit de bonheur comme chaque fois que l'on citait son fils.

Ce soir-là, la conversation fut particulièrement animée. Toutes parlaient en même temps. Louise se servait du champagne tandis que Minnie se nourrissait abondamment tout en réajustant sa perruque blonde.

– J'ai eu de la chance, je n'aurais pas rêvé une mort plus douce, dit Minnie. Toute la famille était réunie chez mon petit dernier, Zeppo, à Long Island. Nous voilà tous les sept à table, comme autrefois, à plaisanter. Nous nous rappelons nos spectacles dans le Texas, nos illusions dans le Mississippi, nos succès à Broadway et nous avons fini le dîner en chantant. Et puis nous avons joué au ping-pong, mon jeu n'était plus aussi sûr et ma nouvelle perruque me tombait sur les yeux. Je crois que Chico a gagné. On a beaucoup ri. Le dîner était si bon que j'ai voulu recommencer. Zeppo, qui était un fils loyal, a remis la table.

– Et vous avez vraiment redîné ?

– C'était une erreur à ne pas commettre, puisque sur la route de retour vers New York, je me suis mise à grelotter. Je me souviens d'avoir dit à mon mari que je n'aurais pas dû manger autant et ce sont les dernières paroles que j'ai prononcées. J'ai suffoqué. Je me suis sentie comme un poisson hors de l'eau. Frenchie, mon mari, s'est comporté en héros ; il a ordonné au chauffeur de faire demi-tour et, avec une autorité que je ne lui connaissais pas, il a sauté de la voiture pour arrêter la circulation dans les deux sens. Nous sommes revenus chez Zeppo qui était en train de faire la vaisselle. Frenchie m'a portée dans ses bras. Le médecin fut appelé. Je l'ai entendu murmurer qu'il ne servirait à rien de me transporter à l'hôpital. Mes fils sont venus me dire au revoir l'un après l'autre, en ordre : Chico, Harpo, Groucho, Gummo et Zeppo. Je savais qu'il fallait absolument que j'aie l'air joyeux pour éviter qu'ils ne paniquent. Je crois que ça a été la chose la plus difficile de ma vie : sourire alors que j'allais mourir. J'attendais de les avoir revus pour m'éclipser. Je ne sais plus qui était dans la chambre lorsque j'ai senti une vive douleur. Hémorragie cérébrale. Tout était fini. Je ne connaissais pas Woody Allen, mais, comme lui, j'ai pensé que j'avais beau ne pas avoir peur de mourir, j'aurais préféré ne pas être là lorsque cela arriverait.

– Enfin, l'important, c'est que tout va bien, dit Louise, car nous sommes ensemble et on parle encore de nous sur terre.

– Parce que nous avons été mères de famille, se réjouit Rebecca.

Louise porta un toast aux mères, à la mère, qui aux yeux de son Albert représentait la femme, le peuple juif et ses prophètes, l'humanité, la lumière.

– Refuge et consolation, voilà ce que nous sommes pour nos fils. Albert n'a-t-il pas écrit : « Les pensées de ma mère se sont enfuies au pays où il n'y a pas de temps et elles m'attendent », il savait que je garde pour lui les interminables histoires du ghetto de Corfou qu'il aimait lorsqu'il était enfant.

Pauline arriva alors qu'elles étaient en train de se lever de table. Vêtue d'une veste en tweed bien ajustée sur une jupe verte, elle portait une valise avec l'air inquiet et pressé caractéristique des gens qui ont besoin de prendre deux heures d'avance sur l'horaire avant de partir en voyage, et d'y ajouter encore une demi-heure de sécurité pour faire bonne mesure.

– Vous allez quelque part ? demanda Rebecca.

– Je repars. Je crois que je suis faite pour être seule. Exactement comme Albert qui ne supportait que peu de monde. Ce brouhaha incessant me fatigue.

Qu'avaient-elles fait pour provoquer le départ de Pauline Einstein ? Peut-être n'avaient-elles pas assez parlé d'Albert dernièrement ? Pourquoi se vexait-elle si facilement ? À moins qu'elle n'ait réellement besoin de solitude comme elle le prétendait elle-même ?

Minnie, qui savait y faire avec Pauline, ne tenait pas à la voir disparaître à nouveau :

– Et si nous rappelions Nettie finalement ? Elle est distrayante, non ?

– Oh quelle bonne idée ! Elle me manque et puis elle aime jouer au mah-jong, répliqua Pauline.

– Vous restez alors ?

Pauline prit l'air bougon qu'elle avait souvent et rangea sa valise dans un placard, d'où elle sortit une table de jeu qu'elle commença à déplier.

– Que s'est-il passé avec la mère de Woody Allen ? demanda Rebecca pour la énième fois.

– Je crois que j'ai fini par l'exaspérer, dit Minnie.

– C'est vrai que vous avez dû l'énerver à force d'être contente de tout, toujours gaie et de bonne humeur, et de vivre avec une énergie et un enthousiasme extraordinaires alors que Nettie passe son temps à se plaindre et à pester contre sa vie qui lui a semblé difficile, répliqua Pauline.

– Et puis, n'était-ce pas un peu maladroit de votre part de lui rappeler à quel point Woody Allen admirait vos fils ? osa Jeanne.

– J'ai pu m'en vanter, c'est vrai, avoua Minnie. Mais est-ce ma faute si, dans *Manhattan*, le héros joué par Woody Allen cite Groucho comme la première chose qui fait que la vie vaut peut-être la peine d'être vécue ? Et il poursuivit avec « le second mouvement de la symphonie *Jupiter*, *Potato Head Blues* de Louis Armstrong. Les films suédois naturellement. *L'Éducation sentimentale* de Flaubert. Frank Sinatra. Marlon Brando. Les géniales pommes de Cézanne. Le crabe de Sun Wo » ? Est-ce moi qui ai incité Woody à dire qu'il était marxiste, tendance Groucho ? Est-ce moi qui ai inventé *Stardust Memories* où une participante à un festival de cinéma affirme avoir écrit la filmographie complète de Gummo Marx alors qu'il ne joue dans aucun film ? Est-ce si incroyable que Woody soit un fan de mes fils ? Pourquoi Nettie l'a-t-elle mal pris ?

– Elle finira par revenir, dit Pauline en esquissant un sourire. Elle sait aussi bien que moi que, entre les disputes et les réconciliations, nous nous entendons toutes bien. Vous voyez combien il est difficile de vous quitter. Je reste, c'est décidé.

– Vous connaissez cette blague, dit Rebecca en riant : Quelle est la différence entre partir à l'anglaise et partir comme un juif ? Dans le premier cas, on part discrètement sans dire au revoir, dans le second, on salue tout le monde et on reste.

Minnie prit Pauline dans ses bras, pour la faire tourner sur un air entraînant tandis que Rebecca sautait dans tous les sens en chantant à tue-tête : *You can't*

always get what you want… but if you try sometimes you get what you need.
— Quelle merveille de danser, de rire et cesser de nous préoccuper ? Mais est-ce que vous connaissez les Rolling Stones ?

Pauline Einstein posa un coffret de mah-jong sur une table de bridge. Minnie mit d'autorité un air de fox-trot et dansa avec Rebecca dans un coin du salon où le tapis avait été roulé. Amalia Freud, Jeanne Proust et Louise Cohen montèrent la muraille du jeu en prenant soin de compter les tuiles. Mina sortit une feuille et inscrivit le nom des participantes pour compter les points. Les dés furent lancés et le jeu put commencer.

Minnie et Rebecca riaient en enchaînant tangos et charlestons… tandis qu'à la table on n'entendait que « pung », « kong », et « mah-jong » sur un ton sérieux.

Jeanne soupira bruyamment à plusieurs reprises.

— Jeanne soupire, c'est que Marcel l'inquiète encore, dit Minnie en s'arrêtant de danser, un peu essoufflée.

Rebecca l'imita tout en continuant à taper du pied en rythme avec la musique.

— Ah non ! On avait dit qu'on ne parlerait plus des enfants.

Bibliographie

ROMANS

Allen, Woody : *Mere Anarchy*, Ebury Press, 2007
Woody Allen on Woody Allen, Grove Press, 2005

Cohen, Albert : *Le Livre de ma mère*, Gallimard, 1954
Solal, Folio, Gallimard, 1981
Belle du Seigneur, Folio, Gallimard, 1998
Ézéchiel, Gallimard, 1986

Gary, Romain : *La Promesse de l'aube*, Folio, Gallimard, 1960
Vie et mort d'Émile Ajar, Gallimard, 1981
Pseudo, Folio, Gallimard, 1976
La nuit sera calme, Folio, Gallimard, 1976

Freud, Sigmund : *Psychopathologie de la vie quotidienne*, Payot, 1904
Un souvenir d'enfance de Léonard de Vinci, Gallimard, 1987

Marx, Groucho : *Mémoires capitales*, Virgule, 1985
Mémoires d'un amant lamentable, Virgule, 1984

Marx, Harpo : *Harpo speaks*, C. Mandel, 1963

Proust, Marcel : *À la recherche du temps perdu*, La Pléiade, Gallimard, 1987
Correspondance, GF, 2007

Jean Santeuil, Quatro, Gallimard, 2001
La Confession d'une jeune fille, suivi de *Sentiments filiaux d'un parricide*, Le Castor Astral, 2007
Le Carnet de 1908, Gallimard, 2001

Roth, Philip : *Portnoy et son complexe*, Gallimard, 1970
Goodbye, Columbus, Folio, Gallimard, 1962

BIOGRAPHIES ET ESSAIS

Sur Woody Allen :
Lax, Éric : *Conversations with Woody Allen*, Knopf, 2007
Schickel, Richard : *Woody Allen, a Life in Film*, Ivan R. Dee, 2003

Sur Albert Cohen :
Champigny Cohen, Myriam : *Le Livre de mon père*, Actes Sud, 2000
Gardes, Joëlle et Ramade, Christian : *Albert Cohen à Marseille : Ghetto intime*, Images en manœuvre éditions, 2003
Médioni Franck : *Albert Cohen*, Folio, Gallimard, 2007.
Valbert, Gérard : *Albert Cohen, le seigneur*, Grasset, 1990

Sur Albert Einstein :
Abraham, Pais : *Einstein Lived Here*, Oxford University Press, 1994
Hoffmann, Banesh : *Albert Einstein, créateur et rebelle*, Points Seuil, 1975
Overbye, Dennis : *Einstein in Love*, Viking, 2000

Sur Sigmund Freud :
Berin, Célia : *La Femme à Vienne du temps de Freud*, Texto, 1989
Flem, Lydia : *L'Homme Freud*, Points Seuil, 1991
Krüll, Marianne : *Sigmund, fils de Jacob*, Gallimard, 1983

Markus, Georg : *Sigmund Freud ou les secrets de l'âme*, Albin Michel, 1994
Mijola, Alain de : *Freud, fragments d'une histoire*, PUF, 2003
Rubin, Gabrielle : *Le Roman familial de Freud*, Payot, 2002
Weissweiler, Eva : *Les Freud. Dans l'intimité d'une famille viennoise*, Plon, 2006

Sur Romain Gary :
Anissimov, Myriam : *Romain Gary, le caméléon*, Folio, Gallimard, 2004
Bona, Dominique : *Romain Gary*, Mercure de France, 1998
Catonné, Jean-Marie : *Romain Gary ; de Wilno à la rue du Bac*, Actes Sud, 2010
Huston, Nancy : *Tombeau de Romain Gary*, Actes Sud, 2002
Paul Pavlowitch : *L'homme que l'on croyait*, Fayard, 1981

Sur les Marx Brothers :
Adamson, Joe : *Groucho, Harpo, Chico and Sometimes Zeppo*, Simon and Schuster, 1973
Chandler, Charlotte : *Hello, I Must Be Going. Groucho and His Friends*, Simon and Schuster, 1978
Gehring, Wes : *The Marx Brothers ; a Bio-biobliography*, Greenwood Press, 1987

Sur Marcel Proust :
Albaret, Céleste : *Monsieur Proust*, Robert Laffont, 1973
Beistegui de, Miguel : *Jouissance de Proust ; esthétique de la métaphore*, Michalon, 2007
Bloch-Dano, Évelyne : *Madame Proust*, Grasset, 2004
Botton, Alain de : *Comment Proust peut changer votre vie*, Denoël, 1997
Citati, Pietro : *La Colombe poignardée*, Folio, Gallimard, 1997
Margerie, Diane de : *Proust et l'obscur*, Albin Michel 2010
Painter, George : *Marcel Proust*, Mercure de France, 1966
Schneider, Michel : *Maman*, Folio, 1999

Sur les mères juives :

Achache, Gilles : *J'aurais tant voulu qu'il soit docteur, toute la vérité sur les mères juives*, Calmann-Lévy, 2000

Braconnier, Alain : *Mère et fils*, Odile Jacob, 2007

Finkielkraut, Alain : *Le Juif imaginaire*, Point Seuil, 1983

Greenburg, Dan : *Comment devenir une mère juive en dix leçons*, Seghers, 1991

Halouia, Bruno : *Mères juives d'hommes célèbres*, Daniel Radford, 2002

Naouri, Aldo : *Éduquer ses enfants, l'urgence d'aujourd'hui*, Odile Jacob, 2008

Naouri, Aldo, Sylvie Angel, Philippe Gutton : *Les Mères juives*, Odile Jacob, 2007

Ouaknin, Marc-Alain et Dory Rotnemer : *La Bible de l'humour juif*, Ramsay, 1995

Thompson, Caroline : *La Violence de l'amour*, Hachette, 2006

Winston-Macauley, Marnie : *Yiddishe Mamas*, Andrews McMeel, 2007

ARCHIVES INA

Voyage dans l'humour juif ; Paris, New York, Tel-Aviv, Contre-courant, France 2, 8 novembre 2002
Dialogue entre Woody Allen et sa mère
Romain Gary et le film La Promesse de l'aube
Michel Boujenah : *La Mère*, A2 / France 2
Mère juive, 22 juin 1989, A2 / France 2
Interview Marthe Villalonga : *Qu'est-ce qu'une mère juive ?*

Table

1. Un paradis réservé aux mères 13
2. L'ai-je trop couvé ? 29
3. Et les maris ? 49
4. L'exil. 73
5. Mon préféré 89
6. Rebecca. 109
7. Tu réussiras, mon fils. 115
8. Juif de mère en fils. 145
9. Je sais ce qui est bon pour toi. 167
10. Tous malades. 177
11. Et leur vie amoureuse ? 193
12. Ils veulent se débarrasser de nous. 221
13. Nous ne mourrons jamais. 251

Bibliographie 259

RÉALISATION : IGS-CHARENTE-PHOTOGRAVURE À L'ISLE-D'ESPAGNAC

Cet ouvrage a été imprimé en France par
CPI Bussière
à Saint-Amand-Montrond (Cher)
en juin 2013.
N° d'édition : 110340-2. - N° d'impression : 2003429.
Dépôt légal : avril 2013.